불멸의 이순신 4

조선의 칼, 조선의 방패

불멸의 이순신 4

김탁환 장편소설

조선의 칼, 조선의 방패

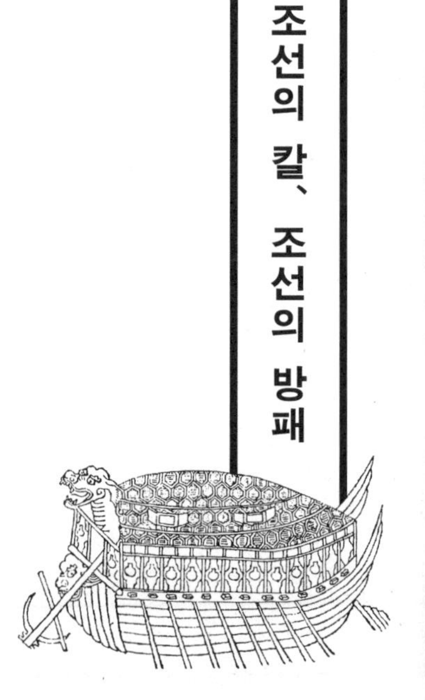

민음사

차례

4권
조선의 칼,
조선의 방패

一. 불타는 궁궐 7
二. 교활한 상인, 기회를 잡다 25
三. 패배의 가능성을 말끔히 제하는 일 37
四. 이순신 함대, 위용을 드러내다 59
五. 옥포에서 첫 승전고를 울리고 73
六. 이순신과 원균, 병략을 논하다 93
七. 실낱 같은 인연을 다시 끊고서 107
八. 남해 청야, 엇갈린 시선 117
九. 사천에서 총탄을 맞다 141
十. 죽음의 강을 보고 돌아와 159
十一. 와키자카, 용인에서 조선군을 부수다 175
十二. 원적암에서 천하를 읽다 187
十三. 조정도 둘, 하늘도 둘 205
十四. 어두운 구름 아래 엇갈리는 길 231
十五. 불제자여, 그림자를 겁내지 마라 249
十六. 노승이 국난 중에 군왕을 뵙다 261
十七. 다시 다가올 싸움을 준비하며 275
十八. 결전의 아침을 기다림 289

부록 305

一、불타는 궁궐

임진년(1592년) 사월 이십팔일 새벽.

류성룡은 잠을 이루지 못했다. 평소에 좋아하던 참죽 겉절이도 입에 맞지 않았다. 열흘 사이에 전황은 최악에 이르렀고 피란을 떠나는 백성도 하루가 다르게 늘었다. 유난히 많은 별똥별이 밝을 녘마다 목멱산에 떨어졌으며 팔뚝만 한 붕어들이 허연 배를 드러내고 한강으로 떠올랐다. 하루가 멀다 하고 천열(天裂, 보이지 않던 유성이 폭발하여 보이는 것)이 일어나자, 점쟁이들은 너나없이 큰 화가 닥칠 조짐이라고 했다.

사월 이십오일, 이일은 류성룡이 예측한 대로 상주(尙州)에서 왜군에게 대패했다.

중과부적이기도 했지만 하루도 버티지 못하고 맥없이 무너진 것은 고지식한 전술 탓이었다. 이일은 적진을 간망(看望, 적의 동태를 멀리서 살핌)하기 위해 척후를 내보내는 법이 없었다. 왜군은 조선군이 진을 친 상주 남쪽 장천리(長川里)를 겹겹이 에워싼 채 기습 공격을 감행하였다. 이일은 단신으로 포위망을 뚫고 충주를 향해 살걸음(화살이 날아가는 속도)으로 달아났다.

이제 남은 것은 신립뿐이었다.

류성룡은 괄괄한 목소리와 짙은 눈썹 그리고 툭 튀어나온 광대뼈를 그려 보았다. 신립의 어깨에 조선의 명운이 달려 있었다.

선조는 신립을 삼도 순변사(三道巡邊使)에 제수한 후 보검을 하사했다. 군령을 어기는 자는 지위 고하를 막론하고 참할 수 있는 특권을 준 것이다. 신립은 왜군을 전멸시키겠다고 장담한 후 사소(四所, 도성 안에 두었던 위장소(衛將所) 네 곳. 동소는 창덕궁 순청, 서소는 운종가 순청, 남소는 용양위, 북소는 의금부.)에서 장졸들을 모아 충주로 떠났다. 왜국 본토를 치자며 옥음을 높이던 선조도 차츰 전세가 불리함을 깨닫기 시작했다.

'이길 수 있을까?'

류성룡은 신립이 마지막으로 대궐을 나서던 모습이 자꾸 눈에 밟혔다.

대신들에게 하직 인사를 하고 빈청 계단을 내려가던 신립의 사모가 툭 떨어진 것이다.

"웬 바람이……"

신립은 적당히 얼버무리며 사모를 고쳐 썼지만 류성룡은 그 일이 못내 마음에 걸렸다. 사모가 떨어지면 목숨을 잃는다는 옛말이 불현듯 떠올랐던 것이다.

'신립이 패하면 무조건 몽진해야 한다. 충주에서 한양은 지척이니 머뭇거리다가는 모조리 생포될 수도 있다. 우선 개성으로 가고 그 다음엔 평양, 그리고 그 다음엔 어디로 가야 하나. 굼벵이처럼 느린 어가(御駕) 행렬이 개성에 닿을 때까지 시간을 벌어야 한다. 한음 이덕형이 그 일을 할 수 있을까.'

어제 아침, 왜군에게 포로가 되었던 역관 경응순(景應舜)이 왜장 고니시가 쓴 서찰을 가져왔다. 사월 이십팔일 충주에서 이덕형을 만나고 싶다는 것이다. 선조는 보내고 싶어 하지 않았으나 이덕형이 왜장을 만나 시간을 벌겠다고 자청하자 결국 윤허하였다.

류성룡은 지난밤 집으로 찾아온 이덕형의 억실억실한 얼굴을 떠올렸다. 큰 키에 활등코와 윤기 흐르는 가잠나룻은 누구에게나 호감을 주었다. 사지로 떠나는 사람답지 않게 침착하고 온화한 얼굴이었다. 필마단기로 이덕형을 떠나보내자니 마음이 편치 않았다. 이별주를 권할 때는 눈물까지 비쳤던 모양이다.

"대감, 소생이 비록 재주가 용렬하고 박덕하오나 누란(累卵)에 처한 이 나라를 위해 작은 일 한 가지는 할 수 있을 것이옵니다. 화 씨 구슬을 들고 진나라에 들어갔다가 무사히 돌아온 조나라 인상여(藺相如)처럼 소생도 꼭 살아 돌아올 것이니 마음 놓으십시오."

"그래야지. 내 그대에게 너무 무거운 짐을 맡기는가 보오. 그대가 명나라를 맡고 내가 왜를 상대하면 좋으련만."

"왜장과 만나는 일은 잠시 시간을 버는 데 지나지 않으나 명나라와 연통을 주고받는 일은 이 전쟁의 승패에 직결됩니다. 마땅히 대감께서 명나라를 맡으셔야 옳습니다. 소생이 없는 동안 도승지나 가끔씩 살펴 주십시오."

'관포지교(管鮑之交)라고 했던가. 사지로 떠나면서도 친구를 염려하는 마음 씀씀이가 포숙아(鮑叔牙)와 비교해도 모자람이 없네그려.'

늙은 노복이 뒤뜰을 거닐던 류성룡에게 황급히 뛰어왔다. 귀엣말을 들은 류성룡은 얼굴이 딱딱하게 굳었다.

"광해군께서? ……속히 뫼시어라."

지금처럼 세상이 뒤숭숭한 판국에 광해군이 기별도 없이 찾아온 것이다. 평복 차림을 한 광해군은 안방으로 들어서자마자 냉수 한 사발을 청해 마셨다. 그리고 급히 오느라고 연통을 넣지 못한 것을 사과했다. 류성룡은 말없이 웃으며 광해군이 마음을 편히 갖도록 배려했다. 광해군이 먼저 입을 열었다.

"월나라 왕 구천(勾踐)은 목숨을 부지하려고 오나라 왕 부차(夫差)의 대변까지 핥아 먹었습니다. 때를 기다린 것이지요."

얼굴에 비장한 빛이 서렸다. 류성룡은 그 속마음을 조금 더 살피기로 했다.

"근왕병(勤王兵)을 모으는 문제가 논의되었다고 들었습니다. 왕자들을 팔도 각처로 보낸다지요?"

어제 오후에 근왕병을 먼저 언급한 것은 선조였다. 왕실이 위기에 처했을 때 의로운 군사들이 떨쳐 일어나 군왕을 호위하는 것이 옳으며, 또 그 일을 추진하려면 장성한 왕자들이 앞장서 본을 보여야 한다는 것이다. 이의가 있을 수 없었다. 대신들이 동의하자 선조는 논의를 한 걸음 진전시켰다.

"만약을 대비해서 세자를 세우는 것이 어떠한가? 분조(分朝, 조정을 둘로 나눔)한 후 세자가 책임을 지고 전쟁을 총지휘하면 될 것이다."

류성룡은 어심을 곧 알아차렸다. 선조는 인빈 김 씨와 신성군을 몽진에 동행시키고 장성한 왕자들에게 도성을 사수하며 근왕병을 모으는 위험한 일을 맡기려는 것이다. 인빈 김 씨가 입김을 넣은 걸까. 류성룡은 하루 말미를 구한 후 편전에서 물러났다.

"오늘 세자를 결정한다고 들었습니다. 사실인지요?"

류성룡은 고개를 끄떡였다. 비로소 그 속마음이 훤히 들여다보였다. 세자로 책봉될 수 있도록 힘써 달라는 것이다. 부차의 대변을 핥아 먹던 구천이 월나라로 돌아갈 때가 지금이라고 보는 것이다.

'이 전쟁이 광해군을 돕는구나. 어거리풍년(매우 드물게 농사가 잘된 해)과 함께 평화로운 날들이 이어졌다면 왕위는 틀림없이 신성군에게 돌아갔으리라. 그러나 지금은 제 목숨 하나 부지하기에도 바쁜 상황이니.'

"구천에게는 범여(范蠡)라는 충성스러운 신하가 있었다지요?"

범여는 구천을 도와 오나라에게 복수를 한 월나라의 충신이다. 그 범여처럼 자신을 도와달라는 뜻이다.

'왜군이 충주까지 밀어닥친 이 판국에도, 세자가 되려고 새벽이슬 맞으며 찾아온 저 청년은 가슴속에 도대체 얼마만 한 야망

을 불태우고 있는 것일까? 이는 복수심인가? 권력욕인가?'

"나리, 죽음이 코앞에 있사옵니다. 먼저 보신(保身)할 계책부터 세우시지요."

광해군은 물러서지 않았다.

"구천의 치욕도 맛보았으니 왜군과 싸우는 것쯤이야 감당 못할 까닭이 없습니다. 영상 대감은 이미 청을 들어주셨습니다. 좌상 대감만 도와주신다면 능히 이 고비를 넘길 수 있습니다. 저는 꼭 이 나라 주인이 되어야 하겠습니다."

청년 광해의 눈동자에서 푸른빛이 흘러나왔다.

"주인이라……! 나리께서는 조선이 처한 현실을 아시옵니까?"

류성룡은 아직 때가 이르다고 생각했다.

사실 광해군이 세자로 책봉된다 해도 용상에 앉을 가능성은 희박했다. 전투 중에 죽을 수도 있고, 왜군과 싸워 패하기라도 하면 책임을 지고 세자 자리를 잃을 수도 있으며, 운이 좋아 승승장구하더라도 선조로부터 무시무시하게 감시당할 것이 분명했다. 어떻게 운신하더라도 용상에 근접할 수 없다면 차라리 꼬리를 내리고 숨는 편이 나았다. 그러나 저 빛나는 눈을 보라. 다른 왕자가 세자로 뽑힌다면 혀라도 깨물 기세였다.

"알다마다요. 남왜(南倭)는 마침내 조선 영토로 쳐들어왔으며, 이를 죽을힘을 다해 물리친다 하더라도 다시 북로(北虜)가 호시탐탐 조선을 엿보고 있습니다. 그자들을 물리치기 위해서라도 천명을 다하는 군왕이 법을 엄정히 집행하는 것이 필요하지요. 아래로는 농부로부터 위로는 군왕에 이르기까지 한 치도 흐트러짐 없는 나라를 만들 겁니다."

두 사람이 시선을 마주쳤다. 기회를 잡으려는 광해군 결심을 돌이킬 수는 없었다. 이윽고 류성룡이 화답했다.

"좋습니다. 동궁 주인이 되실 수 있도록 도와드리지요. 하나 먼저 소생 청을 하나 들어주십시오."

광해군 얼굴이 밝아졌다.

"말씀하시지요."

"목숨을 귀히 여기시옵소서. 또한 전공을 탐하지 마시옵소서. 전투에서 지면 나리 잘못으로 받아들이시고, 전투에서 이기면 모든 공을 주상 전하께 돌리시옵소서. 세세한 것 모두를 서찰에 적어 탑전에 올리시옵소서. 아직은 나리께서 이 나라 주인이 아니란 걸 명심하시라는 뜻이옵니다."

"알겠소이다. 명심 또 명심하지요."

"위급한 일을 만나면 반드시 소생과 의논하셔야 하옵니다. 무릇 전쟁이란 전후가 흐릿하고 사리 분별이 어려울 때도 많은 법이옵니다."

"고맙소, 좌상 대감!"

광해군이 돌아간 후 류성룡은 서둘러 입궐했다. 궐 안 분위기도 살피고 경상도와 전라도에서 올라온 장계도 읽을 생각이었다. 승정원에 들르니 도승지 이항복이 장계를 정리하느라 여념이 없었다. 밤을 새운 모양이었다.

"건강에 유념하시게. 도승지가 쓰러지면 누가 전하를 보필하겠는가."

이항복은 다소곳이 고개를 숙이며 고마움을 표했다. 류성룡은 이미 탑전에 올라갔다 온 장계들을 서둘러 펼쳤다. 패전이 이어지고 있었다.

'어떻게 이다지도 허망하게 진단 말인가. 조선에는 용맹한 장졸이 단 한 명도 없단 말인가. 이 지경이라면 신립으로부터도 승전보를 받기는 글렀다고 보아야 한다. 하늘이 낸 용장이라도 욱일승천하는 왜적들 기세를 꺾을 수 없다.'

"전하께서는 어떠하신가?"

"몽진할 뜻을 굳히신 듯하옵니다. 밤새 영화당 뜰을 거니시다가 묘시(새벽 5시)가 지나서야 잠자리에 드셨사옵니다."

선조는 마음고생이 심한 듯했다. 쓰시마 섬을 거쳐 왜국 본토를 점령하겠노라며 큰소리를 쳐 왔으니 비 오듯 쏟아지는 패전 장계를 용납하기 힘들 것이다. 진시(오전 7시~9시)가 지나기도 전에 편전으로 나온 것을 보면 잠을 이루지 못한 것이 분명했다. 신하들은 피로와 분노, 슬픔과 공포에 찌든 용안을 감히 우러러보지 못했다. 선조는 이미 결심이 선 듯 담담한 목소리로 이산해를 찾았다.

"영상! 몽진을 가야 한다는 상소와 도성을 지켜야 한다는 상소가 반반인데 어찌하면 좋겠는가?"

이산해는 머리를 바닥에 대고 흐느끼기 시작했다. 패전 책임을 묻는다면 영의정 죄가 가장 컸다. 선조는 눈물을 줄줄 흘리는 이산해를 물끄러미 쳐다보다가 이조 판서 이원익(李元翼)과 좌참찬(左參贊) 최흥원(崔興源)에게 눈길을 돌렸다.

"이판이 예전에 안주(安州)를 다스릴 때 관서 지방에서 민심을 많이 얻었다고 들었다. 그대를 평안도 도순찰사(都巡察使)에 명하니 백성들을 위무하여 그 마음을 수습하도록 하라. 좌참찬도 역시 해서 지방을 잘 다스렸다고 들었다. 그대를 황해도 도순찰사에 명한다. 지금 인심이 흉흉하여 토붕와해(土崩瓦解)할 지경에 이르렀으니 가서 군사들을 모으고 그 마음을 단결시키도록 하라."

몽진 길을 미리 살피기 위해 이원익과 최흥원을 보내는 것이다. 이산해는 그때까지도 울음을 그치지 않았다. 임금이 도성을 떠나 피란을 가게 되었으니 신하들 죄는 하늘에 닿고도 남았다.

"영상은 그만 울음을 그치도록 하라. 충주로 내려간 신립은 틀림없이 승전보를 전할 것이다. 이원익과 최흥원을 보내는 것은 좌상 말대로 만약을 대비하는 것뿐이니라. 신립이 승리하면 평안도와 황해도 군사를 동원하여 당장에 왜를 칠 것이다."

이산해가 겨우 울음을 그쳤다.

"어제 못다 한 논의를 계속하도록 하라. 강바람이 잦을수록 뿌리를 단단하게 다져야 하리라. 세자를 책봉하여 백성에게 왕실 위엄을 보이는 것이 옳다. 누구를 세자로 삼아야 하겠는가?"

류성룡이 이산해 쪽을 곁눈질했다. 광해군은 이산해와 이미 뜻을 합쳤다고 했다. 그러나 이산해는 손바닥으로 붉은 눈시울만 훔칠 뿐 도무지 입을 열지 않았다.

"무엇들 하는 겐가?"

옥음에 시퍼렇게 날이 섰다. 이산해가 류성룡을 보며 눈을 찡긋했다. 먼저 이야기를 시작하라는 신호였다. 류성룡은 바싹 마른 입술을 아래위로 핥으며 미적거렸다.

"좌상 생각은 어떠한가?"

참다못한 선조가 류성룡을 지목했다. 류성룡은 이산해가 안도하는 얼굴을 보고 마음이 언짢았다.

'지난번에 송강을 함정에 빠뜨리더니 이번에는 나인가.'

쉽게 당할 수는 없었다. 광해군과 약조했으나 그 약조는 이산해가 먼저 논의를 펴면 뒤를 받친다는 뜻이었다.

"세자 책봉은 신하들이 감히 아뢸 바가 아니옵니다. 마땅히 전하께서 스스로 택하실 일이옵니다."

류성룡은 화살을 선조에게 되돌렸다. 선조는 몇 차례 더 신하들을 지목하여 대답을 구했으나 하나같이 류성룡의 대답을 흉내 낼 뿐이었다. 그들도 두렵기는 마찬가지였던 것이다.

"에잇, 이다지도 과인 마음을 몰라준단 말인가? 좌상만 남고 물러들 가라."

선조는 류성룡을 제외한 신하들을 편전에서 물리쳤다. 도승지 이항복과 사관(史官) 김형주(金亨柱)까지 뜰에서 기다리게 했다. 덩그러니 둘만 남게 되자 선조가 말했다.

"이리 가까이 오라."

"……"

"앞으로 오란 말이다."

류성룡은 할 수 없이 허리를 숙인 채 나아갔다.

서로 입김이 닿을 만큼 가까운 거리에 이르자 선조가 버럭 화를 냈다.

"송강처럼 내쫓길까 봐 말을 아끼는 게냐? 과인이 그대 재주를 귀히 여겨 항상 곁에 두었거늘 이제 보니 겁쟁이 중에서도 겁쟁이로다."

"저, 전하!"

선조는 신하들 속마음을 읽고 있었다.

"용서하시옵소서. 신이 잠시 딴마음을 품었나이다."

류성룡이 솔직하게 잘못을 시인했다.

"좌상!"

"예, 전하!"

"과인이 지금 가장 두려워하는 게 무엇인 줄 아는가?"

"……"

"왜군이라고 생각하겠지? 아니야! 한양을 버리고 개성으로, 더 나아가 평양까지 후퇴한다 해도 과인은 두렵지 않다. 눈앞에 있는 적은 얼마든지 물리칠 수 있지. 내부에 숨어 보이지 않는 적이 더 문제야. 이 혼란을 틈타 정여립과 같은 놈이 나타난다면 그야말로 큰일이지. 애지중지 기르던 개에게 발뒤꿈치를 물리는 꼴이라고나 할까? 화근은 미리부터 잘라 내야 한다. 그래서 세자 책봉을 서두르는 것이야. 과인 뜻을 알겠는가?"

"예!"

'전하께서 제일 염려하는 화근이 광해군이란 말인가. 공론에 밀려 세자에 앉히는 것이 아니라 광해군을 제거하려고 한 발 뒤로 물러선다? 책임과 의무를 부여한 후 여차하면 약점을 물고 늘어지겠다고?'

생각이 거기까지 미치자 류성룡은 온몸에 소름이 돋고 이마에 땀방울이 맺혔다.

'천성지친(天性之親, 아버지와 아들의 관계)을 끊고 화근이 될 싹을 과감히 도려내는 냉혹함이라니! 이게 바로 군왕의 길이란 말인가.'

선조는 광해군이 세자가 되려고 대신들을 찾아다녔음을 이미 알고 있었다. 이번에 광해군이 자중했더라면 선조는 훗날이 두려워서라도 광해군에게 용상을 물려줄 결심을 했을 것이다. 그러나 이제는 아니다. 광해군이 오직 세자로 책봉되려고 두문불출했음을 확실히 알아챈 것이다. 지금부터 선조는 광해군을 손바닥에 올려놓고 이리저리 흔들며 즐기리라.

선조는 오늘 아침에 광해군과 류성룡이 만난 걸 진작부터 알고 있는 눈치였다. 이산해와 류성룡이 광해군을 입에 올려서, 선조가 정성껏 쳐 놓은 덫에 걸려들기를 기다렸던 것이다.

"과인은 아직도 세자를 정하지 않았다. 하나 과인은 오늘 세자를 정하려고 한다. 그러니 좌상은 과인을 도우라."

대청으로 돌아가는 류성룡은 다리가 후들거리고 이마가 절로 찌푸려졌다.

'외환(外患)을 치유하기에 앞서 내우(內憂)에 먼저 손을 뻗으시다니. 과연 이 거대한 덫에 걸린 광해군이 살아남을 수 있을까? 광해군이 세자가 되면 수많은 사람들이 그 곁으로 몰려들 것이다. 전하는 그 모두를 죽이려 하겠지. 그때 나는 어디에 있어야 하는가? 지금 나는 무엇을 해야만 하는가?'

오후에도 선조는 세자 책봉 문제로 대신들을 추궁했다. 류성룡은 여러 번 선조로부터 의견을 내라는 독촉을 받았으나 끝까지 대답을 회피했다. 광해군을 추천하여 사초(史草)에 증거를 남기느니 차라리 침묵으로써 위기를 벗어나고 싶었다.

해가 지고 어스름이 깔리자 대신들도 지쳐 갔다. 누가 세자 자리에 올라야 하는가를 놓고 왈가왈부하기보다는 어서 퇴청하여 지친 육신을 뉘고 전쟁을 피할 궁리를 하고 싶었다.

류성룡은 선조가 일부러 시간을 끌고 있다는 생각이 들었다. 처음부터 대신들은 광해군이든 신성군이든 아니면 임해군이든, 선조가 지목하는 왕자를 밀어 줄 마음이었다. 그런데 선조는 계속 신하들을 추궁하면서 세자가 갖추어야 할 덕목을 열거했다. 특히 변란 중에는 세자가 군권을 행사할 수 있어야 한다고 못 박았다. 류성룡은 그 치밀함과 끈기에 또 한 번 놀랐다. 선조는 오늘 논의를 신하들 마음에 영원히 새기려고 아까운 시간을 흘려보내고 있는 것이다. 세자 자리가 값진 만큼 책임 또한 무거움을 누누이 강조하면서.

이윽고 선조는 지친 기색이 완연한 신하들 면면을 차가운 눈으로 훑어본 후 하루 종일 미뤄 왔던 이야기를 꺼냈다.

"광해가 총명하고 학문을 가까이하며 사내다운 기상 또한 남다르니 세자로 삼는 게 어떻겠는가?"

이산해가 기다렸다는 듯이 대답했다.

"종묘사직과 만백성의 복이옵니다."

류성룡은 머릿속으로 감격해하는 광해군 얼굴을 그려 보았다.

군왕이란 어떤 존재인가.

군왕은 사자와 여우의 속성을 함께 지녔다. 함정에 빠져서는 여우처럼 굴고, 토끼를 만나면 사자처럼 달려든다. 그러나 광해군은 여우처럼 굴기에는 너무 곧고 정직하다. 전쟁을 통해 고지식함을 고치면 다행이겠으나 계속 대나무처럼 올곧게 군다면 갈기를 드러내기도 전에 죽음을 맞을 수도 있으리라.

이산해는 퇴청 길에 함께 광해군을 찾아가자고 했으나 류성룡은 몸이 아프다는 핑계를 대고 그 자리를 피했다.

집으로 돌아오자마자 류성룡은 개성에 머무르고 있는 석봉 한호에게 간독(簡牘, 글을 쓰기 위해 사용한 대나무 쪽이나 얇은 나무쪽. 여기서는 편지라는 뜻.)을 띄웠다. 명나라와 공문을 주고받으려면 조선 제일 명필 한석봉이 곁에 있어야 했다. 글 내용에 앞서 기풍 있는 글씨로 상대를 제압할 필요가 있었다.

다음 날 정오 무렵, 충주로부터 패전 소식이 전해졌다.

신립을 비롯한 팔천 장졸이 모조리 전사한 것이다. 달래강을 뒤에 두고 탄금대(彈琴臺)에서 배수진을 치고 싸웠지만 역부족이었다. 선조는 점심도 물리치고 눈물을 쏟았다. 신립이 대승을 거두지는 못하더라도 적에게 큰 타격을 주리라 믿었으나 결과는 처참한 완패였다.

광해군을 세자로 세워 동궁으로 맞아들인 기쁨마저 눈 녹듯 사라졌다. 이제 모든 것이 분명해졌다. 왜 대군이 곧 한양으로 밀어닥칠 것이고 임금은 몽진을 떠날 수밖에 없다. 선조는 분노와 슬픔으로 가슴이 갈가리 찢어졌다.

"오늘부터 그대들은 모두 융복을 입도록 하라. 그리고 해원 부원군 윤두수로 하여금 어가를 호종(護從)토록 하라."

선조는 신립이 빠진 자리를 메우고자 건저 문제로 삭탈관직을 당했던 윤두수를 불러들였다. 젊은 시절, 윤두수는 연안 부사(延安府使)로 있으면서 선정을 베풀어 북삼도 백성들 사이에서 칭찬이 자자했다. 선조가 서인을 이끄는 윤두수를 중용한 것은 동인을 문책하는 뜻도 포함되어 있었다. 전쟁 가능성을 조심스럽게 예측했던 쪽은 황윤길을 비롯한 서인이었던 것이다. 전쟁이 격화될수록 관직을 잃고 유배를 떠났던 서인들이 속속 조정으로 귀환할 것이다. 선조는 왕자들을 외지로 내몰기 시작했다.

"근왕병을 시급히 모아야 한다. 임해군은 영중추부사(領中樞府事) 김귀영(金貴榮), 칠계 부원군(漆溪府院君) 윤탁연(尹卓然)과 함께 함경도로 가고, 순화군(順和君)은 장계 부원군(長溪府院君) 황정욱(黃廷彧)과 함께 강원도로 지금 당장 떠나도록 하라."

해거름부터 부슬부슬 빗방울이 흩날렸다. 무섭도록 캄캄한 그믐이었다.

임금이 몽진한다는 소문은 순식간에 도성 곳곳으로 퍼져 나갔다. 궁궐을 호위하던 군사들이 자취를 감추었고 술판이 벌어지던 저잣거리도 쥐 죽은 듯 고요했다. 궐문에 자물쇠도 채워지지 않았고 금루(禁漏, 궁궐의 물시계)도 시간을 알리지 않았다.

몽진은 빗방울이 굵어진 갓밝이에 시작되었다.

도승지 이항복이 앞장서고, 간다개(看多介, 말 가슴 아래에 드리우는 장식) 드리운 말에 오른 융복 차림의 선조와 중전이 탄 교자, 그리고 궁녀 수십 명이 그 뒤를 따랐다. 종묘와 사직의 신주들은 세자인 광해군이 받들었고 인빈 김 씨와 신성군도 몽진 대열에 합류했다. 검은 갓에 철릭을 입고 소매 넓은 옷에 실띠를 두른 채 칼을 찬 신하들이 물에 빠진 생쥐 꼴로 밤길을 걸었다.

몽진 행렬은 돈의문을 지나 임진강으로 향했다. 하늘에서 우박이 쏟아졌다. 선조는 못내 아쉬운 듯 자꾸 고개를 돌렸다. 백성들이 길을 막고 울부짖는 소리가 귓가에 쟁쟁 울렸다.

"으으읏!"

선조는 아랫입술을 물어뜯으며 신음을 냈다.

'백성을 남겨 두고 난을 피해 달아나는 군왕이라니!'

이게 아니었다. 선조는 한 무제에 버금가는 정복자이고 싶었다. 쓰시마 섬을 치고 왜를 정벌한 왕으로 역사에 이름을 오롯하게 새기고 싶었다. 그 바람을 이루어 주리라던 신립은 이미 저세상으로 갔고 이일은 왜군을 피해 숨었다. 지금 선조는 양 날개를 모두 잃은 독수리와도 같았다.

'지금 나는 지친 육신을 질질 끌면서, 사시(蛇豕, 뱀과 돼지처럼 욕심이 많고 포악한 무리) 같은 오랑캐를 피해 죽을 둥 살 둥 달아나고 있다. 백성들 피눈물이 대지를 적시고 통곡 소리가 하늘에 닿았다. 어떻게 오늘 상처를 씻을 것인가? 무엇으로 복수할 것

인가?'

갑자기 등 쪽이 환해졌다. 어깨를 웅크리고 통통걸음을 재촉하던 신하들이 동시에 뒤돌아보았다. 폭우가 쏟아지는 어둠 속에서 거대한 불기둥이 치솟았다. 경복궁 쪽이었다.

"무, 무슨 일인가? 저게 뭔 일이야?"

선조는 너무 놀란 나머지 말에서 떨어졌다. 도승지 이항복이 황급히 달려와서 부축했다.

"내의원! 내의원은 어디 있나?"

행렬 끝에서 내의원 허준이 허겁지겁 뛰어왔다. 선조는 융복에 묻은 진흙을 털어 낼 생각도 하지 않고 왕방울만 한 눈으로 불타는 궁궐을 응시했다.

불길은 삽시간에 도성 전체로 번져 갔다.

경복궁에 이어 창덕궁과 창경궁도 불길에 휩싸였다. 뒤늦게 몽진 소식을 듣고 분노한 백성들이 일으킨 방화였다. 백성들은 더 이상 선조를 임금으로 받들 마음이 없었다. 찬란한 보물과 귀한 서적들이 꽃불 속에서 한 줌 재로 변해 갔다. 궁녀와 후궁들이 눈물을 쏟았고 대신들은 고개를 떨어뜨린 채 할 말을 잃었다.

선조는 귀룽나무에 기대어 주먹을 불끈 쥐었다. 두 눈에서 불덩이가 이글이글 타올랐다. 분노가 삶의 의지로 탈바꿈하는 순간이었다.

'저 불꽃을 보라. 산산이 부서지는 전각을 보라. 이 나라 주인인 내가 거처하던 궁궐을 저렇듯 폐허로 만들 수 있는가. 괘씸하구나. 무엄하구나. 왜란이 없었더라도 기회만 있으면 저렇듯 불을 지를 마음을 품고 있었던 게다. 내 어찌 역심을 품은 저들을 그냥 둘 수 있으랴.

나는 돌아온다. 돌아와서 반드시 새로운 궁궐을 세우리라. 오늘 밤 궁궐을 짓밟은 저 간두(奸蠹, 간악하여 남을 해침)한 무리들을 모조리 색출해서 거열형에 처하리라. 구족을 멸하리라. 기다려라, 목멱산이여! 돌아오마. 이 치욕을 말끔히 씻기 위해서라도 저 거대한 불기둥을 잊지 않으리라. 천 배 만 배로 갚아 주리라.'

二、교활한 상인, 기회를 잡다

"미쳤우? 그리 깔깔거리며 웃게. 궁궐이 몽땅 불에 타는 게 그리 좋은가?"

천무직은 주위를 둘러보며 싫은 소릴 해 댔다. 피란길에 나선 사람들이 몽진 행렬을 뒤따라 돈의문 쪽으로 빠르게 몰려가고 있었다. 이마가 땅에 닿을 만큼 허리를 꺾고 웃고 또 웃던 임천수가 갑자기 웃음을 뚝 멈추고 고개를 들었다. 언제 웃었느냐 싶게 비장한 표정이었다.

"무직아!"

"예, 형님!"

"드디어 우리에게 기회가 왔다. 조선 최고의 장사꾼이 될 기회가 온 게야."

천무직은 임천수의 말을 이해할 수 없는 듯 두 눈만 멀뚱멀뚱

떴다.

“난리가 났우. 왜놈들이 조선 팔도를 집어 삼키겠다고 바다를 건너왔다 이 말이우. 전란 통에는 장도 제대로 안 설 텐데, 기회는 무슨 얼어 죽을 기회란 말이우?”

임천수가 가래침을 탁 뱉은 후 답했다.

“아무리 큰 전란이 나도 목숨 부지할 궁리는 하기 마련이지. 먹고 살기 힘든 세상일수록 크게 벌 길이 열린다 이 말씀이야. 우리에겐 배가 열 척이나 있으니 더더욱 큰 이문을 남길 수 있어.”

“알기 쉽게 설명해 주슈.”

임천수가 경복궁 하늘 위로 치솟는 불길을 바라보며 답했다.

“이놈아! 너도 생각을 해 봐라. 우리가 소광통교에 그냥 가게를 내고 있었다면 지금 어떻게 되었겠어? 짐 싸들고 피란 가느라 정신이 없었겠지.”

천무직이 고개를 끄덕였다.

“무직이 네가 아무리 힘이 장사라도 가게 물건을 얼마나 옮기겠느냐? 또 설령 가져간다 한들 어디에 쟁여 두고 판단 말이야? 회생하기 어려울 만큼 막심한 손해를 보았을 게야.”

“정말 그렇네. 큰일 날 뻔 했우. 그때 처분하지 않았으면 피란 가는 저치들 꼴이 났겠어. 한데 참 웃기지도 않아. 왜놈들이 아무리 많이 몰려왔다 해도 그렇지, 도성문을 굳게 걸고 싸운다면 까짓 왜놈들을 못 물리칠까. 나랏님이 저렇듯 도망을 치고 또 궁궐이 온통 불에 타는 꼴이라니. 무법천지가 따로 없수다.”

임천수가 히죽 웃음을 흘린 다음 천무직에게 물었다.

"몇 시까지 오기로 했지?"

"다들 오시(낮 11시)까진 마포(麻浦) 나루로 돌아올 게요. 한데 형님! 한 가지만 더 물어봐도 되우?"

임천수가 굽은 허리를 조금 폈다 숙이며 돈의문 쪽을 힐끔 쳐다보았다. 여전히 피란짐을 이고 진 사람들로 북새통을 이루었다. 천무직이 답답한 듯 질문을 퍼부었다.

"전란으로 도성까지 위태로운 마당에 왜 이곳까지 왔우? 뱃사람은 왜 또 스무 명이나 풀어 으리으리한 당상관 집 부호 집으로 들 보냈우? 그들 편에 딸려 보낸 서찰엔 뭐라 적었고?"

임천수가 하늘을 올려다보며 걸음을 내디뎠다.

"어여 가자. 오시부터 귀한 손님들 맞을 준비를 하려면 서둘러야겠어."

천무직이 그 앞을 바위처럼 성큼 막아섰다.

"대답해 주기 전에 못 가우."

임천수가 천무직의 정강이를 발로 콱 찼다.

"말이 필요 없는 때가 왔어. 몰려오는 재물을 잘 챙기기만 하면 된다고. 알겠어?"

천무직이 왼쪽 정강이를 손바닥으로 문지르며 과장되게 뒤뚱거렸다.

활짝 열린 돈의문으로 피란민들이 밀려들어 갔다. 문을 닫는 초군도 지키는 수문장도 벌써 사라지고 없었다.

임천수는 마포나루에 도착하자마자 식점 다섯을 한꺼번에 빌렸다. 그리고 배 세 척을 댄 후 뱃사람들을 불러모았다. 백 명 가까운 장정들이 모였다. 평상 위에 올라서도 대열 끝이 안 보였다.

"형님! 이리 오슈."

천무직이 가볍게 임천수를 들어 목말을 태웠다. 장정들은 물론 부두에 묶어 둔 상선들까지 한눈에 들어왔다. 임천수가 작은 눈을 번뜩이며 큰 소리로 말했다.

"다들 잘 듣게. 이제 곧 이 앞마당에 귀한 재물이 그득 쌓일 걸세. 여기 무직이 명령에 따라 잽싸게 물화를 배에 실어야 하네. 일을 무사히 마치면 오늘 품삯은 네 배로 쳐 줌세."

장정들은 잠시 두리번거리며 서로 표정을 살피다가 동시에 함성을 질러댔다. 천하의 구두쇠 임천수가 품삯을 자그마치 네 배나 주겠다고 선언한 것이다. 천무직이 목말 태웠던 임천수를 내려놓으며 물었다.

"형님! 다들 피란 가느라 바쁜데 무슨 재물이 쌓인단 말이우?"

"두고 보면 알아."

도성으로 갔던 뱃사람 스무 명이 돌아오고 얼마 지나지 않아서 사람들이 밀어닥치기 시작했다. 옷을 말끔하게 차려 입은 벼슬 높은 관원과 콧대 높은 부인들이 하인을 거느리고 온 것이다. 배를 타고 강화도나 개성 쪽으로 올라갈 계획을 세운 사람들이다.

임천수의 상선을 제외하고 마포나루에서 움직일 수 있는 배는 고작 스무 척 남짓했다. 전란이 터지는 바람에 하삼도에서 올라오던 조운선이 뚝 끊긴 것이다. 있는 배들도 매우 작고 낡아서 사람은 태운다 해도 소달구지에 싣고들 온 서책과 재물은 감당하기 힘든 형편이었다.

곳곳에서 흥정이 시작되었다. 작은 배의 주인들은 선가를 턱없이 높이 부르면서 무겁고 큰 물건은 하나도 실을 수 없다고 못을 박았다. 피란민들은 발을 동동 구르며 귀한 재물을 어쩌지 못해 안타까워했다.

개중 몇몇은 배 주인들과 흥정하기보다 먼저 임천수가 기다리는 식점으로 갔다. 임천수가 미리 보낸 서찰을 읽은 고관 대작과 부호들이었다.

첫 손님이 방으로 들었다. 전 이조 참판 남변석(南卞石)이었다. 임천수는 서안을 좌우로 마주보게 놓았다. 상석을 양보하고 예의를 차릴 여유가 없었던 것이다.

"앉으시지요."

남변석은 "에헴" 헛기침을 하며 자리를 잡았다.

"서찰은 잘 읽어 보았네. 곳간에 있는 쌀 가마를 모두 가져왔으이. 자네도 알겠지만 우리 가문은……"

"그게 답니까요?"

임천수가 단칼에 말을 잘랐다. 남변석 표정이 차갑게 굳었다.

"……그렇네. 자네가 값비싼 비단이나 서책, 약재, 쌀가마 등을 금덩이로 바꾸어 준다고 서찰에 적었는데, 사실인가?"

"그렇습죠. 피란길에 짐만 되는 물품을 소인 놈이 사들이겠다고 말씀 올렸습죠."

"내 특별히 금 열 근만 받도록 하지."

"두 근 드립죠."

남변석의 얼굴이 벌겋게 달아올랐다.

"여덟 근이나 깎는 법이 어디 있는가! ……좋아. 그럼 내 특별히 일곱 근만 받겠네."

"깎는 게 아닙죠. 저 쌀가마를 가지고 배에 오를 수는 없습니다요. 어차피 버리고 갈 거라면 금 두 근도 적지 않은 값입죠."

"뚝 잘라 닷 근 주게."

"두 근 드립죠."

"어허, 내가 누군 줄 알고 이렇듯 도둑놈 심보를 드러내는 것이냐?"

"전 이조 참판 남변석 대감이 아니십니까요. 대감이시기에 후하게 값을 쳐 드린 겁니다요. 두 근으로 모자라신다면 다른 장사치를 찾아 흥정을 하십시오."

잠시 침묵이 흘렀다. 치켜 올라간 남변석의 눈꼬리가 부르르 떨렸다. 참기 힘든 치욕이었지만 응징할 방법이 없었다. 예닐곱 명 하인을 거느리고 왔으나 뱃일로 단련된 임천수의 장정들에겐 상대가 되지 않았다. 남변석은 결국 긴 한숨을 토하며 말했다.

"두 근이라도 주게."

임천수가 즉시 참나무 함을 열어 한 근짜리 금덩이 두 개를 꺼내 내밀었다. 남변석은 금덩이를 소매에 감추고 자리에서 일어섰다. 임천수가 자리에서 일어나 웃음을 흘렸다.

"멀리 배웅은 못 나가겠습니다요. 부디 전란이 미치지 않는 곳에 무사히 가시기 바랍니다요."

다음으로 비단을 가득 실은 소달구지가 마당으로 들어왔다. 장옷으로 머리를 가린 여인들이 종종걸음으로 뒤를 따랐다. 천무직이 쓰윽 그 앞을 막고 섰다.

"어인 일이슈?"

여인들은 깜짝 놀라며 재빨리 옆으로 비켜섰다. 텁석부리 천무직 얼굴에 장난기가 가득했다.

"보아하니 높으신 댁 마님이신 듯한데, 어인 일로 이 마포 식점에까지 오셨수?"

시비 하나가 용기를 냈다.

"썩 비키지 못할까. 뉘 안전이라고 감히 길을 막는 것이냐?"

천무직이 두 눈을 번뜩이며 한 걸음 더 다가섰다.

"뉘 안전인지는 얼굴을 봐야 알 거 아뇨?"

시비가 다시 대들었다.

"당장 무릎을 꿇지 못할까. 우리는 정이품……"

"그만!"

나이 든 여인이 시비의 말을 막았다. 그러곤 천천히 장옷을 벗었다.

"임 도주를 만나러 왔네. 거래를 하자는 서찰을 받았으이. 사람을 청하는 글을 보내 놓고 이렇게 길을 막는 건 어느 나라 법도인가?"

침묵이 흘렀다. 말문이 막힌 천무직의 왼손이 천천히 등 뒤로 향했다. 도끼 하나를 뽑아들자 시비 셋이 그 자리에 털썩 엉덩방아를 찧었다. 천무직은 도끼를 쓰윽 오른 팔뚝에 닦았다. 여인의 두 무릎이 눈에 띄게 떨렸다. 아랫입술을 꽉 물며 겨우 두려움을 견뎌 내고 있는 것이다. 이윽고 천무직이 도끼를 제 어깨에 슬쩍 걸치고 길을 내주며 말했다.

"들어가 보슈. 우린 오늘 매우 바쁘니 군소리 길게 늘어놓지는 마슈. 내 이 도끼는 성미가 매우 급하우. 왜놈들이 도성에 들어올 날이 사나흘도 채 남지 않았다고 하우. 넷이나 방에 들어갈 여유가 없으니 혼자만 가슈."

여인은 임천수와 마주 앉기도 전에 기가 많이 꺾였다. 정부인(貞夫人, 정이품과 종이품 당상관의 부인)이란 것이 전혀 통하지 않는 분위기였던 것이다. 임천수는 세필(細筆)을 든 채 물었다.

"모두 몇 필이나 됩니까?"

여인은 왼쪽으로 비스듬히 앉은 채 시선을 아래로 깔고 답했다.

"이백 필이 조금 넘는다네. 상품(上品) 중에서도 상상품(上上品)이지. 대국에서도 구하기 힘든 비단일세. 서국(西國, 인도)에 이름난 장인(匠人)들이 만든 걸세. 자네도 이렇게 뛰어난 건 보지 못했을 걸세."

"한 근 드립죠."

"한 근이라니? 백 근을 받아도 부족해."

임천수가 쥐눈으로만 웃으며 싸늘하게 답했다.

"한 근 드리고 소인 놈이 잘 아는 사공에게 부탁하여 강화도까지 무사히 모시도록 합죠. 목숨값에 비단 이백 필이면 적당하다고 봅니다요."

여인이 울먹거렸다.

"내가 저 비단을 모으느라 얼마나 고생한 줄 아는가? 대감께서 모진 길에 호종(護從)하지만 않으셨어도 내가 여기 와서 이러고 있진 않을 걸세. 백 근을 다 달라고 하진 않겠네. 최소한 열 근은 주게."

임천수가 목소리를 높였다.

"무직아!"

"예이!"

천무직이 성큼 방문을 열고 얼굴을 들이밀었다. 여인은 양손으로 입을 막으며 저도 모르게 몸을 움츠렸다.

"마당에서 비단을 치우고 다음 손님 모셔 오너라."

"알겠습니다요!"

천무직이 더욱 큰 소리로 답하며 방으로 성큼 들어왔다. 당장 손목이라도 틀어쥐어 밖으로 내쫓을 기세였다.

"하, 하, 하, 한 근 주시게."

임천수가 붓을 내려놓고 너스레를 떨었다.

"소인 놈도 상도(商道)를 압니다요. 백 근을 원하시는 마님께 어찌 한 근을 드릴 수 있겠습니까요? 이런 거래는 하지 않는 것이 옳습니다요."

여인이 매달리다시피 임천수에게 청했다.

"아닐세. 한 근으로 하세. 백 근은 내 욕심이었으이. 한 근이면 되네. 강화도까지 가는 건 틀림이 없겠지?"

"다시 한 번 생각해 보시는 것이 어떻겠습니까요? 나중에 괜히 소인 놈을 원망하지 마시고."

"아니야. 자네 덕분에 목숨을 구하게 되었으니 오히려 고맙네."

"그러시다면야……"

임천수는 못 이기는 척하고 금 한 근을 건네주었다. 천무직이 성큼성큼 여인들을 이끌고 미리 약조가 된 소선(小船)을 향해 걸었다.

해 질 무렵이 되자 임천수의 상선 세 척은 귀한 재물로 가득 찼다. 아직도 마당으로 사람들이 몰려들었으나 임천수는 그쯤 해서 전을 걷었다. 천무직이 콧김을 푹푹 내쉬며 간섭을 했다.

"좀 더 실읍시다. 아직 쌀 오십 가마, 비단 백 필은 너끈히 실을 수 있우."

임천수가 마당으로 내려서며 고개를 들어 하늘을 살폈다.

"비가 오려나. 먹구름이 저렇듯 많으니 오늘 은하수를 보긴 글렀나 보다."

"형님! 갑자기 귀머거리라도 되셨우?"

천무직이 가슴을 쿵 소리 나게 쳤다. 그러나 임천수는 입을 굳게 닫은 채 서둘러 걸음을 옮겼다.

마포나루를 떠난 세 척의 배가 나란히 김포(金浦)를 지나 교하(交河)에 가까이 갔다. 천무직은 분이 풀리지 않은 듯 아름드리 통나무를 세워 놓고 도끼로 찍어 댔다.

"이놈아! 그만둬라. 어디 그 도끼날 무서워 뱃사람들이 제대로 일을 하겠느냐?"

"형님! 왜 이리 서둘러 달아나는 게요? 밤에 왜군이라도 온다는 소문을 들으신 게요?"

임천수가 도성 쪽 하늘을 바라보며 답했다.

"우리가 오늘 밤을 마포나루에서 보낸다면 왜군보다 더 무서운 놈들에게 당했을 게야."

"왜군보다 더 무서운 놈들이라고 하였우?"

임천수가 고개를 끄덕였다. 천무직이 쌍도끼를 쑥 내밀며 어깨를 떨었다.

"야차(夜叉)들이 몰려와도 내 이 도끼로 모두 때려잡았을 거요. 한데 대체 형님이 두려워하는 그놈들이 누구요?"

임천수가 천무직의 두 눈을 들여다보며 되물었다.

"낮에 궁궐이 활활 타오르는 걸 너도 보았지?"

"예, 형님!"

"바로 그놈들이야. 감히 궁궐 문을 부수고 들어가서 나랏님이 거닐던 후원을 파헤치고, 조정 대신들이 나랏일을 의논하던 전각에 불을 지른 놈들. 예의도 법도 모르는 바로 그놈들이…… 나는 무섭다."

"에이, 텅 빈 궁궐로 몰려온 좀도둑들이 아니우? 그깟 놈들 백 명이 와도 이 무직이가 모두 처치하겠우."

"그게 그렇지가 않아. 나랏님이 몽진을 떠났으니 이제 저들은 두려울 게 없지. 마포 나루에 귀한 재물을 그득 실은 배가 세 척이나 있다는 풍문을 듣는다면 만사 제쳐 놓고 달려올 게 아니냐.

백 명, 이백 명이 아니라 천 명, 만 명이 몰려들 수도 있어. 무직이 네가 아무리 천하장사지만 벌 떼같이 덤벼드는 놈들을 당해낼 순 없어. 피하는 게 상책이지. 그래서 밤이 찾아들기 전에 서둘러 떠난 게다."

천무직이 긴 혀로 아랫입술을 핥았다. 호언은 했지만 정말 장정이 백 이백씩 몰려든다면 감당할 수 없다. 임천수가 천무직 어깨를 툭툭 치며 타일렀다.

"너무 아쉬워 마라. 우린 곧 마포나루로 다시 올 테니까."

"다시 온다 하셨우?"

"그래. 곧장 전라도 땅으로 가서 이 재물들을 비싼 값에 파는 게다. 그리고 다시 전라도의 좋은 쌀을 헐값에 사서 마포로 와 비싼 값에 팔자꾸나. 그땐 도적 떼에 대비하여 무기도 갖추고 장정들도 더 보강해서 오면 되지."

"하하하핫, 형님! 어쩌면 그리 머리가 잘 돌아가시우?"

임천수도 미소지으며 멀리 통진(通津) 하늘을 우러렀다.

'조선 팔도여! 전란의 불기둥 속에 활활 타올라라. 굶주리고 병들고 헐벗어라. 죽음과 이마를 비벼라. 살아남기 위한 길을 나 임천수가 마련해 주마. 그 대신 너희들 목숨 값을 내놓아라. 가진 것을 남김없이 모조리 내놓아라!'

三、패배의 가능성을 말끔히 제하는 일

사월 이십구일 꼭두새벽.

방답 첨사 이순신(李純信)이 장창을 비껴 들고 긴 턱수염을 좌우로 흩날리며 진해루 언덕을 오르고 있었다. 판옥선에 실은 화약과 유황을 감찰하던 중 전라 좌수사 이순신이 급히 찾는다는 전갈을 받은 것이다. 새호리기 한 마리가 진해루 위를 빙빙 돌고 있었다. 전라 좌수군은 내일 아침 경상 우수군을 구하기 위해 출정할 예정이었다. 왕버들 늘어선 애두름(낮은 언덕)을 따라 핀 흰 은대난초 꽃이 아름다웠다.

군사들 사기가 하루가 다르게 곤두박질치고 있었다. 왜군들이 포로로 잡힌 조선 수군들 코와 귀를 벤다는 흉문이 돌았고 경상 좌수사 박홍과 경상 우수사 원균이 패한 마당에 전라도 수군이라고 뾰족한 수가 있겠느냐는 절망감이 광범위하게 퍼져 나갔다.

열흘 전부터는 탈영병이 속출했다. 포망장(捕亡將, 탈영병을 잡는 군관)에게 잡혀 온 군졸들을 엄벌에 처했지만 사해(死海, 죽음의 바다)를 벗어나려는 노력 또한 끈질겼다. 급기야 탈영병은 군율에 따라 무조건 참한다는 방까지 나붙었다.

키가 작고 들창코인 사내가 어깻숨(어깨를 들먹거리면서 가쁘게 쉬는 숨)을 몰아쉬며 이순신(李純信) 뒤를 따랐다. 순천부에 소속된 영진무(營鎭撫, 하사관) 이언호(李彦浩)였다. 이순신(李純信)은 참았던 숨을 슬슬슬 내쉬며 힐끗 뒤를 돌아보았다.

'이언호는 왜 찾으시는 걸까. 파발이라면 날발이나 변존시를 시키면 될 일이고, 척후라면 당보(塘報, 척후병이 깃발을 가지고 높은 곳에 올라가 적의 정세를 살펴 알리는 일)에 능한 김완이나 배흥립이 있지 않은가.'

군관 나대용이 새 판옥선 설계도를 옆구리에 끼고 어깨를 흔들며 정문까지 나와서 두 사람을 맞았다.

"어서 오십시오, 형님! 장군께서 기다리십니다."

나대용보다 두 살 위인 이순신(李純信)이 긴 턱수염을 쓸며 숨을 골랐다. 며칠 전, 이순신은 나대용과 이순신(李純信)에게 술을 부어 주며 의형제를 맺도록 권했다.

"내가 남을 사랑하면 남도 나를 사랑하고, 내가 남을 공경하면 남도 나를 공경한다고 했네. 그대 둘은 내 오른팔이고 왼팔이야. 둘 중 하나라도 좌수영을 떠나면 나는 불구가 되는 거지. 그러니 그대 둘은 오늘부터 형제의 의를 맺는 것이 좋겠어."

전라 좌수사 이순신은 생각에 잠긴 채 진해루 주위를 빙빙 돌고 있었다.

경상 좌수사 박홍도, 부산포 첨사 정발도, 동래 부사 송상현도 하루를 넘기지 못하고 완패했으며 아직 어디에서도 승전 소식은 들려오지 않았다. 사월 이십칠일 좌부승지가 보낸 공문을 들고 온 선전관 조명(趙銘)은 몽진을 떠나자는 주장이 조정에서 대두되었다고 했다. 채 한 달을 넘기기도 전에 한양이 왜군 수중에 떨어질 판이었다.

'몽진을 떠난다면 어디로 갈까. 왜군이 난바다를 건너 왔다는 점을 감안한다면 강화도는 위험천만이다. 여차하면 명나라로 건너갈 수도 있는 개성이나 평양을 선택하지 않을까. 왜군들도 몽진 행로를 짐작하고 있겠지. 저들이 전라도를 끼고 돌아 황해를 타고 곧바로 북진하면 조선 조정은 독 안에 든 쥐 신세를 면하기 어렵다. 바다와 육지에서 협공을 당한다면 살아남을 수 없다. 전라 좌우 수군이 패하면 이 전쟁은 진다. 전쟁에서 지면……?'

"방답 첨사 일행이 방금 도착했습니다."

이순신은 상념에서 깨어나 세 사람을 맞았다. 나대용이 검은 눈동자를 빙빙 돌리며 먼저 입을 열었다.

"척후들 보고가 엇갈리고 있습니다. 왜선이 남해 근처에 다다랐다는 연통도 있고, 아직 거제에 머무른다는 보고도 있습니다. 왜군이 벌써 전라 좌도 바다 가까이 들어왔다면 무기와 식량이 쌓여 있는 남해를 두고 좌수영을 비울 수는 없습니다. 왜적들에게 날개를 달아 주는 꼴이 될 터이니까요. 내가 가질 수 없다면 차라리 불태워 들을 비우는 것이 고금에서 으뜸으로 치는 병략이지요. 내일 새벽 출정에 앞서 남해를 살펴보는 것이 좋을 듯싶습니다."

이순신은 바닥에 닿을 만큼 머리를 숙인 이언호에게 물었다.

"고향이 남해라지?"

"남해에서 오 대째 살고 있습니다요."

"그렇다면 그곳 지리와 사정을 훤히 알겠구나."

"눈을 감고도 길을 찾을 수 있습죠."

이순신은 고개를 끄덕이며 품에서 서찰 한 장을 꺼냈다.

"권 부사가 특별히 너를 추천했느니라. 지금 곧 남해 현령 기효근에게 이것을 전하도록 해라. 남해현, 미조항, 상주포(尙州浦), 곡포(曲浦), 평산포에 있는 수군들과 힘을 합쳐 경상 우도로 향할 테니 미리 나와 대기하라는 글이다. 답장을 받아 오는 것은 물론이고 그곳 분위기를 소상히 살펴야 한다. 알겠느냐?"

"알겠습니다요."

"그럼 떠나라. 늦어도 신시(오후 3시~5시)까지는 돌아와 간심고과(看審告課, 사실을 세밀하게 조사하여 보고함)하라."

이언호가 공손히 서찰을 받아 들고 자리를 떴다.

"차나 한 잔씩 들지."

날발이 결명차 석 잔을 내 왔다. 나대용과 이순신(李純信)은 후후 입김을 불면서 차를 마시는 좌수사를 말없이 지켜보았다. 좌의정 류성룡이 안질을 염려하여 특별히 보내온 결명차였다.

"왜 들지들 않고? 지자(知者)는 혹하지 않고, 인자(仁者)는 걱정하지 않으며, 용자(勇者)는 두려워하지 않는다고 했네. 참 좋은 말씀이지. 오늘까지 탈영병이 몇이라고 했는가?"

"열둘이옵니다."

"열둘이라…… 너무 많구먼. 한 사람이 죽기를 각오하면 적군 천 명을 공포에 떨게 할 수도 있다는데, 지금은 그 반대로군. 열두 명이 죽음을 두려워하다니 우리 군사 천이백 명이 전의를 잃었겠어. 아무래도 안 되겠군. 입부(立夫, 이순신(李純信)의 자)!"

"예, 장군."

"방답 소속 판옥선이 모두 몇 척인가?"

"두 척이옵니다."

"화약과 유황을 조금씩 더 싣도록 하게. 경상 우수영에도 빌려줘야 할 테니. 미조목 첨사, 상주포 만호, 평산포 권관이 이끄는 장졸들은 모두 미조항(彌助項)에서 기다리라고 했다네."

방답 첨사 이순신(李純信)은 그 느릿느릿한 말투를 속으로 따라 했다. 이순신은 상처나 고민을 안으로 삭이며 웃음과 여유를 내비치는 인간이었다. 때와 장소를 가리지 않고 병서(兵書)를 읽었고 사어벽(射御癖, 활쏘기와 말 타기를 즐기는 버릇)이 있어 밤낮을 가리지 않았다. 식도를 타고 핏덩이가 올라올 정도로 폭주를 한 후에도 기를 쓰고 어슴새벽부터 공무를 보았다.

"남해가 심상치 않으면 어쩌시려는지요?"

나대용이 마른침을 꼴깍 삼켰다. 아까부터 그 물음을 던지고 싶었다. 이순신은 차를 다 마신 후 다기에 물을 따랐다.

"역시 결명차는 중탕이 제 맛이야. 아니 그런가?"

"기 현령과 휘하 장졸들이 후퇴해 기회를 엿보고 있다면 어찌 하시겠습니까?"

이번에는 방답 첨사 이순신(李純信)이 물었다. 이순신은 그 눈을 똑바로 들여다보며 답했다.

"일단 연통을 취해 볼 일일세. 그래서 안 되면 병법에 따라야지. 나는 이 전쟁에서 단 한 번도 지고 싶지 않네."

나대용이 끼어들었다.

"장군! 궁금한 것이 하나 있사옵니다."

"무엇인가?"

"원 장군으로부터 거듭 구원병 요청이 왔사옵니다. 한데 어찌하여 번번이 전령을 되돌려 보내기만 하고 출정하지 않으시는지요? 그사이 경상 우수군이 궤멸될까 걱정입니다."

"궤멸? 허허허."

이순신이 너털웃음을 터뜨린 후 지도 한 장을 꺼내 펼쳤다. 나대용과 이순신(李純信)은 눈이 휘둥그레졌다. 전라도 해안을 그린 것이었는데, 지형지세와 수심뿐만 아니라 각 관과 포에 속한 장수 명단과 군사들 수, 그리고 군선 수까지 상세하게 기록되어 있었다. 작년 가을 허균이 이순신에게 건네주었던 지도였다.

"잘 살펴보게. 누가 이 지도를 그린 것 같은가?"

광양 현감 어영담이라도 이렇게까지 자세히는 알지 못할 것이다. 그 순간 쇠공처럼 묵직한 것이 두 사람 머릿속을 동시에 두들겼다. 그들 입에서 동시에 신음처럼 소리가 흘러나왔다.

"가, 간자!"

이순신이 빙긋 웃으며 그 추측이 옳음을 확인시켜 줬다.

"왜놈들은 자네들 잠버릇까지 알고 있을 걸세. 적은 우리를 아는데 우리는 적에 대해 아무것도 몰라. 단번에 승패가 결정된다면 죽음을 각오하고 맞설 수도 있겠지. 하나 이 전쟁은 단판 승부가 아닐 듯싶네. 경상도와 충청도가 무너지면 남는 것은 전라도뿐이야. 생각해 보게. 곡창 지대인 전라도를 잃는 날에야말로 이 전쟁은 끝장일세. 전라도는 이제 승패를 가름하는 목숨 줄일세. 이 요해처를 지키는 우리 군졸 목숨 하나를 왜군 수급 열과도 바꿀 수 없어. 함부로 몰아내어 목숨을 잃게 한다면 누구를 데리고 싸운단 말인가."

이순신(李純信)과 나대용은 고개를 끄덕였다. 이순신이 두 사람을 그윽하게 쳐다보며 말을 이었다.

"게다가 아직 경상 우도 바다로 넘어가도 좋다는 어명이 내리지 않았네. 어명 없이 군선을 이끌고 관할 지역을 이탈하여 어떤 오해를 산다면, 내 한 목숨 잃는 것은 상관없으나 자칫 전라도를 잃고 조선을 잃어 이 강토가 왜놈들 손에 유린될 거야. 다급할 때일수록 신중, 또 신중을 기하는 게 옳지.

경상 우수군을 즉시 돕지 않은 것은 서둘러 승리를 다투다가 자칫 패배할 일을 경계해서일세. 원 수사는 한시라도 빨리 왜군을 쓸어버리려고 몸이 달아 있어. 자네들을 비롯해 우리 좌수영 소속 장졸들도 마찬가지야. 왜군을 가벼이 보고 단숨에 물리칠 마음만 급하다네. 이런 상황에서 우리 좌수군이 경상 우수영 지역으로 넘어가 왜군들과 맞서면 어떤 일이 벌어지겠는가? 복수심에 눈이 멀어 무작정 돌진 또 돌진하여 싸웠을 터. 그리 되면 얻는 게 있어도 잃는 것 또한 적지 않을 걸세. 만약 패하기라도 하면 파죽지세로 밀려들 왜군들에게 조선 바다를 모두 잃을 것이고, 혹여 승리를 얻었더라도 피해 또한 적지 않아 더 이상 전라도를 방어할 수 없을 것이야.

지금쯤이면 원 수사도 서너 차례 왜군들과 맞서 그 힘이 만만하지 않음을 느꼈을 터이고, 일거에 쓸어버리겠다는 허풍만을 앞세워 장졸들을 선동하지는 않을 테지. 비로소 내가 기다리던 때가 온 걸세. 치밀하게 병략을 세워 왜놈들을 조선 바다에서 몰아낼 시간이라네. 서서히 놈들 목숨을 조이다가 기회를 잡으면 사나운 바람처럼 한꺼번에 쓸어버리세. 그러니 나만 믿고 따르게. 알겠는가?"

이순신은 마지막 군중 회의를 정오 무렵부터 시작할 계획이었다.

지난 보름 동안 열 번 넘게 진법 훈련을 한 결과, 좌수영 소속 장수들은 오랫동안 그물질을 함께한 어부처럼 손발이 척척 맞아 들어갔다. 열흘 넘도록 어영담이 전라도와 경상도 해안 날씨와 해류를 설명해 준 덕분에, 이제 장수들은 웬만한 기후 변화를 스스로 극복할 수 있게 되었다. 이순신으로서는 거북선을 몇 척 더 만들지 못한 것이 아쉬울 따름이었다. 지금 당장 전투에 나설 수 있는 것은 영귀선(營龜船, 전라 좌수영에 속한 거북선을 말함) 한 척뿐이고 방답과 순천의 거북선은 아직 바다에 띄우지도 못했다. 그러나 준비가 완벽한 상황에서 벌어지는 전투는 고금에 드문 법이다.

이순신은 나대용과 이순신(李純信)을 이끌고 진해루로 나섰다. 낙안 군수 신호를 비롯한 장수들이 자리에서 일어나 예를 갖추었다. 모두들 표정이 심각하게 굳어 있었다.

"권 부사는 언제쯤 오실까요?"

나대용이 걱정스럽게 물었다. 나대용과 이언량, 그리고 이순신(李純信) 등 젊은 장수들은 거북선을 제작하고 판옥선을 개량하는 데 지혜를 짜내어 이리저리 도움을 준 권준과 자주 어울렸다. 나대용 등이 고민을 털어 놓고 자문할 때마다 권준은 흔쾌히 값진 충고를 해 주었다. 이순신은 그 마음을 헤아린 듯 차분하고 따뜻한 어조로 나대용에게 답했다.

"시간이 꽤 걸리겠지. 좌수영 소속 수군들을 차출하려는 것을 막으려고 갔으니 쉽지만은 않을 걸세. 육지와 바다 중 어느 곳도 버릴 수 없음을 왜들 모르는지."

조선군을 육군으로만 편성하자는 주장은 벌써 십 년이 넘도록 계속 제기되어 왔다. 작년에는 한성 판윤 신립이 수군 임무를 조운과 군사 수송에만 국한하자는 의견을 내놓았다. 군선을 만드느니 차라리 그 돈으로 해안에 성을 쌓는 편이 낫다는 것이다. 그때마다 이순신은 왜구가 한반도에 상륙하기 전에 격침하는 것이 상책이라며 류성룡에게 은밀하게 서한을 보내 오히려 수군을 증강하자고 강력히 요청했다.

수군을 없애면 왜적들은 조선 바다를 제 집 마당처럼 드나들 것입니다. 어부들은 마음 편히 그물을 던질 수 없을 것이며 섬에 사는 백성들은 사시사철 왜구에게 노략질 당할 것입니다. 제주도는 물론이고 큰 섬인 거제도와 남해도도 안심할 수 없습니다. 왜구들이 육지로 통하는 항로를 모조리 가로막고 으르렁댄다면 어느 누가 돛을 올리고 바다로 나가려 하겠습니까. 해안에 성을 높이 쌓는다 해도 동해, 서해, 남해를 물샐틈없이 지키는 건 불가능합니다. 그러므로 수군을 없애자는 주장은 이 나라를 고스란히 왜구에게 넘겨주자는 것과 다르지 않습니다.

수군 폐지 문제는 결국 왜국을 정벌하려는 선조의 주장과 맞물려 흐지부지되고 말았다. 그러나 장수들 대부분은 수군이 육군에 차출되는 것을 당연하게 여기고 있었다. 그만큼 수군 지위가 육군에 비해 미약했던 것이다.

전쟁이 발발한 후 여러 차례 전라 감영에서 지원 요청이 왔지만 이순신은 바다를 지키기도 힘든 터에 그럴 수 없노라며 단호하게 거절했다. 그러자 며칠 전에는 군령 불복으로 잡아들이겠다는 최후통첩이 날아들었다. 장수들이 이러지도 저러지도 못하고 허둥지둥할 때 이순신 뜻을 알아차린 권준이 가서 문제를 해결하고 오겠다고 자원했다.

"왜군은 자중지란을 즐길 겁니다. 우리끼리 흠집을 낼 필요가 있겠습니까? 장군께서는 일단 발을 빼시지요. 소생이 가서 분위기를 살핀 후 적절히 대처하겠습니다."

율포 만호 이영남이 부드득 이를 갈며 좌수영에 도착한 것은 군중 회의가 시작되려는 순간이었다. 이영남은 경상 우수영 깃발을 앞세우고 들어와서 원균이 보낸 서찰을 전한 다음 뜰 가운데 옴나위없이 서 있었다. 나대용이 엉거주춤 손을 들어 알은체를 했지만 인사도 받지 않았다.

닷새 전, 이영남은 무릎을 꿇고 읍소하면서 구원병을 청했다. 이순신은 바쁜 일을 핑계로 하여 한나절이나 버려두었다가 냉정하게 거절했다. 벌써 네 번째였다.

"아직 어명이 내리지 않았느니라. 사사로이 군사를 움직일 수 없으니 돌아가라."

그때 이영남은 다짐하고 또 다짐했다.

'다시는 좌수영에 발을 들이지 않으리라. 차라리 마지막 한 사람까지 왜군과 싸우다가 죽는 편이 낫지.'

그러나 전황은 날이 갈수록 악화되었고, 이영남은 결국 다섯 번째로 좌수영을 찾을 수밖에 없었다. 왜군은 거제도를 완전히 점령한 후 한산도와 산달도(山達島) 쪽에서부터 경상 우수영 함대를 압박해 왔다. 내륙으로 피하는 것은 쉬운 일이나 경상 우수사 원균도 물러설 마음이 없었다.

"장수가 전쟁터를 떠나서 어디로 간단 말이냐? 내 이 바다에 뼈를 묻으리라."

다시 전라 좌수영으로 가라는 명령을 받자, 이영남은 다른 사람을 보내라며 한사코 도리질을 쳤다.

"뭐야, 못 가겠다고?"

"차라리 제 목을 치십시오. 비렁뱅이 취급, 더는 못 당하겠습니다."

"비렁뱅이 취급이라!"

원균은 양 볼이 실룩거리고 수염이 밤송이처럼 뻣뻣하게 섰다.

건천동 시절에서부터 계룡갑사를 거쳐서 눈발 날리는 북삼도까지, 이순신과 만나고 엇갈리며 보내 온 반백 년 세월이 머릿속을 스쳐 지나갔다. 그러자 이제 군선을 대부분 잃고 손이나 벌리는 신세가 되었다는 참담함과, 자기 목숨이 걸렸는데도 어명을 내세워 원병을 보내지 않는 이순신에 대한 섭섭함이 뭉클뭉클 일어났다. 분노는 점점 커다란 불꽃이 되어 가슴속을 태웠다.

'여해 네놈이 이럴 수가. 감히 나한테 이럴 수가……'

원균은 분노를 누르려고 이를 악물었다.

"그동안…… 견디기 힘들었느냐?"

"차라리 혈혈단신으로 적진을 향해 뛰어들라시면 기꺼이 따르겠습니다."

"그래? 그렇기도 하겠군. 이번에는 이 서찰만 주고 답을 들으면 그냥 물러나오게. 돕기 싫다는 사람에게 자꾸 매달리는 것도 예의가 아니지."

이영남은 이순신이 서찰을 읽는 동안 천천히 칼을 빼어 들었다. 섬돌 옆에 서 있던 날발이 한 걸음 앞으로 나섰다. 나대용을 비롯한 장수들도 일제히 몸을 일으켰다.

"이게 무슨 짓이오?"

나대용이 큰 소리로 꾸짖었다. 이영남은 아무 대꾸도 하지 않고 칼끝을 돌려 목에 갖다 대었다.

"장군, 확답을 주십시오. 오늘도 구원병을 허락지 않으시면 소장은 이 자리에서 목숨을 끊겠습니다."

"......"

이순신은 잠시 아무 말 없이 햇빛에 번뜩이는 칼날을 응시하다가 별안간 뜰로 내려서며 호통쳤다.

"지금 날 협박하는 건가? 어찌 이렇듯 사사로이 목숨을 버리려 하는고? 어서 그 칼 내려놓지 못할까. 당장 내려놔!"

이영남은 두어 걸음 물러서며 지지 않고 소리쳤다.

"확답을 주십시오."

이순신은 오른손으로 전라 좌수영 장수들을 가리켰다. 장수들이 일제히 웃음을 터뜨렸다. 이영남은 그 웃음을 이해하지 못해 눈을 멀뚱멀뚱 뜨고 두리번거렸다. 이순신이 웃음 띤 얼굴로 따뜻하게 말했다.

"마침내 경상 우도 바다로 가도 좋다는 어명이 내렸느니라. 원 장군께 전해라, 곧 출정하겠다고."

"정말이십니까, 장군?"

이영남은 금세 눈시울이 벌겋게 달아올랐다. 눈물을 뚝뚝 흘릴 것만 같았다. 이순신은 빙긋 웃으며 고개를 끄덕였다. 그제야 이영남은 칼을 내리고 땅바닥에 엎드려 좌수영이 떠나갈 듯 울음을 터뜨렸다. 이순신이 어깨를 어루만지자 이영남은 손바닥으로 눈물을 훔치며 고개를 들었다.

“다음엔 죽순 무침을 곁들여 술이라도 함께하세. 지금은 어서 어서 가 보도록 해.”

이영남이 떠난 후 이순신은 원균이 보낸 서찰을 장수들에게 회람시켰다.

분위기가 삽시간에 어두워졌다. 왜선이 오백 척을 넘고, 부산포, 김해, 양산강(梁山江), 명지도(鳴旨島)가 적의 손에 들어갔으며, 거제도 가배량에 있는 경상 우수영 산성까지 함락되었다는 것이었다.

어영담이 고개를 갸웃거리며 먼저 입을 열었다. 어영담은 전란이 터지자마자 평소 친하게 지내던 경상 좌우도 어부들에게 은밀히 연통을 넣어 전황을 모으고 있었다.

“우수군을 이끌고 왜선 열 척을 쫓아가서 불태웠다고 적혀 있지만…… 믿기 힘들군요. 오히려 상반된 풍문만 들려옵니다. 경상 우수영 소속 팔관 십육포 장수들 중 상당수가 우수영 앞바다로 집결하라는 원 수사 군령을 어기고 가배량으로 모이지 않았으며, 원 수사께서 이운룡, 우치적 등을 이끌고 가덕도 앞바다까지 갔다가 왜선과 싸우지도 않고 줄행랑을 쳤다는 겁니다.”

권준이 흥미로운 듯 어영담에게 물었다.

“하면 원 장군께서 거짓을 적었단 말인가요?”

어영담이 답했다.

“어부들 이야기가 그렇다는 겁니다. 원 장군께서 승전했음을 알려 온 자는 아직 없습니다.”

좌중이 술렁거렸다. 이순신이 권준과 어영담을 차례차례 바라보며 말했다.

“그 일은 우리가 경상 우도 바다로 나가면 자연히 알게 될 것이오. 지금은 어떻게 그리로 나아갈 것인가 하는 문제에만 집중하도록 합시다. 자, 의견을 말해 보오.”

낙안 군수 신호가 흰 수염을 쓸면서 이야기를 시작했다.

“내일 새벽에 당장 출정하는 건 다소 재고할 필요가 있소이다. 서찰에 적힌 대로 왜선이 오백 척을 헤아린다면 전라 좌수군 단독으로 전투를 벌여서는 아니 될 것이외다. 승산 없는 전투가 아니겠소? 차라리 전라 우수영 군선들이 오기를 기다려 함께 나아가는 것이 좋은 듯싶소.”

배홍립이 머리를 좌우로 흔들어 대며 콧김을 푹푹 내뿜었다. 화가 머리끝까지 치밀어 올랐던 것이다.

“에잇! 언제까지 이러고 허송세월만 할 겝니까? 경상도가 왜놈들 수중에 들어갔는데, 아직 우리는 왜놈들 이마빡도 구경하지 못했소이다. 병법에도 이르기를, 군세가 열세인 상황에서 군사들이 자신감을 잃고 의혹에 빠져들면 장수가 진두에 나서 승리할 수 있다는 신념을 불어넣어야 한다고 했소이다. 왜놈들이 전라 좌도 바다까지 들이닥치기 전에 빨리 갑시다.”

신호가 배홍립을 노려보며 낮은 목소리로 말했다.

“안달뱅이(걸핏하면 안달하는 사람)가 따로 없군. 신중 또 신중해야 하네.”

방답 첨사 이순신(李純信)이 신호를 두둔했다.

“성급히 나설 필요는 없지요. 척후를 더 보내서 적 동정을 철저하게 살핀 후 출정하여도 늦지 않소이다. 왜군이 가까이 왔다면 더욱 그래야지요."

군관 송희립이 북채를 흔들듯 오른손을 휘돌리며 그 말을 가로막았다. 그러곤 성난 복어처럼 아랫배를 들이밀며 따졌다.

"지금 무슨 말을 하시는 겝니까? 왜놈들이 바로 코앞에 있는데 출정 시기를 늦추다니요. 일단 맞붙어 봐야 적을 알 수 있지 않겠소이까? 이대로 미적거리다가 영남 바다의 군사를 오늘 다 없애고 말면 장차 어찌하려고 그러시오? 싸우기도 전에 군사들 마음이 전쟁터에서 달아날까 심히 두렵소이다."

의견은 팽팽하게 둘로 갈렸다. 정운, 송희립, 나대용, 김완, 배흥립, 어영담 등은 예정대로 내일 새벽에 출정하기를 바랐고, 신호, 이순신(李純信) 등은 조금 더 사정을 살피자는 신중론을 폈다. 어영담이 목청을 높였다.

"경상도 바다 여러 진(鎭)들이 이미 다 함몰되고 단지 몇 척 군선만이 곤양과 노량 등지에 숨어 있소이다. 저 사나운 왜적이 이미 그 뒤에 다다랐다면 아주 위급한 상황이오이다. 우리가 지금 이렇게 앉아서 구원을 청하는 말을 듣고도 괄시하고, 경상도 수군들을 구해 주지 않는다면 겁 많고 나약하단 비난을 면키 어렵소이다. 소장이 이미 경상도 바다 물길을 소상히 살펴 두었으니 내일 새벽 반드시 출정하도록 합시다."

녹도 만호 정운도 분을 참지 못하고 자리에서 벌떡 일어섰다.

"우리가 이렇게 머뭇거리는 사이 왜군들은 경기도에 이르렀소이다. 어찌 지체할 수 있단 말이오? 갑시다. 가서 싸워야 합니다."

장수들 눈길이 일제히 정운에게 쏠렸다. 이순신은 고개를 약간 숙인 채 왼손으로 오른 주먹을 감쌌다.

“앉으시오!”

이순신이 고개를 치켜들었다. 정운이 입을 벌린 채 주춤했다. 낙안 군수 신호가 어서 앉으라며 턱짓을 했다. 정운은 달아오른 양 볼을 손바닥으로 훔치며 천천히 자리에 앉았다. 이순신이 고개를 들고 장수들을 둘러보았다. 목소리가 어느새 차분히 가라앉아 있었다.

“여러 의견 잘 들었소이다. 정 만호, 그리고 어 첨사! 우국지정에 연일 밤잠을 못 이루는 그대들의 마음을 내가 왜 모르겠소. 하루라도 빨리 왜적들과 싸우고 싶은 건 나 또한 간절하오. 왜선들이 부산포와 동래 연안에 왔을 때 조선 수군이 나아가 막았더라면, 그래서 왜군들이 뭍에 오르지 못하도록 했더라면, 오늘과 같은 재앙은 없었을 것이오. 참으로 분하고 분하오. 나도 지금 당장 경상 우도 바다로 나아가 왜놈들과 싸우고 싶소. 하나 아직은 때가 덜 되었소. 며칠만 더 기다립시다. 좀 더 철저하게 왜군을 파악하고 천시와 지리를 살펴 승해(勝海)에서 싸우도록 합시다. 전라 좌수영만으로도 왜군을 물리치는 데 부족함이 없겠지만 전라 우수군과 힘을 합치면 더욱 쉽게 승리하지 않겠소.”

이언량이 아쉬운 듯 사족을 보탰다.

“어명까지 내리지 않았습니까? 이제 출정을 가로막는 어떤 장애물도 없습니다.”

이순신이 낮은 목소리로 확고하게 말했다.

"다시 한 번 말하겠소이다. 내 말 명심하시오. 여러분도 아시다시피 전라 좌수군은 조선 최강 함대요. 우리가 패배하면 이 전쟁에서 결코 이길 수 없소. 따라서 우리는 일말이라도 패배할 가능성이 있는 싸움은 해서는 아니 되오. 상대를 살피지 않고 무조건 군선을 몰고 나가서 이길 수 있다면 얼마나 좋겠소. 『손자병법』을 보건 『육도삼략』을 보건, 고금에 전하는 모든 병서에 이르듯 불가피한 경우가 아닐진대 필승을 보장하는 가장 좋은 시간과 장소를 먼저 택해야만 하오. 어디든 달려가다가 우연히 만난 적과 싸우는 것이 아니라, 미리 철저하게 준비하고 바닷길을 살핀 연후에 하늘이 정한 시간에 맞추어 싸우는 것이오. 신중 또 신중하게 승리를 준비하고, 싸움터에 이르면 누구보다도 용맹하게 싸우는 것. 이게 바로 나 이순신의 전법이오. 나를 믿으시오. 이제 우리는 단 한 번도 패하지 않을 것이오. 내가 결코 패하도록 하지 않을 것이오."

군중 회의가 끝나니 시간은 어느덧 신시(오후 3시)에 가까웠다.

"장군, 남해에 갔던 이언호가 돌아왔사옵니다."

"그래? 어서 이곳으로 데리고 오라."

이언호를 남해로 보낸 사실조차 모르던 장수들은 주위를 살피며 어리둥절했다. 나대용이 나서서 사맥(일의 내력과 갈피)을 설명하는데 이언호가 들창코를 실룩이며 들어와 말석에 앉았다.

"어떻던가?"

이언호가 혀를 쏙 내밀고 여우 같은 웃음을 흘렸다.

"엉망이었습니다. 창고 문이 훤히 열렸고 곡물이 여기저기 흩어졌으며 병기고에도 지키는 자가 없습니다. 행랑채에 한 늙은이가 있기에 자초지종을 물었더니, 적이 코앞까지 쳐들어왔다는 소문을 듣고 현령과 첨사가 도망하여 간 곳을 알 수 없다 하였습니다. 남아 있는 무기나 비축해 둔 군량인들 언제 약탈당할지 모릅니다."

"그럼, 남해 현령 기효근을 만나지 못했단 말이냐?"

이순신이 묻자 이언호는 아침에 건네받았던 서찰을 되돌리며 장전(長箭) 하나를 내밀었다.

"뵙지 못했습니다. 남문 밖에서 쌀섬을 지고 가던 이에게서 이것을 얻었습니다."

화살에는 '曲浦'라고 적혀 있었다. 남해 곡포에서 사용하는 화살이다.

"왜군은 보았는가?"

"글쎄올시다. 피란 가는 백성들 말을 들으니 이미 남해에 상륙했다고도 합니다만……. 하나 확실치는 않습니다요."

"알겠다. 수고했다. 물러가 쉬도록 하여라."

왜군이 남해 근처까지 왔다면 전라 좌수영도 안전하지 못했다.

다음 날 아침 이순신은 이순신(李純信), 나대용, 변존서, 날발을 불렀다. 함께 둘러 앉아 이른 아침을 먹은 후 조용히 입을 열었다.

“남해를 어찌하면 좋겠나? 기 현령이 달아났다면 남아 있는 무기와 군량미를 그냥 둘 순 없어. 굶주린 도적들이 약탈하여 민심이 어지러워든가, 적의 손에 들어가 놈들을 이롭게 할 따름이 아니겠나. 시간이 있다면 사람을 보내어 조처하겠지만, 지금은 언제 왜군이 기습할지 모르는 상황이로군.”

“일단 자세한 사정을 장계로 올려 조정에서 지시를 받아야 하지 않겠습니까?”

방답 첨사 이순신이 낮은 목소리로 말했다.

“물론 그래야겠지. 하지만 어명이 내리려면 다시 달포는 족히 걸릴 터인데 그때까지 남해가 무사할까?”

나대용은 이순신(李純信)과 시선을 교환하며 고개를 끄덕였다.

“그렇다면 어제 제가 말씀드린 대로 청야(淸野. 적이 이용하지 못하도록 농작물이나 건물 등을 말끔히 없애는 일)를 할 수밖에 없지 않겠습니까?”

남해현에 남겨진 무기와 식량을 불지르자는 것이다.

“쉬운 일은 아닐세. 성이 텅 비었더라도 남해현은 경상 우수군 관할이야. 나중에 분명히 언짢게 여겨 문제 삼고 나서겠지.”

나대용이 더욱 흥분해서 말했다.

“경상 우수사가 경상 우도 바다를 스스로 지키지 못하고서 누구를 탓하신단 말씀입니까? 남해 현령은 지금 어디에 가 있는지 소식조차 알 수 없습니다. 기다리던 어명이 내려온 마당에 출정을 더 미룰 수는 없습니다. 장계를 올리고 보름이나 기다리고 앉았다간 정 만호님 말씀대로 좌수영 앞바다에서 왜군과 맞서게 될지 어찌 압니까?"

방답 첨사 이순신(李純信)이 옆에서 거들었다.

"그렇습니다. 남해를 버려두고 나아가면 등 뒤에 불씨를 남기는 꼴입니다. 장수가 일단 전장에 나아가면 눈앞에 닥쳐온 적을 두고 일일이 조정 지시를 받으며 움직일 수는 없습니다. 결단을 내리십시오."

묵묵히 듣고 있던 이순신이 크게 고개를 끄덕였다.

"그대들 말이 옳아. 장계를 올려 지시를 받는 게 도리이긴 하나 시일이 촉박하니 어쩔 수 없다. 남해는 청야한다. 이 일을 누구에게 맡기면 좋을까?"

이순신(李純信)이 긴 수염을 두어 번 쓸어내린 후 답했다.

"군관 송한련(宋漢連)이 좋겠습니다. 어려서 남해에 잠시 살았던 적이 있어 길에 밝은 데다 눈썰미가 있고 대담하니 이 일에 적격입니다."

이순신이 곧 송한련을 불러 이언호가 보고한 내용을 가르쳐 주었다.

"송 군관! 이 진무 말이 사실이라면 이는 왜적에게 군량을 그냥 바치는 꼴이다. 가서 남해현과 미조항, 평산포, 상주포 등을 모두 살피고 지키는 장졸이 없거든 곡물 창고와 무기고에 불을 놓아 모두 태워 없애라. 틀림없이 수행할 수 있겠느냐?"

"예, 장군!"

이순신이 눈길을 변존서와 날발에게 돌렸다.

"변존서! 날발! 너희 둘도 함께 가라. 송 군관이 길을 안내하고 날발이 척후를 보고 변존서가 불화살을 쏴. 자신 있는가?"

"맡겨 주십시오, 장군."

이순신은 변존서의 여섯 손가락을 눌러 잡으며 건투를 빌었다.

四、이순신 함대, 위용을 드러내다

오월 삼일 아침.

이순신은 광양 현감 어영담과 사도 첨사 김완을 불렀다. 어영담은 손수 그린 경상도 해도를 펼쳤다. 가로 세로 한 자가 넘는 큼지막한 해도였다. 어영담이 바닷길을 하나씩 짚어 가며 설명을 시작했다.

“왜군들이 가까이 왔다고 하니 먼저 척후를 보내 철저하게 수색해야 합니다. 날랜 병사들을 백여 명 뽑아 둘로 나눈 후, 한쪽은 남해도와 창선도를 살피고 다른 쪽은 개이도(介伊島), 하사량도(下蛇梁島)를 뒤지게 하는 것이 좋겠습니다. 소비포(所非浦) 앞바다에서 좌우 수색대가 만나 이상 유무를 확인한 후 미륵도(彌勒島) 당포(唐浦)에서 경상 우수영 군선들과 합류할 때까지는 외길입니다. 한데 그곳으로부터 거제도까지 가는 데 다시 두 길이 있습니다."

김완이 불쑥 끼어들었다.

"길이 둘이라?"

어영담은 주먹코를 오른손으로 쓰윽 문지른 다음 수수께끼 풀듯 경쾌하게 말을 이었다.

"하나는 내해에서 외해로 도는 방법 즉 미륵도와 한산도 사이를 지나 적진포(赤珍浦), 남포(藍浦)를 살핀 다음 율포, 옥포, 송미포(松未浦)로 돌아 나오는 것입니다. 또 다른 길은 외해에서 내해로 들어가는 방법 즉 송미포, 옥포, 율포를 먼저 살피고 나서 해안을 도는 것이지요."

"그야 아무러면 어떻소? 결국 거제도를 한 바퀴 도는 것이구먼."

"허허, 김 첨사 눈에는 이 두 길이 모두 같아 보이십니까?"

어영담이 헛웃음을 토했다.

"어 현감, 전투를 벌일 바다들은 살펴 두었는가?"

이순신이 웃음을 거두고 진지하게 묻자 어영담은 거제도 주변으로 시선을 옮겼다. 김완이 다시 딴죽을 걸고 들어왔다.

"허참! 해전에서 미리 싸울 곳을 정할 수가 있소이까? 귀신이 아닌 마당에야 어찌 싸울 바다를 미리 점친단 말씀입니까? 왜놈들이 성에 갇혀 있다면야 그 성을 박살내면 그만이지만, 배는 성과 달라서 항상 움직입니다. 배를 저어 가다가 적을 만나면, 싸우는 게지요."

이순신이 꾸짖었다.

"김 첨사, 잘 들으시오. 승리하기 위해 싸우는 것이 아니라 이미 승리한 것을 확인하기 위해 싸운다고 했소이다. 전라 좌수영이 보유한 군선은 모두 합쳐 봐야 오십 척 남짓인데 왜선은 오백 척이 넘는다고 하오. 열 배나 많은 적과 싸우려면 우리에게 가장 유리하고 적에게는 가장 불리한 곳, 수의 열세를 극복할 수 있는 곳을 찾아야만 하오. 그렇지 않고 무턱대고 싸우다가는 적선(敵船) 백 척을 수장시키는 대가로 우리 군선 오십 척을 모두 잃고 말 것이오. 적선은 아직 사백 척이나 남아 있는데 우리는 군선이 하나도 없으니 그 다음에는 어떤 일이 벌어지겠소? 나는 우리 군선 한 척을 적선 열 척과도 맞바꾸지 않을 것이오. 그러니 승리가 완전히 보장되는 바다를 찾아야 하오. 나는 내가 선택한 곳에서만 싸우겠소. 알아듣겠소?"

"하지만 세상일이란 게 마음먹은 대로 그렇게 쉽게 되겠습니까? 무엇보다 왜놈들이 어디 숨었는지도 모르지 않습니까."

어영담이 그 말을 자르고 들어왔다.

"그걸 찾기 위해 이렇게 지도를 살피는 것이 아니겠습니까? 왜선들이 정박할 만한 해안과 전투를 벌일 바다를 가늠하자는 것이지요."

어영담이 가는 붓을 들어 몇 군데 동그라미를 그렸다.

"왜선들은 이런 곳에 머무르고 있을 겁니다. 섬에 가려 배들이 잘 보이지 않는 데다 식량을 조달할 민가가 근처에 있지요."

어영담은 다시 붓을 잡고 이번에는 가위표를 그어 나갔다.

"여기와 여기, 여기는 전투를 벌이기에 합당한 곳이 못 됩니다. 조수 간만의 차가 심하고 수심이 얕아서 잘못하다가는 암초에 걸려 꼼짝없이 당할 위험이 있지요. 전투를 벌이자면 배가 마음대로 드나들 수 있어야 합니다."

순간 이순신이 눈을 빛냈다.

"잠깐! 배가 마음대로 드나드는 곳은 우리가 운신하기 편한 만큼 적에게도 아무 어려움이 없는 곳이 아니겠소? 그렇다면 차라리 방금 어 현감이 제외했던 바닷길이 어떻겠소? 밀물이 드는 시간을 잘 이용한다면 손쉽게 적을 칠 수도 있을 것 같은데……"

눈치 빠른 어영담은 금방 이순신 마음을 읽었다.

"밀물 때 기습했다가 썰물 때 빠져나오면 적선들은 개펄에 갇혀 꼼짝도 못하겠지요."

"그래, 바로 그거요! 어 현감은 물이 들고 나는 것을 가늠할 수 있으시오?"

어영담이 자부심에 찬 얼굴로 말했다.

"소장이 누굽니까? 딴 건 몰라도 그 하나만큼은 자신 있습니다."

이순신은 어영담이 가위표를 친 곳을 유심히 살폈다.

"옥포, 합포(合浦), 적진포 이 세 곳 중에서 간조(干潮)와 만조(滿潮)의 차가 가장 작고 수심이 깊은 곳이 어디요?"

"옥포이옵니다."

"옥포! 그렇다면 외해에서 내해로 돌아드는 길을 택하도록 합시다. 당포에서 힘을 모아 옥포를 살핀 연후에 나머지 두 곳까지 둘러봅시다. 왜군이 그 안에 있다면 지체 없이 공격하는 게요. 좁은 곳으로 급히 들어가 싸움을 벌이는 것이니 척후와 전령은 책임이 막중할 것이오. 아니 그렇소, 김 첨사?"

김완이 작은 눈을 이리저리 움직였다. 좌수영에서 군선 간 연락을 맡아 보는 것은 배흥립이었고, 척후는 김완이 총괄하고 있었다. 책임이 크다는 말에 김완은 한껏 우쭐해졌다.

"맡겨만 주십시오. 바람처럼 왜놈들을 치고 빠지도록 방책을 세우겠소이다. 하지만……"

김완이 다시 머뭇거렸다. 이순신보다 딱 한 살이 적은 김완은 군령에 흔쾌히 따르지 않고 습관처럼 사족을 달았다. 비슷한 연배에 대한 경쟁심 때문이었다. 이순신이 정운의 기를 꺾고자 궁술을 겨뤄 이겼지만, 김완은 아직껏 나대용이나 이언량과 달리 이순신이 내린 군령에 절대복종하지 않았다. 자존심을 세우고 싶었고, 그런 속내가 종종 불평불만으로 드러났다.

"하지만 무엇인가?"

이순신이 말꼬리를 물고 늘어졌다. 어영담은 심상치 않은 기운을 느끼고 고개를 숙였다.

"이렇게 치고 빠지고, 치고 빠지는 전술은 영 내키지 않소이다. 정면으로 붙어 단번에 적을 부술 방책은 없소이까? 이건 대장부가 할 짓이 아니라는 생각도 들고……"

"대장부가 할 짓이 아니라!"

이순신 얼굴이 종잇장 구겨지듯 일그러졌다. 이순신이 무어라고 호통을 치려는 순간, 나대용이 문밖에서 큰 소리로 아뢰었다.

"여도 권관 황옥천(黃玉千)을 잡아 왔사옵니다."

열흘 전에 탈영한 황옥천을 포망장들이 잡아온 것이다. 황옥천은 흥양 현감 배흥립이 거느린 장수였다. 지난 이월 이순신이 오관 오포를 감찰할 때도 기생을 대동한 배흥립과 나란히 마중을 나왔을 만큼 관계가 돈독했다.

이순신이 황급히 동헌으로 나섰고 어영담과 김완이 그 뒤를 따랐다. 동헌에는 이미 배흥립을 비롯한 여러 장수들이 나와 있었다.

포망장들과 난투극을 벌였던 탓인지 황옥천은 눈두덩이 시퍼렇게 멍들어 있었다. 그 몰골을 본 배흥립은 양 볼이 뿌루퉁해졌다. 탈영한 것이야 큰 죄지만 아무리 그래도 여도 권관을 개 패듯이 두들겨 끌고 온 것은 지나치다고 여긴 것이다.

이순신이 자리를 잡고 앉자마자 황옥천이 피울음을 토했다.

"장군! 이 몸 좌수영에서 잔뼈가 굵었습니다. 어찌 왜놈들과 싸우는 게 두려워 군영을 떠났겠습니까? 식구들이 돌림병에 걸려 다 죽어 간다기에 어쩔 수 없이 찾아간 것입니다. 얼굴만 보고 돌아올 생각이었지만 노모와 자식 놈이 연이어 세상을 버리는 바람에 장례를 치르느라 곧바로 귀영(歸營)할 수 없었습니다. 어느 누가 돌림병에 걸린 사람을 묻어 주겠습니까? 장군! 이제 소인은 매인 곳이 없습니다. 아내는 굶주림에 지쳐 집을 나갔고 자식 놈과 노모는 세상을 버렸으니 무엇이 두렵겠습니까? 장군, 이 몸을 선봉에 세워 주십시오. 죽음으로써 은혜에 갚하겠습니다."

배흥립이 황옥천을 거들었다.

"장수 된 자로서 사사로이 군문을 이탈한 죄는 죽어 마땅합니다. 하나 한 번만 너그러이 용서하여 주시면 황 권관은 그 은혜에 감읍하여 누구보다도 용감하게 싸울 것이외다. 꼭 죄를 물으시겠다면 쇠좆매(소 생식기를 말려 죄인을 때릴 때 쓰던 형구) 몇 대로 다스렸으면 합니다. 전장에서 공을 세워 죄를 씻도록 선처하여 주십시오."

이순신은 가만히 황옥천을 노려보았다.

출정을 위해 모여든 군선들이 좌수영 앞바다를 새까맣게 뒤덮고 있었다. 가랑비가 조금씩 흩뿌리기 시작했다. 바닷바람이 점차 거세어지더니 커다란 파도가 몰려와 뱃전을 때렸다.

이윽고 결심이 선 듯 이순신이 짧게 명령을 내렸다.

"목을 베어 군문에 효수하라."

"자, 장군!"

배흥립을 비롯한 여러 장수들이 놀라서 황급히 소리쳤다. 하지만 이순신은 단호했다.

"탈영병은 참형에 처한다는 군령을 이미 내렸다. 예외는 있을 수 없는 법. 출전을 앞두고 병사들에게 본을 보여야 할 장수가 사사로운 정에 끌려 군영을 이탈한 죄는 결코 씻을 수 없소. 일벌백계하여 장졸들을 경계함으로써 다시는 이런 일이 없도록 하겠소. 더 할 말이 있소?"

그 기세에 놀란 배흥립이 움찔하면서 입을 닫았다. 잠시 시간이 흐른 후 배흥립이 이순신을 정면으로 노려보며 답했다.

"없……소이다."

황옥천이 이마를 땅바닥에 찧었다.

"장군, 한 번만 더 기회를 주십시오. 이 몸을 헛되이 버리지 마십시오."

이순신이 이언량에게 명했다.

“무엇 하는가? 군령은 잠시도 지체할 수 없다. 속히 죄인을 참하라!”

“가세!”

백돼지 이언량은 울부짖는 황옥천을 데리고 무릎까지 덩굴꽃말이가 자란 처형장으로 향했다. 동헌에 늘어섰던 장수들은 아무 말도 하지 않았다. 배흥립은 개구리눈을 부라리며 고개를 설레설레 저었다.

부드러울 때에는 한없이 부드럽다가도 일단 원칙이 서면 한 발자국도 물러서지 않는 사람. 냉정한 눈으로 처형장 쪽을 바라보는 이순신 모습이 장수들 가슴에 옹이처럼 박혔다.

잠시 후 황옥천의 수급이 고로쇠나무 옆 군문에 매달렸다. 삐이요 삐삐 히이요 히히. 직박구리가 시끄럽게 울었고, 쉬파리와 검정등꽃파리 떼가 모여들었다.

이순신은 피가 뚝뚝 떨어지는 수급을 바라보며 배흥립을 달랬다.

“배 현감! 그대가 황옥천과 친하게 지낸 건 나도 잘 아오. 하나 공과 사는 엄격히 가려야 하오. 일찍이 손무(孫武)도 군율을 세우기 위해 오나라 왕 합려(闔閭)가 아끼는 후궁 목을 벤 적이 있지 않소. 출전을 앞두고 군율이 무너진 군대가 전투에서 이길 수는 없는 법. 군기를 바로 세우고 승전을 준비하기 위해서는 읍참(泣斬)할밖에. 마음이 아프겠지만 이제부터 배 현감이 황옥천

몫까지 도맡아 열심히 싸워 주시오. 그 길만이 죽은 황옥천의 명예를 되찾는 길이 될 거요."

그러나 배홍립은 고개를 떨어뜨린 채 말이 없었다.

이순신은 더 이상 말하지 않고 조용히 동헌에서 물러나 안방으로 들어갔다. 잠시 눈을 붙이기 위함이었다. 사흘 동안 밀렸던 잠이 한꺼번에 눈꺼풀을 내리눌렀다.

신호, 정운, 배홍립, 김완.

그 얼굴들을 차례로 그려 보았다. 좌수사로 부임한 지 일 년이 넘었지만, 아직까지도 이순신을 보는 그들의 시선 뒤엔 녹둔도가 어둡게 그림자를 드리우고 있었다.

지난 일 년 동안 이순신은 새로운 모습을 장수들에게 보여 주려고 부단히 애썼다. 그제와는 다른 어제, 어제와는 다른 오늘. 이순신은 쉼 없이 고민하고 쉼 없이 일하는 사람이길 바랐다. 녹도 만호 정운과 다소 마찰이 있었지만 실력과 명분으로 압도했으며, 일변 위엄을 보이고 일변 자애로 끌어안아 함께 가고자 했다. 하지만 문제는 이제부터다.

'바다에서 전투가 벌어지고 나서도 과연 내 군령을 어김없이 따를까?'

신호는 믿을 만했다. 아무리 마음에 들지 않더라도 군율을 목숨처럼 소중히 여길 위인이었다. 정운, 배홍립, 김완은 용맹을 앞세워 나아가 싸우기를 원하니 선봉에 세워 쟁공(爭功)하도록 하면 될 것이다.

이들을 수족처럼 부리려면 죽음까지 같이하겠다는 의리와 한

점 사심 없이 오직 조선을 위해 싸운다는 명분을 함께 내보여야 한다. 의리 없는 명분은 한낱 헛소리에 지나지 않아 막상 죽을 위험이 닥치면 제 살 길을 찾아 흩어지게 될 뿐이며, 명분 없는 의리는 단지 호기에 지나지 않아 바깥에서 바람이 불 때마다 바름으로 나아가지 못하고 헤매게 될 뿐이다.

'지금 조선 수군이 우뚝 세울 깃발은 오로지 승리뿐이다. 다른 것에 눈 돌릴 틈이 없다. 백척간두에 선 나라와 도탄에 빠진 백성들을 구하기 위하여 왜선을 몰아내고 조선 바다를 지키는 것이다. 나도, 평중 형님도 이 군기(軍旗) 아래 힘을 합쳐야 한다. 뚜벅뚜벅 계속 이 길만을 걸어가야 한다. 한 순간도 패배는 용납할 수 없다.

권준, 나대용, 이순신(李純信), 이언량, 송희립 형제.

이들과의 결속을 더욱 굳게 다져야 한다. 혹여 일이 있어 내가 자리를 비우더라도 힘을 합쳐 전라 좌수영을 꾸릴 수 있도록 단련시켜야 한다. 송희립은 성미를 좀 더 누그러뜨려야 하고, 이언량은 병법서를 읽어야 하며, 이순신(李純信)은 다른 사람들과 좀 더 사귀도록 애써야 한다. 나대용은 이제 배 만드는 일 뿐만 아니라 병법과 검술을 익혀야 한다.'

깜빡 잠이 들었다 깬 이순신은 눈을 뜨자마자 해도를 살폈다. 이제 때가 온 것이다.

녹도 만호 정운이 전령을 보내 뵙기를 청하기에 허락했다. 정운은 비장한 표정을 지은 채 마주 보고 앉았다.

“비도 그쳤으니 왜놈들 때려잡기에는 더없이 좋은 날씹니다. 이제 더는 기다릴 수 없소이다. 당장 출정 명령을 내려 주십시오.”

그 너스레가 싫지 않았다. 전장에서는 계책을 내어 적을 함정으로 끌어들이는 권준 같은 장수도 필요했지만, 죽음을 두려워하지 않는 정운 같은 장수도 반드시 필요했다. 이 모두를 한데 품어 승전고를 울릴 때가 다가온 것이다.

“알겠소. 모든 군선에 출항 명령을 전하시오. 정 만호를 지켜보겠소. 으뜸 공을 세우지 못하면 각오하시오.”

이순신이 짐짓 호통을 치자, 정운은 벌떡 일어서서 왼손으로 오른 가슴을 퉁퉁 치며 기뻐 답했다.

“좋습니다. 소장 목을 걸지요.”

판옥선 스물네 척과 협선 열다섯 척, 포작선(鮑作船) 마흔여섯 척이 바다를 가득 메웠다. 장졸들이 분주히 움직이면서 출항 준비를 서둘렀다. 워우우 워우우. 구름발치에서 승냥이 울음소리가 들려 왔다.

갑옷을 입고 투구를 쓴 이순신이 장졸들 앞에 서서 큰 소리로 외쳤다.

“들어라! 나라가 누란에 처했으니 더 이상 제 영역만 지키고 물러나 있을 수 없다. 이제 전라 좌수군은 경상 우도 바다로 가서 왜놈들과 맞서 싸울 것이다. 이제부터 우리가 할 일은 나라를 위해 싸우다 죽는 것밖에 없다. 군령에 따라 살고 죽으면 백만 대군이라도 두렵지 않을 것이다. 자, 이제 어명을 받들어 왜군을 물리치자!"

일제히 함성이 터져 나왔다.

송희립 삼형제가 북채를 휘돌리며 배에 올랐고 장창을 비껴든 이순신(李純信)과 나대용도 나란히 얼굴을 드러냈다. 흑각궁을 든 변존서와 표창을 뽑아 든 김완은 당장이라도 솜씨를 보일 듯이 눈초리가 매서웠다.

축시(밤1시)가 가까울수록 북소리가 크고 빨라졌다. 그 사이사이로 "이얏," "야압" 호령하는 군사들 소리가 간간이 들려왔다. 군선마다 좌수영 깃발과 함께 각 관과 포를 상징하는 깃발이 내걸렸다.

이순신은 이물에 홀로 앉아 잠시 명상에 잠겼다.

모든 준비가 끝났고 점괘 역시 대승할 기운이 넘쳐났건만, 이순신은 결코 들뜨지 않았다. 검푸른 바다 깊은 곳에 묻힌 천고의 신비를 더듬듯, 이순신은 앞으로 닥칠 운명들을 희미하게나마 읽으려고 애썼다. 파도 소리, 바람 소리, 들짐승 소리. 그 숱한 소리들이 전하는 예언을 이해하려고 애썼다. 어느 틈에 동쪽 하늘에서 방수(房宿, 동방 청룡의 배에 해당하는 별자리)가 빛났고, 동시에 등 쪽에서 산내리바람(산 위에서 골짜기를 타고 내리 부는 바람)이 불었다. 지친 격군들 어깨를 어루만지는 데는 더없이 고마운 바람이었다.

이순신은 두 눈을 부릅뜨고 하늘을 우러렀다. 양팔을 활짝 펴고 천명을 따르겠노라고 다짐했다. 그리고 나서 지체 없이 출정 명령을 내렸다.

"출항하라!"

군령이 메아리처럼 각 군선에 전해졌다. 날발이 뿔피리를 길게 불었고 동시에 송희립이 온 힘을 다해 북을 두드려 댔다. 긴 낮잠에서 깨어난 호랑이처럼 전라 좌수영 군선들이 천천히 몸을 뒤틀기 시작했다. 협선들이 먼저 달려 나갔고 육중한 판옥선이 뒤를 따랐다.

이순신 함대가 처음으로 위용을 드러내는 순간이었다.

五、 옥포에서 첫 승전고를 울리고

오월 육일 밤.

달빛이 은은하게 거제도 송미포 앞바다를 비추었다. 갑판에 나온 군사들 눈망울은 너나없이 포구에서 번져 나오는 불빛들을 담아내느라 바빴다.

경상도가 이미 왜군 손에 떨어졌다는 비보를 접한 후로는 더욱 고향집을 그리며 손톱여물을 썰었다. 내일이라도 당장 왜 선단과 부딪쳐 목숨을 잃을지 모른다는 두려움이 물무늬처럼 퍼져 나갔다. 가족과 함께 보낸 날들이 더욱더 소중하게 여겨졌다. 다시 그 시절로 돌아갈 수 있을까. 어느 것 하나 장담하기 어려운 나날이었다.

경상 우수사 원균은 동시에 도착한 서찰 두 장을 들고 이물 쪽으로 갔다. 뒤따르던 남해 현령 기효근과 소비포 권관 이영남을 저만치 세워 둔 채 투구부터 벗었다. 이마를 묶은 붉은 비단이 눈매를 더욱 비장하게 만들었다. 전쟁터에서 천상(千箱, 천 상자라는 뜻으로 많음을 의미함)만큼 죽음을 보고 들었지만 오늘만큼 떨린 적은 없었다.

전사(戰死).

이일이 쓴 서찰을 가져온 전령은 분명히 신립 장군이 탄금대에서 전사했다고 말했다. 원균은 온몸을 부들부들 떨었다.

'조선 제일 명장이 죽었다고? 믿을 수 없구나. 병법에 밝기는 손오(孫吳, 병법으로 이름 높은 손자와 오자를 함께 부른 말)를 능가하고 용맹하기는 초패왕과 어깨를 겨루던 대장군 신립이 왜군과 단 한 차례 싸우고는 목숨을 잃었단 말인가.'

두 눈을 부릅뜨고 어금니를 깨무는데 전령이 또 도착했다. 신립 집에서 몇 번 마주쳐 낯이 익은 군졸이다.

"네가 이곳까지 어쩐 일이냐?"

"대감께서 한양을 떠나시며 이 서찰을 장군께 전해 올리라 하셨사옵니다."

"뭣이라고?"

원균은 저도 모르게 하늘을 우러렀다.

은하수가 동서로 길게 흘러가고 있었다. 신립, 이일과 함께 육진을 호령하던 시절이 아스라이 떠올랐다. 백전백승한 신화가 깨어지더니, 급기야 신립이 목숨을 잃은 것이다.

판옥선 네 척과 협선 두 척이 눈에 들어왔다.

곤양으로 우수영을 옮긴 후에도 죽을 고비를 넘긴 것이 다섯 차례였다. 육지와 섬을 오가며 왜군과 맞섰지만 역부족이었다. 기효근과 우치적이 온몸으로 그를 보호했고 이영남과 이운룡 역시 용감하게 싸웠다. 그러나 이제 남은 것은 판옥선 네 척과 협선 두 척뿐이다. 부끄러운 일이 아닐 수 없었다.

가배량 방어와 척후를 위해 남겨두었던 우후(虞候) 우응진(禹應辰)도 더 이상 견디지 못하고 청야 전법(淸野戰法)에 따라 경상 우수영에 있는 무기고와 곡물 창고를 불태운 후 십여 명의 군사들을 이끌고 곤양으로 왔다. 경상 우수영이 남김없이 불탔다는 소문이 퍼지자, 경상 우수군에 속한 여러 관과 포에서도 비슷한 일이 벌어졌다. 우응진에게 참담한 보고를 들은 원균은 밤을 새워 홀로 굵은 눈물을 쏟았다. 송상현이나 정발처럼, 가배량 산성에서 왜적과 싸우다 죽고만 싶었다.

곤양에 집결해 힘을 모아 함께 싸우자는 공문을 계속 띄웠지만, 일단 겁을 먹고 꼬리를 내린 장수들은 쉽게 합류하지 않았다. 왜군이 거제도 가까이 접근했다는 풍문만 들어도 무기고와 창고를 불태우는 건 물론 군선까지 가라앉히고 육지로 달아났다. 어떤 변명을 대든, 경상 우수군이 궤멸한 것은 우수사 원균이 가장 책임이 컸다.

원균은 주먹으로 제 볼을 때리고 나무 기둥에 머리를 찧어 댔다. 차라리 죽고 싶었다. 견딜 수가 없었다. 이 처참한 상황에서 어떻게든 벗어나고 싶었다. 그러나 이대로 죽을 순 없었다. 이 나라 바다와 땅을 유린한 왜군과 싸워 이겨 속죄하고 싶었다. 원균은 경상 좌수사 박홍처럼 자신이 맡은 바다를 버리고 한양으로 달아나지는 않겠다고 다짐했다. 왜선이 거제도를 삼키고 곤양까지 접근한다면 정말 배수진을 치고 싸우리라고 결심했다.

먼저 신립이 보낸 서찰을 폈다. 곧고 단정하게 힘껏 찍어 내린 필체가 한눈에 들어왔다.

원 장군 보시오.

그곳은 어떻소? 늦봄에는 이일 장군과 함께 거제도로 내려갈 참이었는데 일이 여의치 않게 되었구려.

어리석은 왜가 감히 조선을 치겠다고 덤비니 마땅히 그 죄를 물어야 하겠소. 북삼도 군사들과는 달리 하삼도 군사들은 약골에 겁쟁이라오. 엄히 다스려 죽음을 불사하는 강병들로 바꾸어야 하는데 난이 먼저 터지고 말았구려.

하나 걱정 마시오. 이일 장군이 먼저 내려갔고 나도 곧 그 뒤를 받칠 것이니 저들에게는 죽음이 있을 뿐이오. 이참에 왜놈들을 쓸어버리고 대마도를 치겠다고 주상 전하께 아뢰었다오. 지난번 약조대로 군선을 만들기 시작했으리라 믿소. 다만 그 시기를 좀 앞당겨야 할 거 같소. 빠르면 가을, 늦어도 겨울에는 대마도로 건너갑시다.

원 장군.

그대가 그립구려. 두만강을 건너기 전 화살을 꺾어 임전무퇴를 맹세하던 모습이 눈에 선하오. 삶이 곧 죽음이고 죽음이 곧 삶이라던 그대 연설은 참으로 가슴 뭉클했소. 장졸들은 기꺼이 배수진을 치고 야인들과 맞섰으며 우리는 승리했소. 믿을 수 없을 만큼 대승이었소. 나는 하삼도 군사들에게 죽음이 곧 삶이라던 그대 연설을 되풀이해서 들려줄 작정이오. 물론 왜군을 막는 일이야 어린애 손목 비틀듯 쉽겠지만 조선 군사들을 강하게 만드는 것 또한 우리 장수들이 할 일 아니겠소? 좌의정 류성룡 대감은 어리석게도 산성을 지키는 데 진력하라지만 어찌 우리가 오랑캐 앞에서 몸을 움츠릴 수 있단 말이오. 본시 문신이란 입만 살아 나불댈 뿐 여인네보다도 죽음을 두려워하는 족속이라오.

원 장군!

이 전투가 끝나면 곧바로 가리다. 멧돼지나 한 마리 잡아 맑은 술과 함께 준비해 두시구려. 귀여운 계집들도 잊지 말고. 이만 줄이겠소.

무운 장구.

눈물이 뚝뚝 떨어졌다.

'산성을 지키며 목숨을 부지하기보다 들판을 내달려 죽음을 택하리라.'

이는 신립과 이일, 그리고 원균이 다함께 품은 신념이었다.

죽음이 나를 삼키기 전에 내가 먼저 죽음을 삼키리라. 부모를 버리고 형제를 버리고 처자식을 버리고 나를 버려라. 승리와 그 후에 오는 기쁨만을 기억하라. 패배 따위는 아예 떠올리지 마라. 그 쓰라림을 맛보기 전에 저 들판에 주검으로 길게 누워 있으리라. 죽고 싶은가? 그렇다면 뒷걸음질쳐라. 살고 싶은가? 그렇다면 달려라. 적에게 달려들어 그 심장을 찌르고 그 깃발을 빼앗으면 사는 것이다. 하늘과 땅의 뜻이 우리와 함께하리라.

원균은 손바닥으로 눈물을 훔친 후 이일이 보낸 서찰을 마저 폈다. 좌우로 흩어진 필체가 위급한 전황을 고스란히 드러냈다. 자리를 옮겨 가며 여러 가지 붓으로 쓴 탓인지 글씨 농도와 크기가 뒤죽박죽이었다.

평중 보게나.

신립 장군이 전사했네. 탄금대에서 배수진으로 싸우다가 강에 투신했다고 하네. 왜군이 예상외로 강하다고 경고했네만 신 장군은 내 말을 듣지 않았어. 조령(鳥嶺)을 막고 지켰다면 이렇게까지 쉽게 무너지지는 않았을 것을. 적에게 시체를 넘기지 않으려고 물에 뛰어들었으니, 그 장엄한 최후에 어찌 눈물을 아낄 수 있겠는가.

나는 신 장군이 남긴 마지막 충고를 따르기로 했네. 바다에는 원균 자네가 있으니 어떻게든지 싸워 나가겠지만, 육지에서는 신 장군과 나 이일이 둘 다 목숨을 잃을 경우 되돌릴 수 없는 지경에 이르고 마네. 신 장군은 자신이 전사하면 나 혼자라도 한양으로 되돌아가 주상 전하를 지켜야 한다고 강조했다네. 신 장군 말도 틀린 것은 아니야. 지금 전하 곁에 누가 있나? 겁 많은 문신들밖에 더 있겠는가? 해서 패군지장이라는 부끄러움을 무릅쓰고 말머리를 되돌렸다네.

평중.

호되게 나를 질책하는 자네 목소리가 들리는 것 같구먼. 하나 자네도 이미 왜 수군과 맞닥뜨렸을 테니 이 전쟁이 쉽지만은 않다는 것을 알 테지? 지금 당장 나를 이해해 달라고는 하지 않겠네. 다만 이 전쟁이 모두 끝난 후 공과 죄를 따지도록 하세. 그때 함께 탄금대로 가서 신 장군을 위해 향을 피우고 술을 뿌리세.

평중.

나를 믿어 주게. 나 이일은 결코 목숨이 아까워서 발길을 돌린 것이 아니야. 이 전쟁을 승리로 이끎으로써 잃어버린 명예를 되찾고 싶네. 결코 적을 얕잡아 보지 말게. 알겠는가? 지금 저들은 지난날 육진을 침탈하던 여진족보다 백배는 강하다네. 그러니 섣불리 목숨을 내던지지 말고 전황을 관망하며 길게 계획하도록 하게.

그럼 또 소식 전하겠네.

부디 서기치인(恕己治人. 자기를 용서하는 마음으로 다른 사람을 다스림)하시게.

이일이 보낸 서찰을 갈기갈기 찢었다.

'신립의 장한 죽음을 내버리고 저 혼자만 살겠다고 한양으로 도망을 치다니!'

이영남과 기효근이 황급히 달려와서 팔을 붙들었다.

"장군! 고정하십시오. 대장군께서 보낸 편지를 찢으시다니요?"

원균은 손을 뿌리치며 휙 뒤돌아섰다.

"대장군? 도대체 누가 대장군이란 말이더냐? 제 목숨 하나 구하겠다고 말머리를 되돌린 놈은 장수가 아니라 개돼지이니라."

두 눈에서 불똥이 튀었다. 이영남과 기효근은 원균의 분노가 사그라질 때까지 입을 다물었다. 괜히 이일을 편들다가 바다에 거꾸로 처박힐지도 모를 일이다. 지난밤 궁술 훈련 때도 고개를 숙인 채 허공으로 활을 쏜 군사 셋을 꽁꽁 묶어 바다에 빠뜨리지 않았던가.

원균은 새벽녘 동이 트기도 전에 급히 군중 회의를 소집했다. 기효근, 이영남을 비롯하여 영등포 만호 우치적, 미조목 첨사 김승룡(金勝龍), 지세포 만호 한백록(韓百祿) 등이 모였다. 장수들을 살피던 원균이 고개를 갸우뚱거렸다.

"옥포 만호는 어딜 갔는가?"

옥포 만호 이운룡이 도착하지 않은 것이다. 이운룡과 같은 판옥선에 머물던 영등포 만호 우치적이 컬컬한 목청으로 대답했다.

"지난밤 전라 좌수사에게서 전갈을 받고 나갔는데 아직 돌아오지 않았소이다."

"전라 좌수사가 왜 이운룡을 찾는단 말이더냐? 이순신에게 가려면 내 허락부터 받아야 도리가 아닌가?"

원균은 경상 우수영 소속 장수들 근황을 파악하고 있어야 할 이영남을 호되게 꾸짖었다.

"도대체 무얼 하고 있었는가? 이운룡이 이순신과 어울리는 걸 몰랐단 말인가?"

이영남은 고개를 들 수 없었다. 이영남에게도 연통이 왔던 것이다. 좌수영에 가지 못한 이유는 어젯밤 원균이 자정을 넘겨 잠자리에 들었고 오늘 새벽 일찍 군중 회의를 소집했기 때문이었다. 이영남은 달리 명이 없다면 늘 원균 곁에 있어야 하는 비장(裨將) 역할을 맡고 있었다. 혹시 원균이 일찍 잠자리에 들었다면 이영남도 이순신에게 갔을 터였다.

이영남은 점점 이순신에게 끌렸다. 앞뒤 재지 않고 덤비는 원균과 달리 이순신은 철두철미하게 모든 것을 곱씹어 살피는 장수였다. 원균이 쓰는 전술은 노략질 나온 야인이나 왜구를 쫓는 데에는 들을지 모르나 대규모 전쟁에는 듣지 않았다. 경상 우수군이 군선 칠십여 척을 거의 다 잃고 바다마저 넘겨 준 것은 원균식으로 싸워서는 남해 바다를 지킬 수 없음을 보여 주었다. 누구보다도 앞서서 적진으로 뛰어드는 원균에 비해 이순신은 그 언행이 태산처럼 진중했다. 결코 감정에 휘둘리지 않고 거듭 전황을 분석하여 병략을 세웠다. 아군이 피해를 최소한으로 입고도 적선을 손쉽게 물리칠 수 있는 길을 찾아내었다.

"당장 가서 이운룡을 데려오라."

이영남은 그 자리를 물러나 바로 경쾌선을 타고 이순신이 있는 지휘선으로 향했다. 경상 우수영이 초토화된 후 이영남은 율포만호에서 소비포 권관으로 자리를 옮겨 있었다.

눈앞에 좌수영 깃발이 펄럭였다. 겨우 여섯 척에 지나지 않는 경상 우수영 함대에 비해 팔십여 척을 헤아리는 전라 좌수영 함대는 참으로 위용이 대단했다.

이영남은 새삼 경상 우수군이 처한 처지가 떠올랐다. 탈영병이

늘고 장졸들 수가 줄어들수록 상벌은 더욱 엄해졌다. 평소라면 곤장이나 하옥으로 처리할 사건들도 곧바로 목을 베는 일이 빈번했다.

'이대로 가면 경상 우수군은 자멸할 것이다. 더 이상 군사들을 위협하여 용기를 강요해서는 아니 된다.'

이영남은 문득 원균이 한계를 보이고 있는 것은 아닌가 하는 생각이 들었다. 이 길이 아니면 다른 길을 찾는 유연함과 두려움 많은 장졸들을 다독일 여유가 원균에게는 부족했다. 장졸들을 옥죌 줄만 알았지 그 참혹한 고통이나 상처는 전투 중에 누구나 겪는 것이라며 애써 무시했던 것이다.

'이대로는 안 된다. 정말 안 돼!'

전라 좌수군 역시 선상 회의를 하고 있었다. 황급히 들어서는 이영남을 보자 회의를 이끌던 이순신이 자리에서 일어나며 반겼다.

"어허, 이게 누구신가? 이 만호가 이 시각에 웬일이오? 오기 어렵다는 연통을 받았는데……"

이순신은 이영남을 예전처럼 만호라고 불렀다. 따뜻한 배려가 아닐 수 없다. 전라 좌수영 소속 장수들이 도끼눈을 뜨고 이영남을 노려보았다. 이영남은 어색한 침묵을 깨며 곧바로 찾아온 용무를 밝혔다.

"원 수사께서 옥포 만호를 급히 찾으십니다."

이순신 오른쪽에 앉아 있던 이운룡이 벌떡 일어섰다.

"이 시각에 어인 일로?"

원균이 화를 냈다는 것을 굳이 좌수영 장수들에게 알릴 필요는 없었다.

“곧 회의가 시작됩니다. 참석하셔야지요?”

나대용이 벙글벙글 웃으며 끼어들었다.

“회, 회의는 이곳에서 먼저 시작했으니 경상 우수사께서 이쪽으로 오시는 것이 어떻겠소? 이왕 힘을 합쳐 같이 싸우기로 했으니 회의도 함께 해야지요.”

이영남은 어찌할 바를 몰라 우물쭈물했다. 원균에게 이리 오란다고 전했다가는 불호령이 떨어질 것이다. 다행히 낙안 군수 신호가 반대하고 나섰다.

“우리는 지금 경상 우수영 관할에 와 있소. 경상 우수군을 도우러 온 터이니 주장(主將)은 원 장군이외다. 원 장군이 양해한다면 모르겠지만, 우리가 나서서 원 장군을 오라 가라 할 수는 없소이다. 옥포 만호가 원 장군께 허락도 받지 않고 이곳으로 온 듯한데 이것은 결코 옳은 일이 아니지요. 속히 돌아가서 우수영 군중 회의에 참석한 후 다시 와도 늦지 않을 것이외다.”

백돼지 이언량이 말꼬리를 붙들고 늘어졌다.

“원 수사가 주장이라니요? 경상 우수군은 고작해야 배 여섯 척밖에 남은 게 없습니다. 그중 판옥선 한 척은 또 언제 가라앉을지 모르고 말입니다. 당연히 전라 좌수사인 이 장군께서 주장이 되셔야 하오이다. 팔십여 척 전라 좌수군 군선에 경상 우수군 군선 대여섯 척이 꼬리처럼 붙어 있지 않소이까? 그런 꼬린 떼어 버려도 됩니다. 전라 좌수군만 단독으로 싸워도 된다 이 말입니다.”

옆자리에서 한숨을 푹푹 내쉬던 정운이 이언량을 노려보며 말했다.

"너무 말이 지나치오. 하나만 알고 둘은 모르는 소리 마오. 지위는 군사들 수에 달린 것이 아니오. 한신이 초패왕 항우를 칠 때나 제갈량이 적벽에서 조조가 이끄는 십만 대군을 쓸어 버릴 때도 군사들 수는 미미하기 그지없었소. 회음후(淮陰候, 한신)나 제갈무후(諸葛武候, 제갈량)가 승리할 수 있었던 것은 오직 탁월한 용병술이 있었기 때문이오. 뛰어난 장수 한 사람이 군사 만 명 몫을 한다는 말도 듣지 못했소? 원 장군께서 지금은 비록 군선 여섯 척에 의지하고 있지만 아직 전쟁이 끝나지도 않았는데 어찌 그분을 하찮은 패장으로 취급할 수 있겠소. 그렇게 경상 우수사를 배척하면 힘을 합쳐 왜선과 싸우는 것도 힘이 드오. 우리가 꼬집지 않더라도 경상 우수군은 지금 참담한 심정일 게요. 이럴 때일수록 상처를 덮고 따듯하게 보듬어야 하잖겠소."

"옥포 만호는 속히 돌아가는 편이 좋을 듯합니다."

방답 첨사 이순신(李純信)이 말머리를 돌렸다. 이운룡 문제가 뜻하지 않게 주장을 정하는 문제로 옮겨간 것이다.

이순신도 그 의견에 따랐다.

"그래, 오늘은 이만 합시다. 어서 우수사께 가도록 하오. 가서 방금 우리가 의논한 일들을 소상히 전해 주시오. 괜한 오해를 사지 않도록 주의하고. 이 만호, 또 만납시다."

"알겠습니다. 그럼 안녕히 계십시오."

이운룡이 투구를 옆구리에 낀 채 이순신에게 예를 표했다.

이영남이 군막을 걷고 밖으로 나서자 꽁무니바람을 타고 송골매 한 마리가 날아들었다. 김완이 부리는, 부리가 유난히 붉은 송골매였다. 이순신은 속히 송골매 발에 묶여 있는 무명천을 풀었다. 한 일(一) 자가 선명했다. 석 삼(三) 자는 적이 삼십 리 밖에 출현한 것이고, 두 이(二) 자는 십 리 밖에 나타난 것이며, 한 일 자는 적이 교전을 벌일 수 있을 만큼 가까운 곳에 이르렀음을 뜻했다. 당보군(塘報軍, 척후병)을 이끌고 옥포로 갔던 사도 첨사 김완이 왜 선단을 발견한 것이다.

"다시 말하리다. 왜 수군이 나타나더라도 덤벙대지 마시오. 태산처럼 침착하게 군령을 기다리시오. 자, 출정의 북을 울려라!"

"출정! 출정의 북을 울려라!"

나대용이 새된 목소리로 복명했다. 이순신은 모든 군령이 나대용을 통해 내려가도록 배려했다. 배에 대한 해박한 지식에 용병술까지 더한다면 뛰어난 장수로 거듭날 수 있으리라.

송희립이 사정없이 북을 치자 잠에서 깨어난 격군들이 어기여차 구령에 맞춰 배를 젓기 시작했다. 이순신은 갑판으로 나가 이운룡과 이영남을 불러 세웠다.

"전황이 급하니 우선 함께 가는 것이 어떻겠소? 우수영 군선들도 곧 합류할 터이니 걱정 마시오."

우수사에게 돌아갔다가 다시 출정하는 것은 시간 낭비였다. 먼저 눈앞에 나타난 적을 물리친 후 나중에 상황을 설명해도 늦지 않을 것이다.

오시(낮 11~13시)경 전라 좌수영 군선들이 옥포 앞바다로 접근하자 하늘 높이 신기전(神機箭, 꼬리에 불을 붙인 화살)이 날았고 사도 첨사 김완이 탄 척후선이 모습을 드러냈다. 어둠이 걷히면서 쾌청한 하늘이 바다를 안을 듯 펼쳐졌다.

이순신이 군령을 내렸다.

"함부로 움직이지 마라. 고요하고 무겁기를 태산같이 하라."

함대는 해안선을 따라 천천히 움직였다. 왜선 삼십 척이 부두에 정박해 있으며, 왜군들은 산중턱에서 고기를 구워 먹고 있다는 보고가 잇달았다. 곧이어 왜선들 모습이 어렴풋이 나타났다. 사방으로 장막을 두르고 형형색색으로 흉측한 무늬를 그린 왜선은 보기만 해도 두려움을 더했다. 붉고 흰 작은 깃발들이 갑판 위에서 쉴 새 없이 나부꼈다.

"어떤가?"

이순신이 나대용에게 물었다.

"지금이 기회인 듯싶습니다. 왜군들 상당수가 상륙했으니 지금 우리 군선이 동시에 나아간다면 능히 왜선들을 모두 당파, 격침할 수 있을 것입니다."

이순신은 돌격 명령을 잠시 미루고 주변을 살폈다. 그 순간 경상 우수영 깃발을 앞세우고 상갑판에 높이 서서 장검을 휘두르는 원균이 보였다. 나대용이 연통을 넣을 사이도 없이 원균이 탄 군선은 이순신 곁을 지나 쏜살같이 돌진했다. 경상 우수영 소속 판옥선과 협선이 뒤따랐다.

"이, 이런!"

이순신은 장검을 든 오른손을 부들부들 떨었다. 원균이 먼저 치고 나가는 바람에 조용히 접근하여 기습 공격을 감행하려던 계획이 수포로 돌아간 것이다.

'평중 형님은 아직도 선봉에서 돌격하여 전공(戰功)을 탐할 뿐 전투 전체는 살피지 못하는구나. 한심하고 안타까운 일이다.'

경상 우수영 군사들이 쏟아 내는 함성에 놀란 왜군들이 허둥지둥 산중턱에서 내려오는 것이 보였다.

"자, 장군! 더 이상 지체하시면 아니 되오이다. 원 장군을 도웁시다."

이순신은 다급하게 소리치는 나대용을 무시한 채 옥포 하늘 위를 빙빙 돌고 있는 송골매들을 응시했다. 둥근 원을 그리며 왼쪽에서 오른쪽으로 도는 것은 적을 치기에 가장 좋은 때를 알리는 신호였다.

"공격하라!"

나대용이 복창했다.

"공격! 공격하라!"

송희립 형제가 치는 북소리가 소나기처럼 빨라졌다. 이순신은 눈으로 거의 다 부두에 이른 원균의 판옥선을 좇고 있었다. 원균이 탄 판옥선은 눈먼 멧돼지처럼 달려가더니 왜 대선을 정면으로 들이받았다. 왜선이 오른쪽으로 기우뚱거리면서 수많은 깃발이 바다로 곤두박질쳤다. 그 광경을 지켜본 전라 좌수영 장졸들이 함성을 내질렀다.

쿠웅 쿵쿵.

좌수영 군선들도 천자총통, 지자총통, 현자총통을 쏘며 앞 다투어 내달았다. 대장군전(大將軍箭), 차대전(次大箭), 피령전(皮翎箭), 수철연의환(水鐵鉛衣丸), 연환(鉛丸), 단석(團石) 들이 비 오듯이 왜 선단으로 날아들었다. 왜선 여섯 척이 조총을 쏘며 맞서 나왔지만 판옥선들이 눈 깜짝할 사이에 그 배들을 에워쌌다. 화염이 치솟고 수많은 왜군들이 하늘로 튀어올랐다 바다로 떨어졌다. 비명과 울음소리가 사방을 가득 메웠다. 격군들 품이 많이 들긴 해도 강하고 튼튼하기로는 판옥선을 당할 배가 없었다. 해안으로 내려오던 왜군들은 배가 침몰되는 것을 보고 발길을 되돌려 산으로 올라갔다. 그곳에서 함성과 야유를 내지르며 조총을 쏘아 댔다. 소리는 요란했으나 총탄이 닿기에는 너무 멀었다.

녹도 만호 정운이 배를 이끌고 이순신에게 다가왔다.

"장군, 상륙을 명하십시오. 어찌 저놈들을 살려 둘 수 있겠소이까? 소장이 앞장서겠소이다."

이순신은 눈을 들어 산중턱을 쳐다보았다. 삼백 명을 헤아리는 왜군들이 까마귀밥나무 속에서 고래고래 고함을 질러 댔다. 나대용과 송희립도 상륙 명령이 내리기를 기다리는 눈치였다. 이순신은 숨을 깊게 들이마신 후 정운에게 말했다.

"상륙은 안 되오. 우린 해전에 대비해서 나왔을 뿐이오. 거제도는 산이 험준하고 수목이 울창하니 어디에 복병이 숨었을지 모르오."

정운이 부리부리한 눈에 힘을 잔뜩 넣고 고개를 마구 흔들어 댔다.

"장군, 저놈들이 보이지 않습니까? 지금 상륙하면 단칼에 요절낼 수 있소이다. 기습을 막아내느라 우두망찰하는 적들인데 어찌 복병 따위가 있겠소이까? 장군, 상륙 명령을 내리십시오. 하늘이 주신 기회이오이다."

"누차 설명했거늘 아직도 내 말을 못 알아듣는단 말인가? 일말이라도 패배할 가능성이 있는 전투를 치러서는 안 되는 게 현재 우리 처지란 말이다. 잘 들어라. 내 명을 어기고 상륙하는 자는 군율로 다스리겠다. 목숨을 부지하고 싶거든 군령을 따르라."

그때 갑자기 왜선 네 척이 튀어나와 쏜살같이 달아나기 시작했다. 집중 포격에도 용케 타격을 입지 않은 배들이었다. 배흥립이 탄 판옥선이 수철연의환을 쏘며 그 배들을 추격했다. 원균을 비롯한 경상 우수영 군선들 역시 추격에 합류했다. 그때 이순신이 군령을 내렸다.

"회군하라!"

나대용은 제 귀를 의심했다. 맹렬히 적을 쫓는 배흥립에게 돌아오라는 명령을 내린 것이다.

"무엇 하는 건가? 당장 회군시켜!"

나대용은 곧 노란 깃발을 올렸고 송희립이 회군을 알리는 북을 쳤으며 날발 역시 뿔피리를 길고 탁하게 불어 그 뜻을 전했다. 한참 더 왜선을 추격하던 배흥립의 판옥선이 좌우로 심하게 요동을 치며 방향을 돌려 함대로 돌아왔다.

"이런 개 같은……, 쌍! 이게 무슨 일입니까?"

배흥립은 손에 든 철퇴를 빙빙 돌려 대며 화를 삭이지 못했다. 이순신이 해도를 짚으며 대답했다.

"무작정 적을 쫓아 큰 바다로 나갔다가 왜 선단이라도 만나는 날이면 죽음을 면키 힘드오. 아직도 싸울 날이 깃털처럼 많으니 이쯤에서 전투를 접는 것이 좋겠소."

신중하고 침착하기가 바위와 같았다.

옥포 선창 앞 바다에서 왜선들은 처참한 꼴로 불타올랐다. 유황과 시체 타는 냄새가 뒤범벅되어 코를 찔렀다. 장병겸(長柄鎌, 바다에 빠진 적의 목을 베거나 배에 올라오지 못하도록 막는 데 사용한, 자루가 긴 낫 모양의 무기)으로 왜군들 목을 따는 군졸이 여럿 눈에 띄었다. 거둔 수급 수에 따라 전공이 정해지기 때문에 서둘러 왜군들 시체에 접근한 것이다. 전투가 끝나기도 전에 수급을 자르기 시작한 군졸도 있었고, 서로 자신이 죽인 왜군이라며 다투는 군졸들까지 있었다. 그 광경을 지켜보던 이순신이 벌컥 화를 냈다.

"저게 무슨 짓이냐? 중지시켜라!"

나대용이 다시 이순신 표정을 살폈다.

'전투가 끝난 후 수급을 거두는 것은 의례 하는 일이다. 한데 그 일을 중지시키라니.'

"여긴 아직 적지다. 언제 기습을 당할지도 모르는데 한가하게 수급이나 거두며 공을 다툴 시간이 없어. 당장 장수들을 불러들여라."

전라 좌수영 소속 장수들과 이영남, 이운룡 등이 속속 모여들었다. 경상 우수영 군선들은 왜선을 뒤쫓아서 옥포만을 벗어난 후 아직 돌아오지 않았다. 이순신은 피와 땀으로 뒤범벅된 장수들을 차갑게 꾸짖었다.

"전투에서 승리하면 그 공은 우리 모두 것이오. 어찌 수급이 많고 적음으로 전공을 가리겠소. 적이 눈앞에 있는데 수급을 다투는 것이 부끄럽지도 않소? 병법에도 이르기를, 칼날 앞에서 승리를 다투는 자나 패배한 뒤에 후회하는 자는 뛰어난 장수가 아니라고 했소이다."

사도 첨사 김완이 억대우(덩치가 매우 크고 힘이 센 소) 같은 몸을 앞뒤로 흔들며 볼멘소리를 했다.

"하나 장군, 쟁공은 장수가 타고난 본성이 아닙니까? 목숨을 다해 싸운 후 누리는 작은 기쁨까지 막지는 마십시오."

이순신이 날카롭게 노려보자 김완은 입을 다물었다. 들뜬 분위기가 순식간에 가라앉았다. 이순신이 바위처럼 엄하게 명령을 내렸다.

"이제부터 격침한 왜선 크기와 수로 전공을 가릴 것이오. 아무리 군사가 많더라도 군선이 없으면 해전은 불가능하오. 우리가 일심 분발하여 거둘 것은 왜군들 목이 아니라 왜선이오, 알겠소? 만약 이를 어기고 또다시 수급을 모을 때는 군율로 엄히 다스릴 것이오."

옥포 앞바다에서 조선 수군은 왜 대선 열세 척, 중선 여섯 척, 소선 두 척 등 모두 스물여섯 척을 분멸(焚滅)했다. 바다 싸움에서 거둔 첫 승리였다.

六、이순신과 원균, 병략을 논하다

옥포에서 전투를 마친 이순신은 거제도 영등포에서 그 밤을 지내기로 계획했다. 참회나무 숲 아래에서 물을 길어 저녁밥을 짓고 야영할 작정이었다. 군졸들은 벌써 삿갓구름을 살피며 씀바귀나물을 무칠 상상으로 즐거웠다. 작은 뿔 깃을 세운 종다리들이 언덕에서 울어 댔다. 신시(낮 3시~5시)에 우척후장(右斥候將) 김완이 급보를 전했다. 왜 대선 다섯 척이 멀지 않은 바다에 나타났다는 것이다.

이순신은 다시 군선을 이끌고 왜선을 쫓아 합포(合浦) 앞바다까지 나아갔다. 척후를 맡은 사도 첨사 김완이 천자총통을 발사하자 왜군들은 합포 선창에 배를 댄 후 육지로 달아나 버렸다. 팔십여 척이 넘는 좌수영 함대에 기가 질린 것이다. 김완, 이순신(李純信), 어영담, 변존서 등이 텅 빈 왜 대선 네 척과 소선 한 척을 격침했다. 이순신 함대는 불길에 휩싸인 합포를 떠나 창원 남포 앞바다를 새 야영지로 정했다. 크고 흰 작약이 탐스러웠다.

원균이 이끄는 경상 우수영 군선들은 오늘 전투 강평을 마칠 때까지도 돌아오지 않았다. 이영남과 이운룡은 얼굴에 초조한 빛이 역력했다. 가덕도까지 왜선을 쫓다가 왜군 주력 함대와 마주쳤을 가능성도 배제할 수 없었다. 또다시 함정에 빠진다면 제아무리 원균이라도 죽음을 면하기 어렵다.

그런 걱정을 비웃기라도 하듯 원균은 자정 무렵 힘찬 북소리와 함께 돌아왔다. 왜 대선 네 척을 모두 수장시켰던 것이다. 그 광경을 지켜보던 배흥립이 이를 부드득 갈았다. 원균은 떡 벌어진 어깨를 좌우로 흔들어 대며 이순신이 있는 군막으로 들어섰다. 우치적, 기효근, 김승룡이 호위했다.

"하하하! 이 수사, 완벽한 승리요."

원균은 당연한 듯 상석에 털썩 주저앉았다. 좌우로 벌여 서 있던 나대용, 이언량, 송희립 등이 험악한 눈을 했다. 이순신은 원균 오른편으로 옮겨 앉았고 다른 장수들도 모두 자기 자리를 찾았다. 배흥립이 큰 소리로 원균에게 물었다.

"원 장군님, 네 척을 모두 침몰시켰다지요? 복병이나 왜 선단과 마주치지는 않으셨는지요?"

이순신이 내린 퇴각 명령을 비꼬는 것이다. 원균 역시 질문에 숨은 뜻을 알아차렸다.

"하하, 그까짓 복병을 걱정해서야 어디 왜놈들을 때려잡을 수 있겠소? 기습에 당황했던지 복병은커녕 척후선 하나 없었소. 왜

선단을 만났대도 그게 무슨 대수겠소? 닥치는 대로 격침시키면 그만인 것을."

'한심하구나, 눈앞의 작은 전공만 부러워하다니!'

이순신은 어금니를 깨물었다. 낙안 군수 신호가 장검을 쥔 채 입을 열었다.

"세상일이 다 그렇듯 전투를 치르고 나면 아쉬움이 남게 마련이외다. 왜적들 매복이 없어서 다행이지만, 만약에 적이 함정을 판 채 기다리고 있었더라면 이 수사님 말씀대로 큰 변이 났을 겁니다. 어쨌든 오늘 전투는 완승이외다. 지금은 지난 일로 왈가왈부하기보다는 장졸들을 격려하고 내일 전투를 대비함이 옳소이다."

경험이 많은 신호는 역시 흔들림이 없었다.

"좌수사와 나는 의논할 일이 있으니 먼저들 나가 있으시오."

장수들이 우르르 군막을 나갔다.

둘만 남자 원균은 팔을 쓰윽 내밀어 이순신 손목을 잡으려고 했다. 갑작스러운 움직임에 이순신이 흠칫 놀라며 팔을 뒤로 뺐다. 원균이 그 황망한 표정을 보며 빙긋 웃었다.

"뭘 그렇게 놀라오? 여해, 그대 도움으로 모처럼 왜선들을 쓸어버릴 수 있었소. 우리 앞으로도 이렇게 잘해 봅시다. 전라 우수사 이억기 장군까지 합류하면 조선 수군은 천하무적이 될 것이오. 아니 그렇소?"

"그렇습니다. 앞으로도 힘을 모아 힘써 적을 물리치십시다."

이순신이 맞장구쳤다.

"건천동에서 함께 뛰놀 때부터 늘 이런 날을 바랐다오. 둘이서 함께 사예(四裔, 사방의 아주 먼 변방)를 지키는 상상을 자주 했지. 우여곡절은 있었으나 이제 그 꿈을 이루게 된 듯하오."

이순신이 정색하며 말했다.

"한 가지만 부탁드릴까 합니다. 다음부턴 선공(先攻) 시기와 방법에 대해선 소장을 비롯한 좌수영 장수들과 사전에 의논해 주셨으면 합니다. 왜선 몇 척 부수려고 무리하게 달려들다가 우리 군선들 전열이 무너질 수도 있으니까요. 군중 회의에서 결정되지 않은 독자 행동은 삼가해 주십시오."

원균이 가슴을 들이밀며 받아쳤다.

"급박한 상황에서 언제 그딴 의논을 할 여유가 있겠소? 옥포에서 내가 선공을 한 게 마음에 들지 않나 본데, 하면 다음엔 이 장군이 선공을 하시오."

이순신은 원균을 똑바로 쏘아보았다.

"누가 선공을 하느냐 하는 문제가 아닙니다. 경상 우수군과 전라 좌수군이 합력하여 서로 보조를 맞추지 못하면 자중지란으로 패전할 우려가 있습니다."

원균이 껄껄껄 웃으며 말머리를 돌렸다.

"알았소, 알았소. 당연히 합력하여 싸워야지. 그건 그렇고 한 가지 알려 줄 일이 있소. 이일 장군이 상주에서 패했을 뿐만 아니라 신립 장군마저 탄금대에서 전사하였소."

"신 장군께서?"

이순신은 눈을 휘둥그레 떴다. 원균이 말없이 고개만 끄덕였다. 부산포와 동래가 맥없이 함락된 후 왜군들 기세가 자못 놀라웠지만 신립과 이일이 상주쯤에서 왜군들을 막아 주리라 여겼다. 그런데 둘 다 패했다면 이제 한양도 무사하지 못할 것이다.

“그러니 주상께서 얼마나 승전보를 기다리고 계시겠소. 오늘 전투를 소상히 적어 수급과 함께 보내면 기뻐하실 것이오. 그 대신 반드시 연명을 하도록 하십시다. 내 공 네 공 따지지 말고 공평하게 말이오.”

‘연명 장계를?’

연명 장계는 전례가 많지 않은 일이었다. 경상 우수영과 전라 좌수영이 힘을 합쳐 적을 맞을 일도 없었거니와, 설사 그런 일이 있다 하더라도 장계의 상달 경로가 달랐기 때문이다. 경상 우수영이 올리는 장계는 경상 감영을 거치지만, 전라 좌수영 장계는 전라 감영을 거친다. 원균이 그를 모를 리 없건만 굳이 이런 제안을 하는 데엔 이순신이 팔십여 척이나 되는 대규모 선단을 거느린 반면 원균 자신은 배를 다 잃고 단 여섯 척만을 이끄는 처지라는 배경이 깔려 있었다. 이순신은 고개를 한 차례 끄덕이고는 입을 열었다.

“함께 힘껏 싸웠으니 그 일을 옳게 보고하는 건 당연합니다만, 굳이 연명으로 장계를 올릴 필요가 있겠습니까?”

“함께 싸우고 따로따로 장계를 올리는 게 더 우습지 않소? 우리가 연명 장계를 올리면 조정에서도 전라 좌수군과 경상 우수군이 힘을 합쳐 남해 바다를 잘 지키고 있음을 진정으로 알게 될 것이오.”

"지금은 힘써 싸워 이기는 게 우선입니다. 보고를 어떻게 하느냐는 차후에 생각해 볼 일이지요. 감영에 사람을 넣어 일차 확인한 후 거기서 허여하면 그리하도록 하지요. 한데 신립 장군이 탄금대에서 전사하였다고 하셨습니까?"

"그렇소. 달천(達川) 앞에 배수진을 치고 싸우다 장렬히 전사하였다 하오. 앞으로 다른 장수들도 죽음을 두려워하지 않고 힘껏 용맹을 떨쳐 장렬하게 산화하신 신 장군을 배워 왜군과 맞서야 할 것이오. 아니 그렇소?"

이순신은 잠시 말이 없었다. 원균이 두 눈을 끔벅 감았다 뜨며 다시 물었다.

"나와 생각이 다른 점이라도 있소?"

이순신이 비로소 답했다.

"소장도 그 용맹함은 칭송받아 마땅하다고 봅니다. 하나 퇴로 없이 들판에서 물을 등에 지고 왜군과 맞선 병략에는 선뜻 고개를 끄덕이기 어렵습니다. 패배를 자초했다 할 수 있지요. 왜군을 너무 하찮게 여긴 탓입니다. 적을 줄여 보고 나를 높여 보는 건 장수가 가장 피해야 할 일입니다. 조령에 장졸을 매복시키고 퇴로를 미리 살펴 적이 지칠 때까지 굳건히 지키고, 혹여 중과부적으로 패하더라도 다시 싸울 수 있도록 희생을 줄였어야 합니다."

원균이 발끈했다.

"지금 무슨 소리를 하는 게요? 쥐새끼처럼 숨어서 화살이나 날렸어야 한단 말이오, 그럼?"

"쥐새끼처럼 숨는 게 아닙니다. 일찍이 무후 제갈량이 중원을 도모할 수 있었던 것은 나아갈 때에 늘 미리 후퇴할 길을 살펴 두었기 때문입니다. 신 장군께서 탄금대에서 단 한 번 크게 패하는 바람에 이제 한양까지 왜군을 막을 장수가 하나도 없게 되었습니다. 최대한 시일을 끌며 적을 막는 전술을 폈어야 합니다. 그래야 다른 장수들이 병사를 새로 모으고 말을 달려서 함께 왜군을 물리칠 수 있었을 것입니다. 육지에서든 바다에서든, 한 순간에 큰 승리를 탐하다가 대패하여 모든 걸 잃어버리는 일이 있어서는 결코 안 되겠지요."

원균이 말꼬리를 붙들었다.

"지금 그건 나 들으라고 하는 소리요?"

"형님께 하는 말이 아닙니다. 지금 왜군과 맞서는 조선 장수라면 누구나 가슴에 새겨야 한다고 봅니다. 지금은 오합지졸 왜구를 맞서 싸우는 게 아니라 왜국에서 가려 뽑아 보낸 정예병을 상대하는 겁니다. 왜구와 맞설 때와는 다르게 싸워야 하는 겁니다."

침묵이 흘렀다. 원균은 불쾌한 기색이 얼굴에 역력했다.

이순신은 앞으로도 쭉 이런 언쟁이 있을지 모른다는 생각이 들었다.

'경상 우수영이 거느렸던 군선 대부분을 잃은 평중 형님으로서는 작은 전공이라도 놓치지 않으려고 기회 닿을 때마다 앞뒤 가리지 않고 달려들 것이다. 그것이 용맹이고 사내다움이라고 호언(豪言)할 것이다. 하나 그런 짓은 용맹도 아니고 사내다움도 아니다. 혹여 작은 승리를 구할 수 있다 하더라도 단 한 번 패배에 모든 것을 잃는 어리석은 만용일 뿐이다. 경상 우수군과 함께 싸우라는 어명이 이미 내렸고, 지금은 군선 하나라도 더 모아 왜군과 맞서야 하는 상황이다. 어떻게든 평중 형님이 필부지용(匹夫之勇)하여 전군을 패배로 끌어들이지 않도록 감싸고 달래어 함께 가야 한다. 지금 우리가 여기서 한 번 패하면 조선은 망국(亡國)을 피할 수 없다. 경상 우수군과 전라 우수군, 전라 좌수군이 힘을 합쳐 왜 수군을 압박해야 한다.'

이순신이 차분히 물었다.

"이제 한양마저…… 넘어가겠지요?"

원균 역시 더 이상은 말다툼을 피하려는 듯 목소리를 깔고 답했다.

"나도 그게 걱정이오. 하나 한강을 따라 진을 치고 죽기 살기로 싸운다면 쉽게 함락되지는 않을 것이오. 신 장군이 전사할 정도라면 조정에서도 방책을 세우겠지. 경기도, 황해도, 강원도 군사들을 근왕병으로 불러들였을 게요. 비변사에서 알아서들 하겠지."

원균은 전세를 낙관적으로 보려고 했다. 이순신은 몽진 가능성을 따지려다가 그만두었다. 그러곤 원균을 찬찬히 뜯어보았다. 이마와 콧잔등에 불에 덴 흔적이 역력했고, 갑옷 오른쪽 어깨 부근이 한 뼘도 넘게 찢어졌다.

"상처가 깊군요."

"허허, 대수롭지 않소. 스쳤을 뿐이니까. 여하튼 조총은 경계해야 하오. 원거리에서는 우리가 보유한 총통이 빛을 발하지만 서로 얼굴을 분간할 정도면 왜군 조총에 목숨을 잃기 십상이라오."

이순신이 날발을 불러 깨끗한 수건과 끓는 물을 가져오도록 했다.

“으윽!”

뜨거운 수건이 와 닿자 원균이 비명을 삼켰다.

“목숨을 중히 여기십시오. 형님이 없는 경상 우수군은 상상할 수도 없습니다.”

원균이 빙긋 웃으며 고개를 반쯤 돌렸다.

“여해!”

“예!”

“옥포에 상륙하지 않은 것은 잘한 일이오. 도망가는 왜선들이야 총포로 맞히면 그만이지만 조선 수군이 육지에 내렸다면 조총에 많은 사상자가 났을 게요. 내가 만약 여해라도 상륙하지 말라 하였을 거요.”

이순신이 한동안 그 얼굴을 쳐다보다가 마침내 다시 입을 열었다.

“의논드릴 일이 두 가지 있습니다.”

“무엇이오?”

“왜군이 바다로 통해 온다면 힘써 막으면 됩니다만, 산을 넘고 강을 지나 온다면 전라도가 매우 위태롭습니다. 순천(順天) 돌산도(突山島)에 있는 백야곶(白也串)과 흥양(興陽) 도양장(道陽場)에서 기르는 말을 군마(軍馬)로 훈련해 전장에 쓰는 것이 어떻겠습니까?”

원균이 혀를 끌끌 찼다.

“바다에서 왜선과 맞서기도 힘든 판에 육지 일까지 걱정하는 게요? 군마를 키우는 일이야 전라 병사가 알아서 하겠지. 우리까지 나설 필요가 있나."

이순신은 조금쯤 실망한 얼굴로 말을 이었다.

"나머지 하나는 옥포 만호 이운룡에 관한 일입니다. 옥포를 치려면 지형지세에 밝은 이가 필요했는데, 좌수영 소속 광양 현감 어영담이나 홍양 현감 배흥립으로는 충분하지 않았습니다. 그래서 회의 중에 형님께 연락도 못하고 급히 이운룡을 부른 것이지요. 이영남에게서 형님이 이운룡을 찾으셨다는 전갈을 받고 곧바로 보내려 했으나, 마침 왜 선단을 발견했다는 소식이 들어와 제배로 출전하게 되었습니다. 잘못이 있다면 모두 소장에게 있으니 두 사람을 탓하진 말아 주십시오."

원균이 너털웃음을 터뜨렸다.

"하하하, 그게 무슨 큰일이라고 그러오. 우린 함대를 함께 꾸리지 않았소? 이 수사가 필요하면 당연히 경상 우수영 장수들을 부를 수 있고, 내가 필요하면 전라 좌수영 장수들을 찾을 수도 있는 일. 더군다나 이운룡은 녹둔도에서 이 수사 휘하 군관으로 힘껏 싸운 적도 있지 않소. 다만 이제부터 그럴 때는 상대방에게 미리 알리도록 합시다. 밖에 누구 있는가?"

"예!"

나대용이 급히 뛰어 들어왔다.

"가서 이운룡과 이영남을 데려오게. 내가 오란다고 해."

두 사람이 뒤이어 막사로 들어왔다.

"앉으시오!"

두 사람은 꼬리 내린 강아지처럼 자리에 앉았다. 원균이 낮고 걸쭉한 목소리로 말했다.

"그대들은 왜 이 수사를 통하여 내게 말을 전하는가? 그대들처럼 겁 많고 눈치나 살피는 인간이 경상 우수영 장수란 사실이 심히 부끄럽도다. 옥포 만호!"

"예!"

"소비포 권관!"

"예."

"다음부터는 언제든지 이 수사를 돕도록 하라. 우린 이미 한배를 탄 몸이니까. 이 수사가 곧 나고 내가 곧 이 수사이다. 다만 나고 들 때는 반드시 상관에게 보고를 하도록. 그래야 탈영하지 않았음을 알 게 아닌가? 명심하라!"

"예, 장군!"

두 사람은 제대로 변명조차 못하고 물러났다. 원균이 막사를 나오며 이순신에게 속삭였다.

"이 정도 해 둬야 다음부터 제멋대로 행동하지 않는다오. 한바탕 싸웠더니 피곤하구려. 탁주나 한 동이 마시고 일찍 잠자리에 들어야겠소. 내일 봅시다."

원균이 길게 하품을 쏟으며 판옥선으로 발길을 돌렸다. 이순신은 깊은 눈으로 그 뒷모습을 오랫동안 바라보았다.

"가시지요. 모두 모였습니다."

횃불을 든 나대용과 이언량이 앞장섰다. 이순신은 험험 목청을 가다듬고 병사들이 도열한 곳으로 갔다. 이순신이 모습을 드러내자 전라 좌수군 장졸들이 일제히 검과 창을 하늘로 들면서 함성을 질렀다. 군데군데 피어오른 횃불 때문에 그 모습이 더 장엄했다. 승리에 감격해서 눈물을 흘리는 군사도 있었고 왜군들에게 빼앗은 투구며 옷가지와 장신구를 갑옷에 주렁주렁 매단 군사도 있었다. 장졸들이 좌우로 갈라지자 도드라진 둔덕이 나타났다. 신호, 배흥립, 어영담을 비롯한 전라 좌수군 장수들이 좌우로 늘어서서 기다리고 있었다. 천천히 둔덕에 올랐다. 끼룩 끼루룩. 시끄러운 쇠제비갈매기 울음이 귀에 쟁쟁 울렸다.

둔덕에 오른 이순신은 뒤돌아서서 장검을 높이 치켜들었다. 장졸들 입에서 터져 나온 함성이 거대한 해일처럼 밀려들었다. 장검을 휘돌리자 그 함성은 성난 파도처럼 천지사방으로 소용돌이쳤고, 장검을 내리자 주위가 순식간에 조용해졌다.

장졸들은 아무 말 없이 형형한 눈으로 이순신을 바라보았다. 찰싹대는 파도 소리가 간간이 침묵을 깨고 어둠 속으로 퍼져 나갔다. 가슴을 한껏 펴고 천천히 주위를 둘러보았다. 사랑스러운 부하들, 목숨을 걸고 전투를 치른 장졸들이 그곳에 있었다. 비로소 이순신은 승장이 되었음을 실감할 수 있었다. 눈시울이 붉어졌지만 어둠 덕분에 눈치 챈 사람은 아무도 없었다. 이순신은 한 걸음 더 앞으로 나아갔다. 그러곤 마침내 사자후를 토했다.

"모두 잘 싸웠다. 오늘 그대들은 진격을 알리는 북소리를 듣고 기뻐했으며 후퇴를 명하는 징소리에 울분을 누르지 못했다. 나 또한 그대들과 똑같은 심정이었다. 우리는 이 바다를 죽음으로써 지켜 내야 한다. 우리가 왜군을 공격하는 건 정의가 불의를 덮치는 것이며, 강물을 터서 조그마한 모닥불을 끄는 것과 같다.

하나 군공을 탐하여 헛되이 자기 힘만을 믿고 덤벼들어선 아니 된다. 병서에도 이르기를 승리하는 군대는 먼저 승리할 수 있는 조건을 갖춘 후 전투를 시작하고, 패배하는 군대는 먼저 전투를 벌인 후에 승리를 구한다 했다. 오늘 우리가 거둔 승리를 가슴 깊이 새겨라. 앞으로 얼마나 많은 승리가 쌓일 것인가를 생각하라. 군졸은 장수를 믿고 의지하며 장수는 군졸을 엄정하게 인솔하라. 병략에 따라 군대를 이끌어 승리를 구하는 것은 장수의 몫이고, 적과 싸워 승리를 취하는 것은 군졸의 용맹에 달려 있다. 오늘부터 이 전쟁이 끝날 때까지, 아니 전쟁이 모두 끝난 후에도 우리는 하나다. 하나로 뭉칠 때 우리는 계속 승리할 것이다. 나 이순신을 믿어라. 그대들에게 명예와 영광을 가져다주겠다. 두려움 없이 가자, 힘차게 진군 또 진군하자!"

七、 실낱 같은 인연을 다시 끊고서

오월 십오일 오후.

날발은 바위에 걸터앉아 대숲 사이를 바삐 움직이는 암갈색 산토끼를 물끄러미 노려보고 있었다. 참나무를 타고 오른 사위질빵 덩굴이 늙은이 턱수염처럼 땅바닥에 닿을락말락 축 늘어졌다. 그 아래로 큰 턱을 앞세운 넓적사슴벌레가 먼 하늘을 응시하듯 느릿느릿 기어갔다. 날은 바람 한 점 없었다. 하늘로 높이 오른 재갈매기 떼는 내려올 줄을 몰랐다.

이순신이 좌수영으로 돌아온 지 오늘로 벌써 엿새가 지났다. 그새 원균에게서는 출전을 독촉하는 공문이 줄이어 들어왔지만, 이순신은 꿈쩍도 하지 않은 채 격군들이 전투에 지쳐 적어도 열흘쯤은 쉬어야 하며 장수들에게도 왜선들을 파악하는 시간이 필요하다는 답신을 보냈다.

전라 감영에서 일을 보고 돌아온 권준은 다음 출전이 언제인지 몰라 신경이 곤두선 좌수영 장수들을 찾아 각자에게 새로운 과제를 주었다.

"나대용, 이언량 장군은 거북선 성능을 시험하고, 배흥립, 어영담 장군은 경상도 해안을 좀 더 정확하게 지도에 옮기도록 하세요. 김완, 정운 장군은 척후를 계속하여 적정을 세밀히 살펴주세요. 신호 장군께서는 무기와 판옥선 상태를 면밀히 점검해 주셨으면 좋겠군요."

그리하여 불면에 지친 붉은 눈으로 박초희의 집을 찾은 이순신 곁에 따른 이는 날발뿐이었다.

바닷바람이 뺨에 스쳐 불었다. 대숲이 자지러지는 어린아이 웃음소리를 냈고, 꿩 한 마리가 푸드덕 날아올랐다.

날발은 모처럼 편안한 마음으로 뿔피리를 꺼내 들었다. 피를 부르는 날카로운 소리가 아니라 안온하고 유장한 소리가 흘러나왔다.

아침에 날발을 데리고 좌수영을 나와 오랜만에 찾아온 길이었다. 한데 때마침 박초희는 집에 없었다. 이순신은 일순 불길한 느낌에 가슴이 섬뜩했지만 애써 두려운 마음을 누르고 빈방에 들어가 살림살이를 살폈다. 정리정돈이 잘된 것을 보니 이제 어느 정도 평안을 찾은 듯해 조금 마음이 놓였다.

문을 열어 둔 채 문가에 앉으니 밀려드는 시원한 바람에 갑자기 졸음이 쏟아졌다. 옥포와 합포에서 바다 싸움을 치르고 적진포(赤珍浦)에서 다시 왜선 열세 척을 분멸하는 동안 한순간도 편히 쉬지 못했다. 고개가 천천히 내려가더니 몸이 왼쪽으로 기울어 어깨가 바닥에 닿았다. 어둠 속에 드문드문 날발이 부는 피리 소리가 들려왔다. 붉은 안개와 검은 어둠이 눈앞에 어지럽게 얼룩졌다. 피리 소리는 사라지고 귀신과 흉한 짐승이 울부짖는 소리가 귀청을 찢을 듯 쟁쟁 울렸다.

"컥! 저…… 정신 차리세요. 소, 소녀……를 알아보시겠어요?"

박초희가 급히 내지르는 소리를 들으면서 이순신은 눈을 번쩍 떴다. 어느새 양손으로 박초희 목을 꽉 움켜쥐고 있었다. 악몽이라도 꾼 모양이다. 숨을 쉬지 못해서 쏟아질 듯 튀어나온 눈망울에 놀라 이순신은 황급히 손을 풀었다. 미안하고 당황한 마음에 얼굴이 뜨뜻해졌다.

자세를 바로하는 박초희 목에 웬 쇠붙이가 반짝 빛났다.

"이게 도대체 뭐요?"

이순신이 물으며 손을 뻗었다.

줄에 걸려 있는 것은 아래 획이 삐죽하게 긴 열 십(十) 자 모양 구리쇠였다. 십자 모양 쇠 위에는 발가벗은 남자가 양팔을 벌린 채 매달려 있었다. 박초희는 놀란 눈으로 물러나 앉으며 손으로 십자가를 덮어 감췄다.

"아, 아무것도 아니에요. 나카도리 섬을 떠날 때 받은 선물이랍니다."

"선물이라? 괴이하게도 생겼군. 무슨 사연이라도 있는 건가?"

"아, 아니에요. 조선 사람들이 석 삼 자를 좋게 생각하듯이 나카도리 섬 사람들은 열 십 자를 귀하게 여긴답니다."

"매달려 있는 사람은 뭔가? 그자들이 믿는 신인가?"

"마, 맞아요. 뱃길을 관장하는 해룡(海龍)의 아들이지요."

박초희는 목걸이를 벗어 치맛자락에 감추며 말을 돌렸다.

"웬 땀을 그렇게 흘리세요? 잠꼬대도 심하시고."

"잠꼬대? 무어라고 하던가?"

"저승사자, 저승사자라고 몇 번이나 되뇌셨답니다. 악몽을 꾸셨나 봐요?"

잠시 숨을 고른 박초희가 부엌에서 꿀물을 만들어 왔다. 벌컥벌컥 꿀물을 들이켜니 타는 듯한 갈증이 단숨에 씻겨 내려갔다.

박초희가 빈 그릇을 받아서 저만치 밀어 두고 돌아앉았다. 얼굴에 미소가 가득했다.

그런 박초희를 고즈넉이 바라보며 이순신은 물었다.

"어디 갔더랬소?"

박초희가 수줍게 아미를 숙였다.

"날이 하도 좋기에…… 어디서 푸새라도 뜯어다 무치면 좋겠다 싶어……."

언 땅처럼 굳었던 마음이 문득 스르르 풀렸다. 이순신은 벅차오르는 감정을 누르며 눈을 껌벅였다. 박초희는 놀랄 만큼 달라져 있었다. 나이에 걸맞지 않게 해맑은 얼굴에 더 이상 극한으로 내몰린 자의 절망은 찾아 볼 수 없었다.

문 밖에서 날발이 큰 소리로 아뢰었다.

"장군, 소비포 권관과 옥포 만호가 도착했다는 전갈이옵니다."

"잠시 기다려라. 곧 나서마."

이순신은 서둘러 칼을 들고 일어섰다.

'이제 좌수영으로 돌아가면 여름 끝 무렵에야 돌아올 수 있으리라.'

그때까지 박초희는 홀로 식점에 머물러야 한다. 안타까운 심정을 어쩔 수 없었다. 틈나는 대로 날발을 시켜 둘러보게 하리라고 마음먹었다.

"어서 나서세요."

박초희가 오른손 검지를 눈귀에 대고 실눈을 떴다. 박미진의 환영이 그 위에 겹쳤다. 이순신은 서둘러 마당으로 내려섰다. 날발이 말고삐를 쥐고 넙죽 절했다. 차고 짭짜름한 샛바람이 얼굴을 때렸다.

이순신과 날발이 언덕을 끼고 돌아 시야에서 사라지자마자 박초희는 주위를 살피며 방문을 닫아걸었다. 눈을 감고 두 손을 앞으로 모아 쥔 채 휴 한숨을 내쉬었다.

"누구 없는가?"

낯선 사내 목소리였다. 박초희는 맞잡았던 두 손을 푼 후 자리에서 일어섰다.

"안에 아무도 없는가?"

단정하고 침착한 음성으로 보건대 불한당은 아닌 듯했다. 호리호리한 몸에 융복을 깔끔하게 입은 사내가 섬돌에 서 있었다.

"뉘신지요? 오늘은 국밥을 팔지 않으니 다른 식점으로 가십시오."

사내는 야윈 두 볼에 미소를 가득 담고 한 걸음 앞으로 다가섰다.

"국밥 먹으러 온 게 아닐세. 이 몸은 좌수영에서 이 수사를 모시고 있는 사람일세."

그래도 박초희는 경계심을 떨치지 못했다. 이순신은 지금까지 날발 외에 다른 사람을 보낸 적이 없었다.

"방금 좌수사께서 다녀가셨지? 날발이 부는 피리 소릴 들었네. 허허, 아직도 이 몸을 믿지 못하는 겐가? 그간 일은 다 알고 있네. 남들 이목도 있는데 여기 이렇게 세워 둘 작정인가?"

날발까지 아는 것을 보니 못 믿을 사람은 아닌 듯했다. 박초희는 옆으로 비스듬히 몸을 틀었다.

"드시어요."

"고맙네."

박초희는 사내가 아랫목에 자리를 잡기를 기다려 방문 곁에 다소곳이 앉았다. 사내는 따뜻한 웃음을 거두지 않은 채 자기 신분을 밝혔다.

"순천 부사 권준이라 하네."

"……"

순천 부사라면 전라 좌수영에서 좌수사 다음가는 벼슬이었다.

"갑작스레 찾아와서 놀랐을 테지? 꼭 할 말이 있어 이렇게 왔네. 괜찮은가?"

권준이 낮은 목소리로 묻자 박초희는 고개를 두어 번 끄덕였다.

"바로 이야기하겠네. 이 나라는 지금 건국 이래 가장 큰 전란을 치르는 중일세. 전황은 매우 어둡네. 왜군과 맞서 대승을 거둔 장수는 현재 이 수사뿐이야. 이 수사가 무너지면 이 전쟁에서 승리하기 힘드네. 좌수영에는 아무 문제가 없어. 장졸들 사기도 높고 군량미와 무기도 충분하고 지형과 날씨에도 잘 대처하고 있네. 아무리 왜 수군이 막강하더라도 우리는 승리할 걸세. 하나 전쟁은 무기를 들고 맞서 싸우는 것만이 아니지. 상대방 사기를 떨어뜨리고 유능한 적장을 물러나도록 하기 위해 온갖 책략과 술수를 쓰는 것 또한 전쟁이야. 지금 수많은 간자들이 이 수사 주변을 맴돌며 약점을 찾고 있지. 자, 생각해 보세. 지금과 같은 전쟁 중에 이 수사가 아산에 있는 처첩 외에 또 다른 여자를 두고 있다면 문제가 되지 않을까?"

"……"

"그리고 그 여자가 제 아이를 돌로 쳐 죽인 살인자라면?"

"……"

"또한 왜군 선봉대가 머물렀던 쓰시마 섬 근처 나카도리 섬에서 건너온 여자란 것이 밝혀진다면 이 수사는 어떻게 되겠는가?"

"그만 하세요!"

박초희가 두 귀를 막고 흐느끼기 시작했다. 권준은 마지막 남은 고삐를 힘껏 틀어쥐었다.

"나카도리 섬에서 사화동과 살림을 차렸던 여인을 거두었다는 일이 알려진다면 이 수사는 관직을 잃고 감옥에 갇힐 수밖에 없어. 세상에 비밀이란 없네. 왜군이나 왜인을 돕던 간자 놈들이 하루에도 몇 명씩이나 포로로 잡히거나 투항하고 있는데, 그 과거가 완전히 묻힐 수 있다고 생각했는가?"

박초희는 양손으로 얼굴을 감싸고 흐느껴 울었다.

'결국 올 게 왔어. 남편을 둘씩이나 잡아먹은 년이 새로운 인연을 꿈꾼다는 것 자체가 과욕이지. 한 번 저지른 죄는 이 세상이 끝나는 순간까지 그림자처럼 따라다니게 마련인걸.'

권준은 미동도 하지 않고 박초희를 묵묵히 지켜보았다. 이윽고 울음을 삼키며 박초희가 물었다.

"……제가 어찌해야 하죠?"

권준은 소매에서 패물 꾸러미를 꺼내 앞으로 밀어 놓았다.

"당장 이곳을 떠나게. 두 번 다시 이 수사 앞에 나타나면 안 돼. 아무도 자네 옛일을 모르는 곳으로 가게. 이 정도면 부족하지만 임시 변통은 될 걸세."

박초희는 패물 꾸러미를 다시 권준 앞으로 되돌렸다.

"말씀대로 하겠어요. 지금 당장 떠날게요. 이 패물은 가져가세요. 저 같은 죄인에게 무슨 패물이 필요하겠어요? 부디 그분을 잘 보필해 주세요."

권준은 웃음 위로 눈물이 가득 고인 눈망울을 들여다보았다. 그러곤 패물 꾸러미를 다시 소맷자락에 넣고 일어섰다.

"하면 믿고 가겠네."

권준은 가볍게 인사를 한 후 식점을 떠났다. 박초희는 이순신과 날발과 권준이 사라진 언덕길을 망연자실 오랫동안 바라보았다. 이제 떠나야만 할 때가 온 것이다.

八、남해 청야、엇갈린 시선

해가 뉘엿뉘엿 지고 있었다. 꽃노을이 섬 사이로 농염한 자태를 뽐냈고 채색 비단처럼 불그레한 양털 구름이 해 지는 쪽으로 흘러갔다. 후박나무 둥지로 찾아든 흑비둘기는 벌써부터 잠을 청했다.

이영남, 이운룡, 그리고 나대용이 진해루에서 이순신을 맞았다. 다른 장수들은 권준이 정해 준 일을 하느라 좌수영을 떠났고, 권준 역시 마무리 작업을 하고 있는 거북선을 살피기 위해 순천으로 가겠다며 길을 나선 뒤였다. 이순신은 반갑게 이영남과 이운룡의 손을 마주 잡았다.

"반갑소이다."

"장군, 그간 안녕하셨습니까? 출타 중이신지라 뵙지도 못하고 돌아가는 줄 알았사옵니다."

"그대들이 왔는데 내 어찌 대접을 소홀히할 수가 있겠소? 자, 앉읍시다."

나대용이 전라 감영에서 보내온 공문과 서찰 하나를 함께 내밀었다.

"의령에 사는 유생 곽재우가 의병을 일으키면서 돌린 격문이옵니다."

이순신은 황급히 격문을 펼쳐 들었다.

> 들어라!
>
> 나라를 위기에서 구하는 것을 의병(義兵)이라 하며, 천명을 거스르고 침입해 온 오랑캐를 몰아내는 군사를 응병(應兵)이라 한다. 의병과 응병이 전투에서 이기는 것은 하늘의 이치라고 했다. 지금 우리는 왜란을 평정하기 위해 군사를 일으켰으니 의병인 동시에 응병인 것이다. 우리는 죽기로 싸워 위로는 주상 전하를 받들고 아래로는 만백성을 도탄으로부터 구할 것이다.
>
> 청사에 영원히 빛날 위대한 대의에 동참하라.

이순신 얼굴에 미소가 피어올랐다.

'남명 선생 제자답게 의리를 아는 사내로군. 이를 기화로 하여 방방곡곡에서 의병들이 나선다면 전쟁은 다르게 진행되리라. 구렁이처럼 길게 늘어서 북으로 진격하는 왜군들 후방을 의병이 겁없이 찔러 대면 적은 군량미를 조달하는 데에도 커다란 곤란을 느끼게 되리라.'

"그런데 곽재우를 잡아들이라는 명이 내렸답니다."

이운룡은 안타깝다는 목소리로 말했다. 곁에 있던 나대용이 화들짝 놀라며 되물었다.

"감히 어떤 작자가 의병을 잡아들이려고 한단 말입니까?"

"경상 감사 김수 대감입니다. 곽재우가 초계(草溪)가 빈 틈을 타서 허락도 받지 않고 무기고를 털고 곡물 창고를 열어젖혔으니 도둑에다가 역적이라는 겁니다."

'의병과 역적!'

이순신은 그 양립할 수 없는 두 단어를 곱씹었다. 이영남이 이운룡 말을 받았다.

"왜군이 부산포에서부터 치고 올라오자 경상도에 있는 수령들은 지레 겁먹고 관할 지역을 벗어났습니다. 경상 감사 역시 지리산으로 몸을 피했고 관군들도 식솔을 거느리고 수령 뒤를 따랐죠. 자연히 무기고와 곡물 창고는 지키는 군사 하나 없이 덩그러니 남게 되었습니다. 도둑 떼와 의병들이 앞 다투어 그곳을 털었죠. 도둑질을 하든, 왜군과 싸우든 무기와 식량이 필요한 건 마찬가지니까요. 소식을 접한 수령들이 도둑과 의병을 구분하지도 않고 몽땅 역적으로 몰아 장계를 올린 것입니다. 이 와중에 곽재우도 의병과 도둑 사이를 오락가락하는 것 같습니다. 다행히 곽재우는 직접 조정에 소(疏)를 올려 김수의 비겁함을 낱낱이 밝힌 다음, '김수는 아비도 무시하고 임금도 무시하여 불충불효하며 패전을 기뻐하고 왜적을 맞아들였다.'라고 아뢰었답니다. 조정에서는 경상 감사가 보낸 장계와 곽재우가 올린 소를 놓고 옥신각

신하다가 결정을 보류한 채 우선 곽재우를 의병장으로 인정했다고 합니다. 벌써부터 왜놈들은 붉은 두루마기를 입은 곽재우를 홍의장군(紅衣將軍)이라 부르며 피한답니다. 하여튼 잘못 의병을 일으켰다가는 역적으로 몰려 죽을 판이니 누가 선뜻 대의에 동참하겠습니까?"

지방 수령들은 왜군을 피해 산으로 들로 도망치면서도 책임을 면하려고 쉴 새 없이 장계를 올렸다. 왜군 숫자를 부풀렸을 뿐만 아니라 패전 책임을 의병장에게 뒤집어씌우기 일쑤였고, 의병들이 왜구과 내통을 일삼는다고까지 했다. 진위를 파악할 수 없는 조정은 지방 수령과 의병 어느 쪽에도 패전 책임을 묻지 않으면서 전공을 세워 성은에 보답하라는 독전문(督戰文)만 계속 내려 보냈다. 참으로 안타까운 일이었다.

이순신이 말머리를 돌렸다.

"시망(時望, 나대용의 자)! 술을 가져오게. 귀한 손님이 오셨는데 어찌 이대로 있겠는가?"

이순신은 이운룡 등을 이끌고 바다가 내려다보이는 사정(射亭, 활터에 있는 정자)으로 자리를 옮겼다. 참등이 나무 기둥을 타고 제법 멋있게 난간까지 올라와 있었다. 주안상을 앞에 두자 이순신은 먼저 이운룡에게 술을 권했다.

"이 만호, 옥포에서 선봉에 서서 승리를 도운 걸 미처 사례하지 못했소. 자, 마음껏 들다 가구려. 아마도 본(本)이 황해도 재령(載寧)이라고 했지?"

이순신은 흐릿한 기억을 더듬었다. 녹둔도에서 함께 싸울 때

스치듯 나누었던 대화를 떠올린 것이다. 이운룡이 감격한 표정으로 답했다.

“잊지 않으셨군요. 지금은 청도(淸道)에 본가가 있습니다.”

“호오, 청도! 얼음처럼 맑고 차가운 물이 흐르는 고장이 아닌가? 지금도 서책을 가까이하는가?”

“부끄럽습니다. 시간이 나면 공자님 말씀을 가끔 살필 따름이지요.”

“역시 좋은 일! 『논어』를 읽는 장수가 어디 흔한가? 이 만호가 평소에 아끼는 글귀를 하나 만들어 주시구려.”

“장군!”

이운룡이 난처한 듯 얼굴을 붉혔다.

“세 사람만 모여도 그 안에 스승이 있다 했소. 망설이지 말고 가르침을 주구려.”

“그럼, 외람되지만 옮겨 보겠습니다. 소장은 ‘강의목눌근인(剛毅木訥近仁)’이란 글귀를 늘 마음속에 새기고 지냅니다.”

이순신이 그 뜻을 풀었다.

“강직하고 과감하며 질박하고 입이 무거우면 인(仁)에 가깝다. 참 좋은 말씀이오. 「자로편(自路篇)」에 나오는 말이지, 아마?”

“그렇습니다.”

두 사람은 한참 동안 공맹을 논했다. 주위에 갑옷과 장검이 없었다면 문인들이 시문을 논하는 자리로 착각될 정도였다.

나대용과 이영남은 부러운 눈으로 두 사람을 바라보았다. 병서와 사서삼경을 자유롭게 오가는 대화에 두 사람은 낄 틈이 없었다.

이운룡은 이순신이 자신을 알아주는 게 기뻤던지 연신 술잔을 받으며 대취했다. 나머지 장수들도 갑옷을 벗고 장검을 멀리 밀어 놓았다. 술에 취하고 풍광에 취해 잠시 시절을 잊은 듯했다.

이영남이 트림을 하며 혀를 날름거렸다.

“꺼억, 원 수사께서는 부산포를 치실 요량만 하십니다. 용맹을 앞세워 무조건 쳐들어가겠다는 게지요. 이러다가 큰 낭패를 당하지나 않을까 걱정입니다.”

나대용이 불쾌한 얼굴로 물었다.

“그대가 나서서 말려 보지 그랬소?”

“후훗, 말리라고? 누가 그 양반 황소고집을 꺾는답니까? 여기 이 만호와 소장이 열 번도 넘게 설득했으나 소용없었소. 혹시 출정하지 말라는 어명이나 내리면 모를까, 원 수사께서는 반드시 부산포로 가고야 말 것이외다. 그래서 이렇게 우리가 좌수영을 찾아온 겁니다. 지금 경상 우수군을 막지 않으면 전멸할지도 모릅니다.”

이운룡은 술기운을 누르지 못해 벌렁 드러누워 그르렁그르렁 불규칙한 숨을 토해 냈다. 이순신은 취기가 오를 즈음해서 더 이상 잔을 받지 않았고, 이운룡을 바라보며 조용히 웃기만 했다.

그때 호리호리한 사내 하나가 개박달나무 아래로 난 오솔길을 가볍게 걸어 올라왔다. 순천 부사 권준이었다. 술판에 널브러진 장수들을 살피는 기색이 심상치 않았다. 권준은 먼저 나대용에게 가서 주먹으로 옆구리를 힘껏 내질렀다.

“욱!”

나대용이 데굴데굴 구르며 아픔을 호소했다. 이영남은 겨우 몸을 일으켰으나 이운룡은 그때까지도 잠에서 깨지 못했다.

"오, 권 부사! 순천에 갔다더니 언제 돌아왔소? 한데 안색이 왜 그렇소? 경상 우수군에서 제일 용맹한 두 장수가 와서 한잔했소이다. 나 군관을 탓하지 마시오. 군령에 따랐을 뿐이니."

권준이 이순신을 똑바로 쳐다보며 말했다.

"원 수사께서 오셨습니다."

"뭐라고?"

이순신은 놀라서 눈이 왕방울만큼 커졌다. 취기가 순식간에 사라졌다. 이영남 역시 놀라기는 마찬가지였다.

'원 수사가 이 시각에 왜 전라 좌수영을 찾는단 말인가? 이 만호와 내가 혹여 딴소리라도 할까 봐서 뒤쫓아 온 걸까?'

언덕을 뛰어오르는 무리들이 보였다. 맨 앞에 서서 콧김을 푹푹 내쉬는 장수는 경상 우수사 원균이 분명했다. 이영남은 서둘러 이운룡을 흔들어 깨웠고 이순신은 벗어 놓은 갑옷을 입고 장검을 다시 허리에 찼다. 정자에 오른 원균은 이영남과 이운룡이 술에 취한 걸 보고 놀라움을 금치 못했다.

"이, 이놈들이 볼일을 마쳤으면 빨리 돌아올 것이지 이게 뭐하는 짓이야! 이 죽일 놈들! 지금이 어느 땐데 술판을 벌여!"

원균은 곧장 두 사람에게 몸을 날렸다. 턱을 맞은 이영남은 뒤로 벌렁 자빠졌고 명치를 차인 이운룡은 숨을 턱 끊으며 앞으로 꼬꾸라졌다.

"이, 이게 무슨 짓이오!"

이순신이 눈을 부릅뜨고 호령을 했다. 원균은 흘깃 이순신 쪽을 쳐다보았지만 대꾸하지 않은 채 계속해서 주먹과 발로 이영남과 이운룡을 짓뭉갰다. 순식간에 주안상이 뒤집히고 술과 음식이 여기저기로 날려 정자는 완전히 난장판으로 변했다.

"그만두지 못하겠소, 원 장군! 여기는 전라 좌수영이오."

이순신이 다시 벼락 소리를 질렀다. 그제야 원균은 손발을 멈추고 분이 풀리지 않은 듯 씩씩거리면서 이순신을 노려보았다.

사람들이 삽시간에 불어났다. 원균을 호위한 기효근과 우치적은 물론이고 정운, 신호, 배흥립, 이언량, 이순신(李純信), 김완, 변존서, 송한련 등 좌수영에 속한 장수들도 속속 모여들었다.

이순신이 잠시 주위를 둘러본 후 권준에게 지시했다.

"나 군관과 이 만호가 많이 취한 것 같소. 자, 모두들 두 사람을 좌수영으로 옮깁시다. 모처럼 경상 우수사께서 오셨는데 보시다시피 여기선 술을 더 마실 형편이 못 되오. 진해루 아래에 여기보다 넓은 정자가 있으니 그곳으로 가십시다."

눈치 빠른 신호가 원균을 막아서며 권준을 거들었다.

"소장이 길을 안내하겠소이다. 따르시지요."

원균은 벌겋게 달아오른 얼굴로 거친 숨소리를 내뱉으며 신호를 따라 성큼성큼 온 길을 되돌아 내려갔다. 정운이 이운룡을 업고, 이언량이 이영남을 부축해서 뒤를 따랐다. 장졸들이 모두 사라진 것을 거듭 확인한 후 이순신이 권준에게 물었다.

"원 수사가 온 이유가 뭐요?"

"정확히는 모르겠습니다만 기효근이 몹시 화가 난 걸로 봐서는 남해를 청야한 일 때문이 아닐까 싶습니다."

'청야!'

이순신은 표정이 얼음보다도 더 차갑게 굳었다.

천천히 의견을 나누면서 두 사람이 진해루 아래 정자에 도착할 무렵, 원균은 부산포 진격 작전을 열렬한 목소리로 역설하고 있었다. 정운, 배흥립, 김완이 맞장구를 치면서 내지르는 고함 소리가 정자를 쩌렁쩌렁 울렸다.

이순신이 정자에 오르자 말소리가 사라지고 일순간 정적이 감돌았다. 가운데 상을 벌여 놓은 채 원균이 상석을 차지하고 앉았고, 그 앞자리가 비어 있었다. 이순신이 먼저 잔을 권했다.

"손님 대접이 변변찮아서 죄송합니다."

단숨에 술잔을 비운 원균이 잔을 되돌려 주며 말했다.

"무슨 소리! 사내대장부가 흥에 겨우면 취할 수도 있는 법. 하나 군무에 바쁜 우수영 장수들을 취하도록 꼬드긴 것은 너무 했소."

이순신 옆에 앉아 있던 이언량이 눈을 부라리며 일어섰다.

"꼬드기다니요? 좌수사를 어찌 보시고 그리 막말을 하십니까? 당장 허언을 거두십시오."

좌수사가 있는 사정에 올라와 안하무인으로 자리를 휘저은 원균에 대한 불만이 폭발한 것이다. 그러자 원균 오른편에 앉아 있던 기효근이 맞상대하듯 몸을 일으켰다.

"네놈 같은 하급 군관이 낄 자리가 아니야."

"뭣이?"

이언량이 불끈 쥔 두 주먹을 부들부들 떨었다. 이순신이 팔을 뻗어 이언량을 앉혔다. 좌우를 살피니 이운룡과 이영남은 보이지 않았다. 원균에게 꾸지람을 듣고 먼저 경상 우수영으로 돌아간 모양이었다. 이언량이 자리에 앉은 후에도 기효근은 여전히 일어선 채 천장과 바닥을 번갈아 바라보며 "푸우, 푸, 푸, 푸" 연거푸 거친 숨을 토해 내더니 이윽고 결심한 듯 입을 열었다.

"천벌을 받소이다, 이 장군. 그렇게 모르는 척하면 끝까지 숨길 수 있다고 생각했소이까? 사람들이 눈을 시퍼렇게 뜨고 장군이 저지른 짓을 보았소이다. 하늘이 두렵지 않소이까?"

"이 쌍! 지금 무슨 소릴 하는 거야. 죽인다."

다시 이언량이 고개를 들이밀며 자리를 박차고 벌떡 일어섰다.

"가만있어."

이순신이 냉정한 목소리로 명령했다.

"장군, 이리 모욕을 당하고도 앉아 있으라고만 하십니까?"

"앉으라니까!"

이순신 목소리에 화가 깔려 있었다. 그걸 무시한 채 휙 돌아선 기효근이 정자 아래에서 군졸 하나를 불러 올렸다.

"하하하, 장군, 참으시는 걸 보니 양심은 남아 있나 봅니다. 소장은 장군께서 끝까지 오리발을 내미실 줄 알고 이렇게 증인까지 데려왔소이다. 여봐라! 네게 무기고와 곡물 창고 위치를 물은 놈이 이 자리에 있느냐?"

뱁새눈 군졸이 대답했다.

"있사옵니다."

"누구냐? 지목해 보아라!"

"저 군관이옵니다."

뱁새눈이 말석에 앉은 송한련을 가리켰다.

"불이 났던 날, 성문 옆 대숲에 숨어 있던 사내가 여기에 있느냐?"

"있사옵니다. 두 사람이었습니다."

"누구누구냐? 지목해 보아라!"

뱁새눈은 변존서와 그 옆에 선 날발을 정확히 가리켰다. 기효근은 득의에 찬 얼굴로 좌중을 둘러보았다.

"자아, 이로써 남해를 불바다로 만들라고 명령한 사람이 누군지 분명해졌소이다."

기효근은 들고 있던 술잔을 이순신 앞에 내팽개치고 물었다.

"장군! 나랑 무슨 철천지원수를 졌다고 허락도 없이 내 고을을 불태웠단 말이오? 남는 힘으로 왜놈들을 치지는 못할망정 내 뒷덜미를 찌른 까닭이 무엇이오이까? 아무리 전라 좌수사라도 경상우수영에 속한 남해를 불바다로 만들 권리는 없소이다. 이는 마땅히 군율로 엄히 다스려야 할 중죄요, 중죄! 원 수사를 호위하러 곤양에 잠시 다니러 간 사이 천 명이 먹을 쌀과 오백 명이 무장할 검극이 모두 한 줌 재로 변했소. 장군! 하늘이 무섭지 않소?"

방답 첨사 이순신(李純信)이 말허리를 자르면서 끼어들었다.

"말씀이 지나치시오. 무과를 치른 몸이면서 청야하는 도리도 들어 보지 못했소? 우린 텅 빈 남해에 있는 군량미와 무기들이 왜놈들 손에 들어가지 않도록 부득이하게 태워 없앴을 따름이외다. 만약 우리가 출진한 사이에 왜군이 외해를 돌아 남해를 점령하면 전라 좌수군은 독 안에 든 쥐처럼 양쪽에서 적을 맞을 처지였소. 그러니 무슨 다른 방법이 있단 말이오?"

기효근이 성큼 앞으로 다가가 그 멱살을 틀어쥐었다.

"이노옴! 여기가 어디라고 언구럭(교묘한 말로 떠벌리며 남을 농락하는 짓)을 피우는 게냐? 청야 전법이라고? 불을 지르고 물러나는 청야 전법은 알지만 불을 지르고 나아가는 청야 전법은 처음 듣는구나. 당문(撞問, 때리면서 신문하는 것)을 받아야 바른말을 하겠는가?"

이순신(李純信)도 지지 않고 대꾸했다.

"왜군이 남해 앞까지 다가왔다는 소식이 연이어 들어왔소. 진무 이언호가 보고한 바에 따르면 남해 성은 텅 비었고 무기고와 곡물 창고를 지키는 군사는 이미 달아난 뒤라 했소. 기 현령과 연락이 끊어진 터이니 어쩔 수 없이 불을 놓고 진군한 것이오. 『손자병법』에도 이르기를, 전투란 적을 속이고 유리한 위치를 차지하는 것에 다름 아니라 했소이다. 수많은 군량미와 무기를 잃었지만 어찌 적에게 넘겨준 것에 비할 수 있겠소?"

기효근은 이순신(李純信) 가슴을 밀면서 긴 수염을 획 잡아당겼다. 균형을 잃은 이순신(李純信)이 술상 위로 넘어졌다.

"그걸 지금 말이라고 하는 게냐? 그때 왜선들은 거제도에서 꼼짝도 하지 않았어. 그걸 확인하고 곤양으로 갔던 것이다. 용서를 구하지는 못할망정 되레 큰소리를 치다니! 네가 그러고도 장수냐? 왜놈들보다 더 비열한 자식!"

송희립이 성난 코뿔소처럼 튀어나왔다.

“닥치시오. 어찌 전라 좌수영 장수를 왜놈에 비긴단 말이오.”

기효근에게 달려드는 송희립을 우치적이 발을 걸어 넘어뜨렸다.

“말꼬리를 잡는 놈보다 더 한심한 놈은 없지!”

좌수영 장수들이 일제히 자리에서 일어섰다. 앉아 있는 사람은 전라 좌수사 이순신과 경상 우수사 원균, 그리고 순천 부사 권준뿐이었다. 주먹다짐이 시작되려는 순간, 권준이 고함을 질러 꾸짖었다.

“멈추시오! 부끄럽지도 않소? 이런 아귀다툼을 왜군들이 보면 뭐라 하겠소? 주상 전하께서는 몽진 중이신데도 장수들만 믿겠다는 비망기까지 내려 보내셨소. 한데 지금 그대들은 누구를 향해 주먹질을 하려는 게요? 차라리 자기 얼굴에 침을 뱉으시오들.”

장수들이 차츰 흥분을 가라앉혔다. 비망기를 들먹인 효과가 있었다. 권준은 장수들이 품고 있는 올곧은 마음을 군왕에 대한 충성심으로 교묘하게 돌린 것이다. 쉽게 흥분도 잘하지만 또 쉽게 마음을 열고 뭉치는 것이 장수들이다. 그래도 기효근은 서운한 마음을 누르지 못하고 토를 달았다.

“권 부사님 말씀이 맞소. 우리끼리 다투어 피를 보면 결코 안 되지. 하나 내 고을을 허락 없이 불 지른 행위에 대해 그에 합당한 조처를 취해야 할 것이오. 적어도 송한련, 변존서 저 두 놈만은 엄히 벌해야 할 것이오.”

이순신(李純信)이 다시 나섰다.

“두 군관은 청야 전법을 펴기로 한 군령에 따라 불을 지른 게요. 잘못이 있다면 남해 관아를 비우고 원 수사께로 도망간 기현령 그대에게 있소이다."

기효근이 발끈했다.

"뭐라? 도망쳤다고? 지금 나더러 남해를 버리고 달아났다는 겐가?"

"달아났으니 관아가 빈 것 아니오? 새퉁이(밉살스럽거나 경망한 짓을 하는 사람)처럼 왜 이러시오?"

"새퉁이! 왜선과 맞서려고 바다로 잠시 나왔을 뿐이다. 왜선이 남해로 접근하면 곧 돌아올 연통망까지 확보해 두었느니라. 감히 나를 도망친 장수로 몰다니 정녕 죽고 싶은가?"

"변명 마오. 틀림없이 관아는 비어 있었소. 남해현 백성들에게 이 진무와 송 군관이 거듭 물어 확인한 후에 청야 전법을 쓴 게요. 우린 잘못한 게 하나도 없소이다."

"이 첨사! 입장을 바꿔 놓고 생각해 보시오. 누가 방답 관아를 허락도 없이 몽땅 불태웠다면 그대 심정은 어떠하겠는가? 또 그 잘못을 몽땅 그대에게 뒤집어씌운다면 화내지 않을 수 있겠는가? 얼빰을 맞아도 이렇게 황당하진 않을 게야. 내게 말도 않고 남해를 불 지른 것은 무슨 말을 해도 용서할 수 없어. 센둥이가 검둥이고 검둥이가 센둥이지."

"그러니 누가 달아나라고 했소이까?"

"달아난 게 아니래도!"

권준은 기효근의 네모난 얼굴과 끝이 굽은 코를 뚫어져라 응시했다.

'설사 기효근이 왜적이 두려워 관아를 버리고 원 수사가 있는 곳으로 도망쳤다 하더라도 이 자리에서 순순히 시인하지는 않을 테지.'

현령이 도망쳤기 때문에 청야했다는 주장을 받아들이면 문책을 면할 수 없을 게 뻔하다. 언쟁으로 해결할 문제가 아니었다. 궁지로 몰린 쥐는 고양이도 문다지 않는가.

또한 정녕 큰 문제는, 이 사건이 어찌어찌해서 넘어간다 하더라도 전라 좌수군과 경상 우수군이 적을 눈앞에 두고 영영 반목할 수도 있다는 데 있었다. 그러지 않아도 경상 우수군은 이영남을 보내 원병을 청한 후에도 전라 좌수군이 보름 남짓 출정하지 않았던 일로 불만을 토로하고 있었다.

'이 일은 쌍방 모두 큰 상처가 없도록 마무리해야 한다. 당벌(黨伐, 시비곡직을 불문하고 같은 무리끼리는 서로 돕고 다른 무리는 무조건 배척함)로 나아가서는 아니 되지.'

기효근 마음을 풀려면 원균이 나서는 것 이외에는 딴 방도가 없는 듯했다. 권준은 원균과 이순신 두 사람에게 사건을 마무리시키기로 마음먹었다.

"소소리패(나이가 어리고 경망한 무리)처럼 다투다가는 어느 순간에 주먹이 오갈지 모르는 일이니 두 분 수사께서 의논하여 정하시는 대로 따르도록 하지요. 어떻습니까?"

아무도 이의를 제기하지 않았다. 권준이 원균과 이순신에게 고개를 돌렸다. 원균은 빙긋 웃으며 그 청을 받아들였고 이순신도 고개를 두어 번 끄덕였다.

"자, 앉으시오. 장수들은 여기에 남아 계속 술을 마시도록 합시다. 두 분 수사께서는 조용히 말씀을 나누셔야 할 터이니 좌수사님 숙소로 자리를 옮기시는 것이 좋겠습니다. 제가 안내를 하지요."

이순신이 먼저 정자를 내려왔다. 원균은 우치적과 귀엣말을 나눈 후 기효근에게 손을 내밀어 그 어깨를 가볍게 눌렀다 놓았다. 나를 믿고 기다리라는 뜻이었다. 두 수사가 사라지자 장수들은 쉴 새 없이 술을 들이켰다. 이미 서먹서먹해진 자리인지라 별다른 대화도 없었고 호탕한 웃음도 사라졌다. 관기들이 춤과 노래로 흥을 돋우려 애썼지만 그마저도 호수에 비친 달 보듯 했다.

이언량과 기효근은 술잔을 들면서도 서로 으르렁댔고, 송희립과 우치적도 순간순간 상대를 쏘아보며 눈싸움을 벌였다. 이순신(李純信)은 긴 수염을 고르면서 흘끔흘끔 좌수영 쪽을 곁눈질했다. 결과가 궁금한 모양이었다.

권준이 돌아가자 이순신과 원균 두 사람만이 남았다. 원균은 우선 권준부터 칭찬했다.

"이 수사는 좋겠소. 권 부사처럼 지략이 뛰어난 인물을 곁에 두고 있으니 말이오. 그 위인이 능히 장자방이나 제갈량에 버금가겠소."

이순신 얼굴이 묘하게 일그러졌다. 둘만 있는 자리인데도 원균이 자(字)를 부르지 않는 것은 드문 일이었다. 심사가 꼬여도 단단히 꼬인 것이다. 침착한 목소리로 이순신이 말했다.

"과찬이십니다. 병법을 모르는 우유(迂儒, 세상 물정에 어두운 선

비)일 뿐이지요.”

원균은 고개를 가로저었다.

“그렇지 않소. 전쟁이 어디 창과 칼만으로 된답디까? 군량미를 챙기고 장졸들 사기를 진작시키며 적 동정을 살피는 일도 해야지. 권 부사는 그 모든 걸 책임지고도 남음이 있어요. 내 말이 틀렸소?”

이순신은 이야기를 이운룡과 이영남 쪽으로 돌렸다.

“원 장군께서도 휘하에 좋은 장수들을 두셨더군요. 이 만호는 지략으로 권 부사에 버금가고, 이 권관은 용맹으로 정 만호나 배 현감을 능가할 정도입니다. 그런 장수들이 우수영에 있으니 왜놈들도 함부로 우수영을 넘보지 못하겠지요.”

원균이 반쯤 감았던 눈을 크게 부릅떴다. 형님 소리를 대신한 ‘원 장군’이라는 말이 귀에 거슬렸던 것이다. 두 사람 눈이 허공에서 격렬하게 얽혀 들었다.

잠시 후 어색한 침묵을 깨고 원균이 먼저 크게 웃었다.

“하하하! 그런가요? 이 수사가 탐낼 만한 장수들이라면 동량지재(棟梁之材)임에 틀림이 없겠지. 하나 지나치게 가까이하지는 마시오. 두 장수는 어디까지나 경상 우수영 소속이오.”

“두 장수에게 제가 술을 대접한 것은 다름 아니라……”

원균이 말을 가로막았다.

“아, 됐소. 그 문제는 이제 그만 접어 둡시다.”

원균은 앞에 놓인 술잔을 단숨에 비웠다. 이순신도 역시 잔을 들어 비웠으나, 취기가 오르기는커녕 조금씩 위장이 뒤틀리면서 편두통이 밀려왔다. 오랫동안 신경을 쓰면 도지곤 하는 고질병이었다. 그런 이순신은 아랑곳하지 않고 원균은 긴 한숨과 함께 속마음을 털어 놓았다.

"이 수사! 무릇 전쟁에 나서는 장수는 지나친 자신감도, 지나친 공포심도 가져서는 아니 되는 법이오. 내 보기에 이 수사는 왜군과 싸우기 전에 너무 많은 걸 걱정하는 듯하오. 달포나 출정을 미룬 것도 그러하고, 남해를 불 지른 것도 그러하오.

물론 나도 이 수사 심정을 모르는 바는 아니오. 돌다리도 두드려 본다고, 어명을 받고 나아가면서 배후가 될 남해를 염려해 깨끗이 비운 것이겠지. 하나 출정을 늦춘 건 몰라도 남해 일은 명백히 이 수사가 잘못 판단한 것이오. 장수라면 누구나 적에게 배후를 기습당하는 것을 가장 싫어하지만, 또 나라도 남해에 왜군이 가까이 왔다면 먼저 그곳을 비우고 나갔겠지만 남해 가까이에는 왜군이 그림자도 보이지 않았소. 이 수사가 지나치게 염려하여 잘못 생각하고 엉뚱한 데 불을 지른 게요."

이순신은 원균의 말에 굽히지 않았다.

"남해 관아를 불태운 것은 판단 착오가 아니라 병법을 고구한 끝에 내린 결단입니다. 전라 좌수영에서는 현령 기효근이 어디로 갔는지 알 수도 없었고 연통할 길도 없었습니다. 남해 백성들은 현령이 난리가 터진 다음 날 도망갔다고 증언하였습니다. 기 현령이 이제 와서 주장하는 바가 혹 사실이라 하더라도, 아무 방어대책 없이 남해를 텅 비운 책임을 면하기는 어렵지요. 왜선 한 척만 상륙해도 남해 관아는 적 수중에 떨어졌을 겁니다."

원균이 너털웃음을 터트렸다.

"허허허, 좋아요, 좋아. 변명은 궁하나 이 수사를 믿고 그 말을 받아들이겠소. 누구나 한 번쯤 실수할 수 있는 법이지. 옥포에서 한데 어울려 힘껏 싸워 승리를 거두었으니, 그 공과 과를 갈음하겠소. 하나 왜 당포에서 만났을 때 그 사실을 내게 알리지 않았소? 기효근이야 무슨 일을 저지를지 모르는 불같은 성격이니 그렇다손 치더라도 나에게만은, 이 원균에게만은 진실을 알렸어야 하지 않소? 이 수사! 우리가 알고 지낸 지도 벌써 반백 년이오. 건천동에선 함께 치우 발자국도 밟았고, 계룡갑사에서는 함께 범 사냥을 했으며, 또한 육진에서 전장을 넘나들면서 생사를 함께하지 않았소. 한데 어찌 내게 이럴 수가 있소? 나는 이 수사를 친동생처럼 여겼는데, 이 수사는 전혀 그렇지 않은가 보오."

이순신이 담담하게 말을 이었다.

"지금은 사사로운 인연을 논할 자리가 아닌 듯합니다. 당포나 옥포에서 그 일을 미리 알려 드리지 않은 건 송구합니다만, 굳이 그 일을 떠벌려 경상 우수군과 전라 좌수군을 반목시킬 이유가 없었습니다. 적 왜선과 맞서 싸우는 일이 급한데 기 현령과 이 문제로 다투어야 했겠습니까. 남해를 불태운 일에 관하여는 지난 사월 마지막 날 자초지종을 소상히 적어 이미 장계로 올렸습니다."

화가 치밀어 오른 듯 원균이 소리를 버럭 질렀다.

"그러니까 전라 좌수군은 잘못이 전혀 없다 이 말이오?"

"그렇습니다. 전라 수군은 지금 조선 전체의 목숨 줄이오이다. 지금 전라 수군마저 패하면 적은 해상으로 병력을 실어 몽진 중이신 주상 전하를 노릴 것입니다. 패배를 가져올 만한 일이라면 실오라기 하나라도 내버려 둘 수 없지요. 그렇지 않소이까. 남해를 청야한 일은 국법에 전혀 어긋나지 않을뿐더러 병법을 살펴도 그른 일이 아닙니다. 기 현령이 억보(억지가 센 사람)처럼 굴더라도 이 일은 옳고 그름이 맑은 하늘처럼 분명하오이다."

원균이 큰소리로 질책했다.

"하면 경상 우수영에 속한 다른 관과 포도 비어 있으면 남해처럼 또 내게 말도 없이 불을 지를 것인가?"

이순신이 원균을 똑바로 노려보며 답했다.

"왜군에게 점령당할 상황이라면 그리하겠소이다."

원균이 굳은 얼굴로 받아쳤다.

"좌수사! 똑똑히 들으시오. 장계를 올렸다 하여 잘못이 모두 없어지는 게 아니오. 장계는 그렇듯이 소상히 올리면서 왜 나나 기 현령에게는 불을 지른 까닭을 상세히 설명하지 않은 게요? 내 허락 없이 경상 우수영에 속한 관과 포를 손대는 일이 또 벌어지면 가만 있지 않을 것이오. 이런 일이 두 번 생기면 그때는 나 원균에 대한 배신으로 받아들이겠소. 이 수사는 전공에 굶주린 이리요?"

"내가 보기엔 원 장군이야말로 전공에 굶주려 있소이다. 작은 승리를 탐한 끝에 나아갈 때와 물러날 때를 가리지 않고 오로지 돌진하여 수많은 장졸들을 잃고 전선들을 망실하지 않았습니까! 지금 조선 수군은 단 한 번만 패하여도 모든 걸 잃는 것이니 자중하여 병략을 짜고 신중하게 진군하여야 한다고 그렇게 말씀드

렸건만 전혀 듣지 않으셨군요. 자리를 바꾸어 장군이 제 자리에 섰다 해도 그리했을 청야 일을 트집 잡는 건 무엇 때문입니까? 장군도 이미 경상 우수영을 같은 이유로 불태우지 않았소이까."

원균의 두 눈에 불꽃이 이글이글 일어났다.

"이잇! 여해 이놈, 내 말 잘 들어라. 옛 인연을 생각해서 마지막으로 충고하마. 앞으로 경상 우수영 영해에서 내 허락 없이 일을 벌이는 날에는 내 이 칼이 용서하지 않을 게다. 연명으로 장계를 올리자고 약조해 놓고 공을 탐하여 몰래 선수 친 놈이 무슨 말이 그리 많아."

"전라 감영에 물을 일이라 하였지 연명 장계를 올리기로 응낙한 바는 없소이다."

옥포에서 돌아온 오월 십일, 이순신은 단독으로 장계를 올렸다. 원균이 따지고 드는 것은 그 일이었다. 전라 감영에서 미리 사람을 보내 기다리고 있다가 받아 간 터라 연명을 하려 한들 그럴 틈이 없었다.

"무엇이라고? 약조하지 않았다 이 말인가?"

"그렇소이다."

원균은 투구와 장검을 들고 벌떡 일어섰다. 얼굴에 분노가 가득했다.

"좋아. 더는 할 말이 없어. 이제부터 여해 너는 너고 나는 나다. 나중에 후회하지 마라."

원균은 뒤도 돌아보지 않고 좌수영을 벗어났다. 이순신은 정문까지 나가 멀어지는 원균 뒷모습을 배웅하면서 씁쓸한 웃음을 떠올렸다. 반백 년 사귐이 깨어지는 순간이었다.

'왜국과 싸우는 건 용맹으로 장졸들을 선동해서 될 일이 아니다. 형세를 잘 읽고 병략을 치밀하게 짜서 장졸을 지휘하지 않으면 안 된다. 평중 형님 식으로는 이 전쟁을 이길 수 없다. 냉혹하게 적군과 아군의 형세를 헤아려야만 승리할 수 있다. 권준과 함께 전략을 짜고, 어영담과 함께 지형지세를 살피고, 나대용, 이언량과 함께 판옥선을 개량하며, 변존서와 함께 군사들에게 사예(射藝, 활 쏘는 기예(技藝))를 가르치고, 김완, 배흥립과 더불어 척후를 세우고 연통하는 방법을 고안해야 하리라. 옥포에서처럼 싸우기 전에 이미 승리를 결정짓고 나서 움직여야 한다. 단 한 번 패배하여 조선 백성 전체를 죽이는 어리석은 만용은 삼가야 하리라.'

숙소로 돌아온 이순신은 쌓여 있는 서책들 맨 아래에서 일기를 꺼냈다. 책갈피에 끼워 놓았던 종이들 중 맨 위에 놓인 것을 폈다. 전라 도사(全羅都事) 최결견(崔鐵堅)에게서 왕실과 조정이 모두 관서로 몽진을 떠났다는 소식을 접한 지난 오월 팔일 아침에 적은 시였다.

나라님 관서(關西)로 멀리 가시고	天步西門遠
왕자들 북쪽에서 위태로우니	君儲北地危

외로운 신하는 나라를 근심할 날이고	孤臣憂國日
굳센 장수는 공을 세울 때로다.	壯士樹勳時
바다에 맹세하니 어룡이 감동하고	誓海魚龍動
산에 맹세하니 초목이 아는구나.	盟山草木知
이 원수 모조리 멸한다면	讐夷如盡滅
비록 죽더라도 사양 않으리!	雖死不爲辭

이순신은 오른 주먹을 불끈 쥐었다. 이어서 그 다음 종이를 폈다. 옥포 해전 전후 사정을 상세히 적은 장계 초본이었다. 이순신은 천천히 눈으로 읽어 내려가기 시작했다.

전라 좌도 수군 절도사 신 이(李) 삼가 아뢰올 것은 적을 쳐서 무찌른 데 관한 일이옵니다. 전일 공경히 받자온 전지 내용에 의거하여 경상 우수사와 합력하여 적선을 쳐부술 예정으로 지난 오월 사일 축시(丑時)에 출항하였사옵니다…….

九、사천에서 총탄을 맞다

오월 이십구일 새벽.

전라 좌수영 앞바다에는 출정 준비를 마친 판옥선이 즐비하게 늘어서 있었다. 정운, 김완 등이 군사들을 독려하는 구령 소리가 산과 바다를 깨웠고, 송희립 삼형제가 치는 낮고 진중한 북소리가 안개에 묻힌 좌수영을 휘감았다. 개판 중앙에서는 이언량이 거북선 등을 마른 짚으로 덮고 있었고 용머리 쪽에서는 나대용이 얇게 편 철판을 마지막으로 손질하느라 분주했다. 두 사람은 무척 가슴이 벅찼다. 그동안 공을 들여 건조한 거북선이 이제야 왜선과 맞서기 위해 처음으로 출전하는 것이다.

이언량은 옥포 해전에서 경상 우수군에게 선수를 빼앗긴 것이 못내 억울했다.

'이번에는 무슨 일이 있더라도 적장을 베어 수급을 거두리라!'

이언량 등과 함께 거북선을 지휘할 총포 전문가 이기남(李奇男)도 얼굴에 전의가 불타올랐다. 어젯밤, 이기남은 지자총통 두 대를 빼내고 대완구(大碗口)를 좌우에 각각 배치하자고 제안했다.

"비책이라도 있소?"

이언량이 묻자 이기남은 지름이 한 자쯤 되는 검은 쇠공들을 가리켰다.

"저것들로 왜놈들 얼을 빼놓는 거지요."

그 쇠공들은 군기시(軍器寺, 무기를 만드는 관청)에 있는 화포장 이장손(李長孫)이 만든 비격진천뢰(飛擊震天雷)였다. 쇠공 속에 철편과 화약을 넣어 심지를 꽂고 불을 붙이면 잠시 후 폭음과 함께 철편이 사방으로 흩어지는 것이다. 왜선 갑판에 일단 얹히기만 하면 여지없이 주변에 있는 적군들을 몰살시킬 무시무시한 신무기였다. 하지만 원거리에서 목표물을 맞히기가 어려워 해전에서는 거의 사용된 일이 없었다. 그러나 왜선과 부딪혀 싸우는 거북선에는 비격진천뢰가 더없이 훌륭한 무기였다.

이언량이 소리를 질렀다.

"칼끝이 보이지 않도록 잘 덮어라. 필시 왜놈들이 여기로 뛰어내릴 것이다."

그때 순천 부사 권준이 급히 좌수영 지휘선으로 옮겨 탔다. 허둥지둥 걸음을 옮기는 것이 심상치 않았다. 차분한 말투와 몸짓 때문에 샌님 소리까지 듣는 권준이 아니었던가. 이순신 역시 그 행동거지에서 이상한 낌새를 읽고 좌우 군관들을 물리쳤다. 두 사람만이 남았을 때 권준이 큰 눈을 끔벅거리며 입을 열었다.

"출정을 늦추셔야 합니다. 오늘 나가서는 아니 됩니다."

이순신은 어깨를 으쓱 들어올렸다.

"무슨 일이오?"

"방금 천문(天文, 별자리)을 살폈습니다. 한 줄기 검은빛이 동쪽에서부터 살기를 뿜으며 주성(主星)을 침범하였습니다. 이는 분명히 장군께 화가 미칠 조짐입니다. 출정을 미루십시오."

권준은 확신에 찬 음성으로 불길한 천문을 전했다. 이순신은 양손으로 입술을 문지르더니 권준에게 물었다.

"내 주성이 떨어지지는 않았소?"

"장군께서 며칠째 꾸신 악몽, 어젯밤에 뽑은 주역 점, 그리고 방금 전 살핀 천문에 이르기까지 모두 불길함을 예견하고 있습니다. 며칠만이라도 시일을 늦추면 전라 우수군이 합칠 것이고 그러면 상황이 달라질 겁니다. 이렇게 바삐 서두를 일이 아니지요."

"지난번 꿈에 황석공(黃石公)이 나타나 저승사자가 코앞까지 와 있다고 말씀하셨소. 하나 쉽게 잡아가지는 않을 모양이오. 보름 가까이 겁만 줄 뿐 죽이진 않고 있잖소? 권 부사! 시간이 없소. 조금이라도 지체하면 원 수사 목숨이 위태롭소."

탁자 위에는 이틀 전 이영남이 가지고 온 서찰이 놓여 있었다. 원균이 보낸 것이었다. 권준은 서찰을 재빨리 읽어 내려갔다.

> 적선 십여 척이 벌써 사천, 곤양 등지로 들어오고 있고 그 뒤에는 얼마나 많은 적이 있는지 짐작할 수 없소. 나는 우수영 군사들을 이끌고 노량으로 이동 중이오. 속히 와 주시오.

왜선들이 사천까지 들어왔다면 경상 우수군만으로는 역부족이다. 원균은 자존심을 버린 채 전라 좌수영으로 후퇴하지 않을 것이다. 한 차례 피비린내가 지나간 다음에는 사천과 곤양 앞바다가 경상 우수영 바다가 아니라 왜군 바다가 될 수도 있었다.

"원 수사가 전사하면 내 죄는 씻을 수 없게 되오. 다행히 원 수사가 목숨을 부지하더라도 나는 겁장(怯將)이라는 비난을 면치 못할 거요? 출정하겠소. 가서 원 수사를 구하고 나 이순신이 결코 방책 뒤에 숨어 왜적들 동태만 살피는 장수가 아님을 보여 주겠소."

권준이 마지막으로 설득했다.

"장군 심정을 모르는 바는 아닙니다만 자진해서 사해(死海)로 들어가서는 아니 됩니다. 전쟁이란 누구 자존심을 세우거나 누구 시선을 의식해서 하는 것이 아니라고 누누이 말씀하지 않았는지요? 지금 전라 좌수군은 전라 우수영 군선과 합류하여 함께 작전을 펼치도록 편제되어 있습니다. 한데 이대로 왜 선단과 맞서는 것은 한쪽 팔이 잘린 채 싸우는 것과 진배없습니다. 이억기 장군을 기다리셔야 합니다."

이순신이 입가에 웃음을 머금었다.

"이 장군이 오리라고 보오? 지난번 옥포 해전에도 참전하지 않았소. 격군이 부족하고 판옥선 상태가 좋지 않아서라고 했지만 그 말은 믿을 수 없소이다. 유월 삼일 좌수영에서 만나기로 약조했지만 그 말 또한 완전히 믿을 순 없소.

물론 이 장군이 총명하고 용맹한 장수란 걸 잘 알고 있소. 하나 지금이 어떤 상황이오? 부산포에 웅크리고 있는 왜선 오백여 척과 맞서기보다는 전라 우도 바다를 철통같이 지키겠다고 판단할 수도 있소. 전라 좌수영을 지나 경상도 앞바다까지 나가서 싸우는 건 전라 우수사에게도 큰 모험이 아닐 수 없소. 더군다나 아직 조정에서 이 연합 함대를 이끌 주장(主將)도 정해 주지 않았다오. 이 때문에 전라 우수군이 옥포 해전에 참전하지 않았던 것이오.

그때나 지금이나 전황은 마찬가지요. 아니, 오히려 지금이 더 열악하오. 왜선들이 사천까지 압박해 들어오고 있으니까. 권 부사! 전라 우수영 군선들은 오지 않는다고 생각하고 해전에 임해야 할 것이오. 자, 이쯤 해 둡시다. 나는 원 수사를 구하러 가겠소. 나 군관, 밖에 있는가?"

"예, 장군!"

나대용이 군막을 걷고 안으로 들어왔다.

"출정할 것이니라! 지금 당장 노량으로 가자."

나대용은 얼굴에 웃음이 가득했다. 어깨를 으쓱 들어올릴 만큼 유난히 신이 나 있었다.

"알겠습니다, 장군!"

잠시 후 송희립 형제가 치는 북소리가 다급해지더니 날발이 뿔피리를 힘껏 불었다. 출항 신호였다. 우척후장 김완과 좌척후장 정운이 탄 배가 앞장서고, 전부장 이순신(李純信)이 판옥선단을 지휘해 좌수영을 벗어났다. 때마침 불어온 순풍이 격군들 어깨를 가볍게 해 주었다.

붉은 대장기가 높이높이 펄럭이는 좌수영 지휘선으로 거북선이 재빨리 접근해 왔다. 이물에 선 이순신이 빙그레 웃으며 권준에게 물었다.

"언제쯤이면 방답귀선(防踏龜船)과 순천귀선(順天龜船)이 저 영귀선(營龜船)과 함께 출정할 수 있겠소?"

"방답귀선은 다음 해전부터 출정이 가능하고, 순천귀선도 해를 넘기지는 않을 듯합니다."

이순신은 고개를 끄떡였다.

"오늘따라 영귀선이 믿음직해 보이오. 돌격장 이언량에게는 단단히 일러두었겠지?"

"목숨을 걸겠다는군요."

"이언량이 이번에 큰 공을 세울 거요. 믿어 봅시다."

사시(오전 9시)가 되기 전에 이순신 함대는 노량에 닿았다. 김완을 척후로 내보낸 후 원균이 오기까지 노량 앞바다에 머물렀다. 왜바람이 종잡을 수 없을 만큼 거세지면서 점점 더 많은 구름이 동쪽으로 몰려들었다.

너른 바다에 개미 새끼 한 마리 없었다. 돌림병이라도 모질게 휩쓸고 지나간 마을 같았다.

전쟁이 터지기 전만 해도 이 바다는 경상도와 전라도를 오가는 상선과 어선으로 사시사철 붐볐다. 전쟁과 함께 고기잡이가 끊기고 상행위가 막히면서 소선 하나 뜨지 않은 적막한 바다가 되어 버린 것이다. 어물을 팔아 돈을 사고, 이를 식량과 바꿔서 입에 풀칠해 온 해안가 백성들은 당연히 굶주릴 수밖에 없었다. 그나마 사내들은 대부분 군졸로 차출되었기에 식솔을 책임지는 일은 여인네들 몫이었다.

이순신은 텅 빈 노량 앞바다를 묵묵히 바라보았다. 수많은 생각이 머릿속에서 떠올랐다가 사라지곤 했다. 이순신은 이를 악물었다.

'이대로 두면 전라도 해안마저도 서서히 죽음에 휩싸일 것이다. 그 일만은 반드시 막아야 한다. 이 한 목숨 던져서라도 더 이상 죽음을 허락하지 않겠다.'

벌써 왜군들이 쳐들어온 지 한 달 반이 지났다. 전쟁이 길어질수록 백성들이 덧없이 몰살당하는 일이 늘어만 갔다. 왜군들은 항복하는 성읍들은 그대로 놔두고 지나쳤지만, 조금이라도 반항하는 마을은 피로 다스렸다.

점령지 백성들은 언제든지 적과 내통할 수 있고 반란을 꾀할 수 있다. 그러므로 점령지 백성들을 인간답게 대하는 건 어리석은 일이었다. 철저하게 짓밟아 힘을 보여 주고 대항할 뜻을 뿌리 뽑아야 했다. 그러고 나면 오히려 은밀하게 찾아와 동정을 보고하는 자도 나오고, 길 안내를 자청하는 자도 나오며, 곡물과 무기를 숨겨 둔 곳을 알려 주는 자도 나왔다. 의는 완전히 사라지고 오로지 생존만이 모든 것에 앞서게 되는 것이다.

'전쟁은 인(仁)으로 다스리는 자를 무력하게 하고 패(覇)로 다스리는 자를 힘 있게 만드는 법. 이대로 가면 조선은 설사 승리하더라도 천도(天道)가 통하지 않고 인륜이 땅에 떨어져 무도한 나라가 되고 말리라. 아, 어떻게 해야 하나?'

"경상 우수사께서 오십니다."

하동(河東) 쪽에서 판옥선 세 척이 나타났다. 왜군이 밀려오자 급히 하동까지 피했던 것이다. 퀭한 눈으로 원균이 말했다.

"오늘까지 기다려도 안 오면 진주(晉州)로 후퇴할 작정이었소."

하늘을 찌를 듯한 자부심에도 이런 말을 하는 걸 보니 그만큼 상황이 급박했던 모양이다. 협선 두 척이 좌초되었고 군졸 열일곱 명이 전사했으며 미조목 첨사 김승룡은 오른쪽 다리에 총탄을 맞아 거동이 불편하다고 했다.

"전라 우수사는?"

원균은 이억기가 합류했는지부터 물었다.

"유월 삼일에 만나기로 약조했는데 급히 출정하느라 같이 오지 못했소이다. 곧 뒤따라오겠지요. 왜선들은 지금 어디에 있습니까?"

원균이 코를 벌렁대며 물을 한 잔 청해 마셨다. 이틀 동안 주먹밥 하나 먹을 겨를도 없었다고 한다.

"왜놈들은 노략질을 하러 사천으로 들어갔을 게요. 사천은 간만 차가 심하고 폭이 좁은 곳이니 길목을 막으면 적은 독 안에 든 생쥐 꼴이오. 서두르도록 합시다."

이순신은 답을 피하고 권준 쪽을 돌아보았다. 권준이 천천히 고개를 가로저었다.

'장군, 지금 싸워서는 아니 됩니다. 정 싸우시겠다면 내일 하십시오. 고성이나 당포에서도 능히 적을 칠 수 있지요.'

우척후장 김완으로부터 급보가 날아들었다. 왜군 소선 한 척이 사천 입구에서 함대를 염탐하고 있다는 것이다. 원균이 지체 없이 명령을 내렸다.

"뒤쫓아라. 왜놈들 척후임이 분명하다. 살려 둘 수 없다."

기효근이 지휘하는 판옥선 한 척이 쏜살같이 내달렸다. 이순신은 주먹을 불끈 쥐며 나대용에게 명령했다.

"당장 전부장에게 왜 척후를 추격하라고 전하라. 전라 좌수영과 경상 우수영 연합 함대는 지금 즉시 사천으로 간다."

날발이 뿔피리를 두 번 짧게 불자 전부장 이순신(李純信)이 지휘하는 군선이 기효근이 탄 판옥선과 어깨를 나란히 하며 사천으로 나아갔다. 김완이 부리는 송골매들이 창공을 맴돌면서 왜선 항로를 정확히 알려 주었다. 그 광경을 보며 원균이 히죽거렸다.

"방답 첨사가 기 현령을 당해낼 수 있겠는가? 기 현령은 죽을 고비를 수없이 넘긴 맹장이라오."

순천 부사 권준이 온화한 목소리로 답했다.

"글쎄요. 이 첨사도 그렇게 호락호락하진 않을 겁니다."

왜선은 사천으로 향하다가 항로를 오른쪽으로 바꾸어 도주했다. 기효근과 이순신(李純信)이 달려드는 기세에 눌린 왜군은 배를 비우고 상륙해서 산으로 달아나 버렸다. 두 장수가 왜선에 이르렀을 때에는 빈 배만 덩그러니 남아 있었다. 기효근이 탄 배에서 먼저 불화살을 날리자 이순신(李純信)이 탄 배에서도 천자총통이 불을 뿜었다. 두 장수는 서로 경쟁이라도 하듯 왜선 주위를 빙빙 돌았다. 텅 빈 배였으므로 불화살 몇 개만으로 격침할 수 있었지만 둘은 원균과 이순신이 다가와서 말릴 때까지 포탄과 화살을 퍼부어 댔다. 두 수사의 안색이 어두워졌고 순천 부사 권준도 혀를 끌끌 차며 안타까워했다.

"쯔쯧, 개미를 잡는 데 쌍도끼를 쓴 격이군요."

기효근과 이순신(李純信)이 지휘선으로 올라왔다. 이순신은 그때까지도 눈싸움을 하며 으르렁대는 두 장수를 보고 불같이 화를 냈다.

"군졸들 보기에 부끄럽지도 않나? 그대들이 이러고도 장수라고 할 텐가? 화살 하나 유황 한 통이 아까운 이 마당에 이 무슨 짓인가? 그대들에게 왜선을 잡으라고 했지, 활과 총포를 허공에 쏘라고 했는가? 이 일은 귀영한 후 군율로 다스리겠다. 다시 이따위 짓을 하면 용서치 않을 것이야. 오늘 죄를 씻을 수 있는 전공을 세우도록 하라."

사천 선창이 가까워지자 왜 대선 열두 척이 모습을 드러냈다. 판옥선과 맞먹을 만큼 크고 단단한 군선이었다. 병풍처럼 사천을 감싼 산중턱에서 왜군 사백여 명이 장사진을 치고 색색 가지 깃발을 흔들어 댔다. 왜선들은 썰물 때인지라 개펄에 묻혀 꼼짝도 못했다. 사천으로 접근하기 힘든 것은 조선 수군도 마찬가지였다. 총포를 쏘고 불화살을 날렸지만 미치지 못했다. 적이 눈앞에 뻔히 보이는데도 고함을 지르고 북을 치고 나팔을 불 도리밖에 없었다. 산중턱에서는 간간이 흰옷도 눈에 띄었다. 왜군들이 강제로 끌고 나온 사천 백성들이었다.

"죽일 놈들!"

가족을 떠나온 장졸들 얼굴에 동요하는 빛이 역력했다. 조선 백성에게 활과 총통을 쏠 수는 없는 일이었다. 이순신이 탄 지휘선에서 긴급회의가 소집되었다.

"밀물이 되면 무조건 돌진합시다. 옥포에서처럼 말이오."

녹도 만호 정운은 정면 돌파를 주장했다. 순천 부사 권준이 고개를 가로저었다.

"안 됩니다. 그때는 기습 공격이니까 승리가 가능했지만 지금은 적들도 우리가 공격하리라는 것을 알고 충분히 방비할 테지요. 정면 돌파는 마른 볏단을 지고 불에 뛰어드는 것과 다르지 않아요. 우리가 접근하면 왜군들은 양쪽 산중턱에 숨어서 아래를 내려다보며 조총을 쏠 겁니다. 이제 곧 해가 질 터인데 숲에 숨어 조총을 쏘는 적을 어떻게 당하겠어요. 혹여 공격이 성공한다 해도 왜군들은 모두 산으로 숨을 것이니 전공을 세우기 힘든 것은 마찬가집니다."

둘러앉은 장수들이 모두 고개를 끄덕였다. 장수들은 왜선을 침몰시키는 것보다 수급을 거두는 데 마음을 쏟고 있었던 것이다. 정운이 불만에 가득 찬 얼굴로 권준에게 물었다.

"그렇다면 다른 전술이 있소?"

권준이 웃어 보였다.

"글쎄요. 그 전술을 찾자고 우리가 여기 이렇게 모인 게 아니던가요? 좌수사께서는 미리 생각하신 방책이 있을 것도 같습니다만……."

권준은 화살을 이순신에게 넘겼다. 이순신은 기다렸다는 듯 나대용에게 대형 지도를 가져오도록 한 후 자리에서 일어섰다.

"권 부사 말대로 곧장 돌진하면 사상자가 많이 날 것이오. 그럴 바에야 차라리 후퇴하는 척하며 왜선을 끌어내는 편이 좋겠소. 곤양 쪽에 영귀선과 좌부장 신호, 좌척후장 정운, 그리고 경상 우수영 판옥선이 숨어 있다가 왜선들이 나오면 치는 것이오."

산 그림자가 동북쪽으로 늘어지기 시작하자 산중턱 여기저기에서 모닥불이 피어올랐다. 전부장 이순신(李純信)이 지휘하는 군선이 왜선들에게 천천히 다가섰고 그 뒤를 판옥선 서너 척이 따랐다. 조총 소리가 콩 볶듯 터져 나왔다.

"퇴각하라!"

이순신(李純信)이 명령을 내리자 군선들은 순식간에 뱃머리를 돌렸다. 조총 소리가 차츰 줄어들었다. 산중턱에 은거했던 왜군 이백여 명이 해안으로 내려오는 것이 보였다. 그러나 총을 쏘며 배를 지킬 뿐 힘껏 나아오지는 않았다. 그사이에 주위는 어두워져서 바로 옆에 있는 배도 분간할 수 없을 정도였다. 곧 밀물이 시작되었다. 이제 포구로 들어갈 수 있게 된 것이다.

"반격하라!"

흥양 현감 배흥립이 이순신이 내린 군령을 이어받았다. 호랑이를 그린 거대한 방패연이 판옥선 갑판에 놓여 있었다. 배흥립이 횃불을 든 군사들을 향해 소리쳤다.

"자, 이제 저 쥐새끼들을 쓸어버리는 거다. 호연(虎鳶)을 올려라!"

군사들이 횃불을 기울여 방패연에 불을 붙이는 것과 동시에 판옥선이 백팔십도 회전했다. 힘을 받은 방패연이 똑바로 하늘을 향해 치솟았다. 불꽃이 뚝뚝 떨어지는 연을 발견한 연합 함대 판옥선들은 일제히 배를 돌려 쫓아오던 왜선과 정면으로 맞섰다.

"돌격!"

이언량이 돌격 명령과 함께 거북선이 물살을 해치며 총통을 쏘기 시작했다. 김완과 신호, 그리고 경상 우수영 소속 판옥선 세 척도 곧장 사천으로 나아갔다. 천시원(天市垣, 하늘나라 시장을 둘러싼 담을 이루는 별자리)이 빛나는 밤하늘로 난데없이 불덩이가 날고 흉측하게 생긴 요물이 미친 듯이 돌진해 오자 왜군들은 두려움에 떨며 뒷걸음질쳤다. 거북선이 화려한 왜 대선을 먼저 들이받았고, 김완과 신호, 그리고 원균, 기효근, 우치적이 이끄는 판옥선 역시 차례차례 왜선과 충돌했다. 용감한 왜군 몇몇이 거북선을 공격하려고 개판으로 뛰어내리다가 숨겨 둔 칼날에 찔려 즉사했고 또 몇몇은 잠수하여 거북선 후미로 접근하다가 꼬리 아래 포혈로 쏟아진 철환 세례를 받고 목숨을 잃었다.

이순신이 지휘하는 전라 좌수영 군선들은 눈부시게 적진을 휘저었다.

배를 돌린 판옥선들이 순식간에 횡으로 벌여 서서 왜선 여섯 척을 포위했다. 그리고 천자총통과 지자총통으로 철환, 장군전, 피령전을 비바람처럼 발사하였다.

왜선들도 저항이 만만치 않았다. 판옥선이 가까이 접근하기만 하면 왜군들은 원숭이처럼 날아서 갑판으로 뛰어내렸다. 백병전에서는 왜군들 칼솜씨가 빛을 발했다.

"안 되겠다. 배후를 쳐라!"

이순신이 엄청나게 큰 소리로 호령했다.

"배후를 쳐라!"

나대용이 명령을 복창했다.

좌수영 지휘선이 천천히 뒤로 빠지더니 왜 대선 후미를 향해 곧바로 돌진했다. 쿵 소리와 함께 왜선이 오른쪽으로 기우뚱했다. 수많은 왜군들이 지휘선 상갑판으로 날아오르자 갑판은 삽시간에 아수라장으로 변했다. 날발이 구원을 요청하는 뿔피리를 불자마자 배흥립과 이순신(李純信)이 이끄는 판옥선이 달려왔다. 장군기를 움켜쥔 나대용이 이순신을 호위하며 이물 쪽으로 물러났다. 왜군이 쏘는 조총과 조선군이 날리는 불화살이 맞대결을 벌였지만 왜군들이 현저히 우세했다. 적을 너무 얕잡아 본 것이 잘못이었다. 왜선은 지휘선이 접근하기만을 기다리고 있었는지도 몰랐다.

'권준 말이 들어맞는 것일까.'

이순신은 성급함을 탓했다. 나대용이 뒤를 돌아보며 소리쳤다.

"장군! 어서 뛰어내리십시오. 곧 왜놈들이 들이칠 것입니다. 으윽!"

나대용 얼굴이 백짓장처럼 하얘지더니 왼쪽 허벅지를 움켜쥔 채 앞으로 꼬꾸라졌다. 총탄을 맞은 것이다.

"나 군관!"

이순신은 황급히 나대용을 끌어안았다. 고통에 일그러진 얼굴. 아랫입술을 얼마나 힘껏 깨물었는지 피가 배어 나왔다.

"자, 장군! 다리가…… 제 다리가……"

"나 군관! 조금만 참아. 곧 의원에게 갈 테니 견뎌야 해. 할 수 있지?"

벌겋게 달아오른 얼굴에 나대용은 간신히 미소를 지었다. 그러나 곧 고개를 젖히며 까무러쳤다.

"악!"

그 순간 왼쪽 어깨가 쇠꼬챙이로 뚫리는 것처럼 아팠다. 온몸에 힘이 쭉 빠지면서 눈앞이 가물거렸다. 스무 걸음 앞까지 왜군들이 밀려오고 있었다.

'정신을 잃어서는 안 돼. 기절하면 죽는 거다. 정신 차려! 이순신, 이대로 죽을 순 없어. 넌 여기서 죽을 사람이 아냐. 이순신, 이순신, 이순신.'

이순신이 쓰러지는 것과 동시에 밤하늘에서 거대한 호연이 불꽃을 뿌리며 왜군들 머리 위로 떨어졌다. 상황이 급박함을 알고 배흥립이 직접 얼레를 조종해서 연을 떨어뜨린 것이다. 날벼락을 맞은 왜군들은 혼비백산하여 바다로 뛰어들었다. 가장 먼저 지휘선에 뛰어오른 이순신(李純信)이 정신을 잃고 쓰러진 이순신을 끌어안고 마구 흔들어 댔다. 새파랗게 질린 권준도 이순신을 살폈다. 나대용은 허벅지를 부여잡고 끙끙 앓는 신음 소리를 냈지만 이순신은 미동도 없었다.

'그렇게 말렸거늘……. 장군! 정녕 이렇게 헛되이 가시는 겁니까?'

권준은 좀 더 강력하게 출정을 막지 못한 것이 후회스러웠다.

"으윽……, 윽!"

그때 이순신의 눈까풀에 가늘게 경련이 일었다. 시뻘건 피가 등을 타고 발뒤꿈치까지 흘러내렸다. 이순신이 권준을 알아보고 오른손을 들어 가까이 오라는 시늉을 했다. 권준이 다가가서 고개를 숙이자 농담을 건넸다.

"이, 이것이었소? 이제…… 지나갔으니, 당분간 죽을 일은 없겠구려."

"장군!"

"호……들갑들 떨지 마시오. 전투가 끄, 끝날 때까지 내가 다쳤다는 소린 일체 마시오. 이, 이 첨사!"

"예."

이순신이 따뜻하게 웃어 보였다.

"자네가 내 대신…… 지휘를 하게."

그러고 나서 이순신은 또다시 정신을 놓았다. 권준은 이순신과 나대용을 황급히 방답 첨사 이순신(李純信)이 이끌던 판옥선으로 옮겼고, 이순신(李純信)은 지휘선을 이끌고 다시 왜선을 향해 달려들었다. 원균이 이끄는 경상 우수군은 산으로 피한 왜군을 쫓아 사천에 내렸다고 했다. 왜선들이 모두 가라앉고 불꽃마저 완전히 스러질 때까지 이순신(李純信)은 좌수사가 총에 맞았다는 사실을 숨겼다. 사천만 입구에 있는 모자랑(毛自郞)으로 이동하여 야영한다는 군령만을 내렸을 뿐이다.

궁수들은 활을 놓고 땔감을 모았으며 격군들은 노를 던지고 밥지을 채비를 했다. 피와 땀에 전 장졸들 얼굴에는 여유가 가득했다. 육신은 지쳤지만 마음은 하늘을 날 것처럼 가벼웠다. 옥포에서 이긴 데 이어 다시 사천에서까지 적을 궤멸한 장졸들은 자신감에 불타올랐다. 적어도 배와 배가 부딪치는 해전에서는 이길 수 있다는 확신이 섰다.

十、죽음의 강을 보고 돌아와

전투 결과를 보고하기 위해 지휘선에 접근해 온 장수들은 전라좌수사가 부상했음을 알고는 황급히 배를 옮겨 탔다. 등을 보이며 돌아누워 있던 이순신은 장수들이 내는 다급한 발소리를 듣고 부축을 받으며 일어나 앉았다. 상체를 움직일 때마다 뼛조각이 서걱거리는 소리가 났다.

낙안 군수 신호가 먼저 입을 열었다.

"장군, 어인 일입니까? 장군은 조선 수군의 기둥이십니다. 한데 부상이라니요?"

권준이 여수로 돌아가기를 청했다.

"상처가 깊습니다. 좌수영으로 가시지요. 상처가 덧나기라도 하면 큰일입니다. 더 이상 지체해서는 아니 됩니다. 독이 온몸으로 퍼지기 전에 속히 철환을 제거해야 합니다."

녹도 만호 정운이 눈을 부라리며 말했다.

"출정한 지 하루 만에 함대 전체가 돌아갈 수는 없는 일이외다. 좌수사와 나 군관은 부상이 심하니 먼저 귀영하고 우리는 원 장군님 지휘를 받아 계속 싸우는 것이 어떻겠소? 왜놈들에게 본때를 보여야 하오이다."

사도 첨사 김완이 거들었다.

"그렇게 합시다. 모처럼 출정했는데 이렇게 맥없이 돌아갈 수는 없소."

이순신이 두 눈을 부릅떴다.

'전라 좌수영 군선들을 원균에게 넘길 수는 없다. 지휘권을 넘겨주면 전체를 이끌고 부산포로 진격해 버릴 테지. 그러면 무슨 일이 일어날지 모른다. 전멸할 수도 있어.'

밀려오는 통증으로 말을 뱉기도 힘겨웠지만, 지휘권을 원균에게 넘겨 계속 싸우자는 말에 정신이 번쩍 들었다.

"궈, 권 부사 !"

"예, 장군."

"수술 주, 준비를 해 주시게. 철환을 뽑아야지."

권준이 고개를 저으며 만류했다.

"안 됩니다. 이곳엔 의원도 없고 약재도 없어요. 좌수영으로 돌아가서 상처를 돌보셔야 합니다."

이순신이 정운에게 눈을 돌렸다.

"정 만호!"

"예, 장군!"

"그대가 해 주시게."

정운은 뜻밖의 부탁을 받자 돌처럼 표정이 굳었다. 생살을 찢고 뼈에 박힌 철환을 꺼내 달라는 것이다.

이순신은 희미하게 웃어 보이기까지 했다.

'좌수사가 일단 마음을 굳힌 이상 아무도 그 결심을 바꿀 수 없지. 그렇다면 부탁을 들어줄밖에.'

정운은 거절하라고 연신 눈짓을 보내는 권준을 무시해 버린 채 이순신에게 다가섰다.

"좋습니다. 소장이 하지요."

"소장도 돕겠소이다."

낙안 군수 신호가 끼어들었다. 신호는 부상당한 군사들을 치료한 경험이 많았다. 쇳독이 뼈까지 스며들었다면 뼈를 깎고 독을 발라내야 불구를 면할 수 있다.

"좋소. 신 군수도 도와주오."

이순신은 정운과 신호를 제외한 나머지 장수들을 모두 밖으로 물리쳤다. 이언량과 송희립이 곁에 남겠다고 고집을 부렸지만 끝내 허락하지 않았다. 고통으로 일그러진 얼굴을 보이기 싫어서였다.

신호는 차분하고 꼼꼼하게 준비를 했다. 독주와 화로를 마련하고, 예리한 단도와 지혈에 필요한 무명 끈을 가져왔다. 이순신은 눈을 감고 앉아서 준비가 모두 끝나기를 기다렸다. 정운은 막사 안을 서성이며 양손을 쥐었다 펴기를 반복했다.

신호가 먼저 독주를 내밀었다.

"들이켜십시오. 참기 힘든 아픔일 겁니다."

이순신은 독주와 신호를 번갈아 쳐다보았다. 그러고는 천천히 고개를 저었다. 신호는 다시 돌돌 만 무명천을 내밀었다.

"혀를 깨물 수도, 어금니를 다칠 수도 있습니다. 또한 비명을 지를 수밖에 없을 때 도움이 될 겁니다."

이순신은 다시 고개를 저으며 정운에게 말했다.

"정 만호! 그대가 명의 화타일 수 없듯이 나 또한 관운장은 아니오. 하나 구차하게 독주나 무명천에 의지하고 싶지는 않소. 오늘 그대 손에 죽더라도 후회하지 않으리다. 장수가 전쟁터에서 죽는 것은 큰 영광이 아니겠소?"

단도를 불에 달구며 정운이 답했다.

"이깟 일로 죽음을 논하다니 지나치십니다. 팔을 보존하려고 손가락 마디 하나를 자르는 것에 지나지 않습니다."

"그럼, 시작할까?"

탄환이 뼈를 건드리는 고통에 어깨를 조금씩 떨면서도, 이순신은 물수제비를 뜨는 차돌멩이처럼 가볍고 맑은 목소리로 말했다.

처음에 이순신은 이언량이나 이순신(李純信), 또는 권준이나 송희립에게 몸을 맡길 생각이었다. 하지만 곧 마음을 고쳐먹었다. 병법서에도 친하면 떼어놓는다고 하였다. 권준이나 이언량이라면 최선을 다해 상처를 치료하겠지만 그로써는 그저 충심을 다시 확인할 뿐이다.

'상대를 제압하는 데는 때가 있는 법. 지금이 정 만호 마음을 열 기회다.'

이순신에게 정운은 그 능력이 믿음직스러우면서도 비탈길에 박힌 칼바위처럼 불안한 구석이 있었다. 성미가 불같은 정운은 왜선과 정면으로 맞설 생각뿐이었다. 정운은 군중 회의 때마다 원균이 선동하는 그대로 조선 수군이 온힘을 모아 단번에 부산포를 공격하자고 주장했고, 이순신은 그때마다 언젠가는 그리해야 하겠으나 지금은 때가 아니라면서 신중론을 폈다.

정운은 백호(白虎)처럼 눈동자에 푸른빛이 흘렀다. 어지간한 사람들은 그 눈빛만으로도 기가 꺾일 만큼 강렬했다. 한마디로 용장이었다.

'이 사람 마음을 얻으려면 닥쳐온 죽음을 두려워하지 않는 용기와 밀려드는 운명에 정면으로 맞서는 기개를 보여야 한다. 이 수술을 통하여 오늘 정운에게 참된 용기와 기개를 가르쳐 주리라. 때를 따르지 않는 용기는 만용에 지나지 않으며, 순리를 따르지 않는 기개는 결국 패도로 떨어짐을 보여 주리라. 나 이순신이 죽음 따위에 어쩔 줄 몰라 하는 겁쟁이가 아니라 하늘이 정하는 바에 따라 움직이는 대장부임을 알려 주겠다.'

권준이 말한 대로 수술은 극도로 위험했다. 피를 많이 흘려 죽을 수도 있고 혈도가 막혀 불구가 될지도 몰랐다. 게다가 점괘와 천문이 나빴기 때문에 이순신은 마음 한구석으로 상당히 불안했다. 그러나 진중에서 의원도 없이 치러지는 이 수술에서 살아남으면 조선 수군들 마음을 단번에 얻을 수 있으며 맹장 정운에게도 확실한 신망을 받으리라고 생각하니 불끈 힘이 솟았다.

신호가 명을 내리자 군졸 셋이 이순신에게 달려들어 어깨와 두

팔을 옴짝달싹 못하게 붙들었다. 정운은 벌겋게 달아오른 단도를 이순신 눈앞에 내보인 후 잠시 뜸을 들였다. 지금이라도 늦지 않았으니 수술을 연기하는 것이 어떻겠느냐고 무언으로 권유한 것이다.

그러나 이순신은 단도를 보고도 눈 하나 꿈쩍하지 않았다. 정운이 숯검정처럼 짙은 눈썹을 순간 꿈틀거렸다. 은근히 오기가 생긴 탓이었다.

정운은 이순신을 볼 때마다 늘 속이 편치 않았다. 물론 뛰어난 무예 실력과 귀신같은 병략에는 절로 고개가 끄덕여졌다. 무릇 장수라면 힘으로 겨루고 술로 겨루고 기예로 겨루다가도 서로 마음이 통한 후에는 호형호제하게 마련이 아닌가. 그러나 이순신은 전혀 다른 장수였다. 예의를 충실히 갖추면서도 쉽게 마음을 열어 보이지 않았다. 이순신이 웃거나 대취할 때, 오히려 정운은 가슴이 서늘해졌다. 이순신은 언제나 깨어 있었다. 마치 잠들면 죽기라도 하는 것처럼 다른 장수들이 모두 잠든 후에도 홀로 깨어 무엇인가를 되짚었다. 실제 잠도 서너 시간 정도밖에 자지 않는 듯했다.

'내가 만약 좌수사였다면?'

정운은 요즘 들어 부쩍 자주 그런 생각을 했다.

'내가 좌수사였다면 벌써 원 수사님과 드러내 놓고 호형호제했겠지. 나이도 위인 데다 과거에 급제한 시기도 빠르며 함경도에서 함께 야인을 토벌하지 않았는가. 또한 어린 시절 같은 마을에서 함께 자란 사이이기도 하고.'

하지만 이순신은 결코 원균을 사적으로 대하지 않았다. 둘만 있는 자리에서는 형님 아우 하기도 한다는 소문을 언뜻 들었지만 믿지 못할 일이었다. 다른 장수들이 함께한 자리에서는 깍듯하게 예의를 차리고, 혹여 언쟁이라도 할라치면 냉혹하기 이를 데 없었던 것이다.

정운은 오늘 이순신에게도 더운 피가 흐르는지 확인할 작정이었다. 적뿐만 아니라 예하 장졸들에게 단 한 순간도 빈틈을 보이지 않고 치밀하게 군략을 짜고, 오로지 이길 길만을 확인하고 또 확인하는 사람이라면 혹여 몸속에도 차가운 피가 흐르는 건 아닐까. 정운은 칼을 대자마자 이순신이 고통을 못 이겨 비명을 지르고 까무러치기를 바랐다.

'그렇게 하여 이 수사도 더운 피가 흐르는 사람임을 확인하면, 따로 시간을 잡아 원 수사와 화해하라고 청하리라. 조선 수군을 위해서는 두 수사가 형제보다 더 돈독하게 맺어져야 한다.'

"시작하겠소이다."

정운은 왼손으로 이순신의 팔뚝을 움켜잡고 시커멓게 색이 변한 어깨에 단도를 갖다 댔다.

"으음!"

순간 이순신이 몸을 부르르 떨었다. 연기가 피어오르면서 살이 타는 냄새가 방 안을 가득 채웠다. 이순신은 비명을 삼키며 눈을 크게 떴다. 얼굴에서 비 오듯 땀이 쏟아져 내렸다. 정운은 사정없이 살점을 좌우로 찢어 후벼 팠다. 이순신은 온몸을 부들부들 떨면서 발버둥쳤고 병졸들이 힘껏 팔다리를 눌러 움직이지 못하도록 했다.

하지만 이순신은 이를 악물면서 비명을 참아 냈다. 정운은 이마에 맺힌 땀을 훔치며 잠시 호흡을 골랐다. 이제 뼈에 박힌 철환을 뽑고 그 독을 긁어내는 일만 남았다.

'좌수사! 괜한 고집 부리지 말고 어서 아픔을 토해 내시오. 당신은 인간이오. 살점이 타는 고통은 공맹이라도 이기지 못해.'

정운이 타는 듯한 눈으로 쏘아보자 이순신은 보일 듯 말 듯 미소를 지었다.

'정 만호, 단숨에 찢어 주니 고맙소. 견딜 만하구려. 사지가 떨리고 심장이 벌렁대는 것은 아직 내가 살아 있다는 증거가 아니겠소? 자, 삶이란 고통 속에서 익어 가는 것임을 다시 한 번 느끼게 해 주오.'

고통을 참으면서도 이순신이 입가에 미소를 잃지 않으려 한다는 걸 확인한 정운은 투쟁심이 불타올랐다. 두 눈에 광기가 번뜩였다. 형언할 수 없는 분노가 가슴 가득 밀려왔다.

"침착하게!"

옆에서 신호가 제지했으나 전혀 귀에 들어오지 않았다. 정운은 독주를 이순신 어깨에 콸콸콸 내리부었다. 살점이 씻겨 내려가면서 이순신은 다시 얼굴이 일그러졌다. 장검에 가슴을 벤 듯한 싸한 아픔이 턱밑까지 차 올라왔던 것이다. 칼끝이 예리하게 상처를 비집고 어깨뼈를 송곳처럼 찔러 댔다. 그때마다 저절로 몸이 퉁퉁 위로 튕겨 올랐다. 이를 악물고 고개를 뒤로 젖힌 채 흘러나오는 눈물을 삼켰다. 이제껏 고통과는 비교할 수도 없는, 손끝에서 발끝까지 창에 난자당하는 듯한 아픔이었다. 그 아픔에서 벗어날 수만 있다면 지금 당장 불구덩이에라도 뛰어들 것 같았다. 그러다가 갑자기 심장이 뚝 멎는 느낌이 왔다. 마침내 칼끝이 엄지손톱만 한 철환에 닿은 것이다.

"이거다!"

까마득히 멀리서 정운이 외치는 소리가 천둥처럼 들렸다. 온몸에서 기운이 완전히 빠져 나갔다. 어깨뼈에 박힌 철환을 뽑아내는 동안에는 더 이상 고통도 없었다. 귀가 먹먹해지더니 눈꺼풀이 스스로 감겼다. 거대한 별 하나가 땅으로 곤두박질치는 것이 보였고, 곧 어둠이었다. 혀가 뻣뻣하게 굳었고 손가락이 오므라들었다.

'아, 죽음인가!'

자신이 알던 사람들과 장소들, 사물들로부터 점점 멀어지는 느낌이 들었다. 갑자기 주변이 환해지더니 순간 앞에 거대한 서책이 펼쳐졌다. 그 서책은 마치 오래전에 그렇게 정해진 것처럼 이리저리 앞뒤로 넘겨지다 한 곳에 멈추었다. 이순신은 잠시 망설이다 그 책 속으로 걸어 들어갔다.

그러자 눈앞에 거대한 강이 나타났다. 나루터에 사람들이 한마디 말도 없이 모여들었다. 강에는 흰 돛배가 한 척 매여 있었고, 사람들은 말없이 그 배에 올랐다. 건너편 강둑에서는 더 많은 사람들이 이쪽을 향해 손짓을 하며 노래를 불렀다. 거리가 멀어서 노랫가락이 들리지는 않았지만 입 모양을 똑같이 맞추어 계속 합창을 하고 있었다. 그 속에 낯익은 얼굴이 있었다.

'희신 형! 요신 형!'

두 사람은 덩실덩실 어깨춤을 추며 어서 배에 오르기를 재촉했다. 그 뒤를 따라 갑옷을 입은 장수들이 나타났다. 녹둔도에서 억울하게 죽은 임경번과 오형도 거기에 있었다.

이순신은 문득 걸음을 멈추었다.

'배를 타서는 아니 된다. 저곳은 사지(死地)다. 망자들만이 갈 수 있는 곳이다. 나는 아직 할 일이 많다.'

"도대체 네가 할 일이 무엇이란 말인가?"

힐책이 바람을 타고 건너편 강둑으로부터 날아와서 박혔다.

"저에겐 지켜야 할 나라가 있고 보살펴야 할 부하들이 있으며 절 울타리처럼 믿고 따르는 처첩이 있고 자식들이 있습니다. 아직 전 그 사람들을 위해 제게 주어진 일을 백분지 일도 하지 못했습니다. 따라서 제 발걸음은 느리고 제 어깨는 힘겹습니다. 그러나 이처럼 너무 쉽게, 너무 빨리 안락할 수는 없습니다."

"핑계 대지 마라. 그깟 것들은 한낱 신기루에 불과하다. 넌 네 야망만을 채우려 하는 게 아닌가? 네 명예에만 매달리는 게 아닌가? 네 운명만을 뛰어넘으려는 게 아닌가? 누가 너처럼 살고 싶지 않으랴? 하지만 아무도 너처럼 살지 않는다. 아무도 그와 같은 걸 삶이라고 부르지 않는다. 너는 삶을 그저 영광된 죽음을 찾는 여정에 지나지 않는다고 생각하는가. 너는 순간순간 너를 찾는 기쁨과 슬픔, 보람과 허무를 생살 그대로 맛보아야 한다. 더 나은 내일을 위해 오늘을 죽이는 너에게 삶이 도대체 무슨 의미가 있는가? 너는 이미 오래전부터 이 돛배를 기다려 왔다. 자, 너만큼 이 배를 타기에 적합한 이는 없다. 너는 매일매일 죽음 이후를 그리지 않았는가? 남들이 보내는 시선을 너의 죽음 뒤까지 이어서 살피지 않았는가? 먼 훗날에 올 가장 칭송받고 존경받는 순간들을 위하여 오늘 하루를 죽이지 않았는가? 불멸을 꿈꾸지 않았는가? 두려워 말고 어서 배에 오르라. 이 배는 네게 집이자 거울이요, 몸이자 옷이다."

이순신은 엉덩이를 뒤로 빼고 끝까지 버텼다. 거대한 힘이 두 팔을 사정없이 끌어당겼다. 배에 오르는 사람들은 하나같이 웃고 있었다. 뒤돌아보고 싶었지만 고개를 움직일 수 없었다. 눈물이 뚝뚝 흘러내렸다. 이순신은 괴성을 지르며 돌아가겠다고 발버둥쳤다. 그럴수록 깔깔대는 웃음소리가 더 크게 들려왔다. 몸이 한없이 가벼워지는가 싶더니 불화살처럼 갑판으로 튕겨 올랐다. 앞을 분간할 수 없을 만큼 자욱한 안개가 배를 감쌌다.

둥.

출항을 알리는 북소리가 울렸다.

둥.

이제 사지로 가는 것이다. 파도는 잔잔하고 바람은 움직일 줄 몰랐다.

둥.

'그런데……. 이것은 귀에 익은 북소리가 아닌가. 낮고 은은하면서도 힘이 실린 북소리, 송희립이 치는 북소리다. 그렇다면 여기는 어디지.'

"하하하, 이제 정신이 드시오? 정 만호 솜씨가 예사롭지 않구려. 이렇게 감쪽같이 철환을 뽑아내다니, 의원으로 나서도 되겠소이다."

"과찬이십니다. 장군!"

껄껄대는 소리와 함께 검게 그을린 펑퍼짐한 밤송이 얼굴이 이순신 눈에 들어왔다. 원균이었다. 그 옆으로 권준, 정운, 신호가 차례로 앉아 있었다.

한 줄기 새벽 햇살이 군막 틈으로 들어왔다. 이순신은 급히 몸을 일으키려 했지만 원균이 손바닥으로 가슴을 가만히 누르며 고개를 저었다.

"움직이지 마시오. 오늘 하루는 송장처럼 누워 있어야 하오. 함부로 움직였다간 상처가 덧나서 다시 피가 흐를 것이오."

"괘, 괜찮소이다."

뒤에 서 있던 이언량에게 부축을 청하여 이순신은 억지로 몸을 일으켰다. 까치박달로 부목을 댄 어깨가 욱신거렸지만 얼굴을 찡그리거나 신음을 내지는 않았다. 이언량에게 팔을 맡기고 기대어 앉자 원균이 농담을 건넸다.

"하하, 역시 이 수사는 대단하오. 벌써 두 차례나 이런 수술을 받았구려. 경성에서는 허벅지였는데 이번엔 어깨라……. 보아하니 이 수사는 쉬 죽진 않을 성싶소. 화살이든 철환이든 모두 비껴 맞으니 말이오."

"전황은 어떻게 되었습니까?"

이순신은 농에 답하지 않은 채 전투 결과부터 물었다. 권준이 대답했다.

"왜선 열세 척을 격침했습니다."

이순신은 비로소 안도하면서 눈을 지그시 감았다. 원균이 그 틈에 말했다.

"어제 싸울 때 남겨 두었던 왜선 두 척이 어디로 달아났는지 살피고 오리다."

이순신이 눈을 뜨고 힘겹게 답했다.

"경상 우수군만 따로 움직이는 건 위험합니다."

원균이 퉁명스럽게 받아쳤다.

"걱정 마오. 내 군선은 내가 알아서 하오."

군막 안 분위기가 싸늘하게 식었다. 이순신도 절로 목소리가 딱딱해졌다.

"소장이 부탁드리지 않았소이까? 합동 군중 회의에서 결정되지 않은 행동은 삼가십사고."

장수들이 일제히 원균에게 눈을 돌렸다.

"에잇! 병문안 온 사람을 이렇듯 대할 수 있소?"

원균이 화를 버럭 내며 자리를 박차고 일어섰다. 정운과 신호가 뒤따라 나가면서 붙잡으려 했지만 소용없었다. 이순신은 장졸들을 모두 물린 후 권준과 둘만 남았다.

"원 수사는 수급이 필요한 겁니다. 장계를 올리려면 물증이 있어야 할 테니까요."

이순신이 말머리를 돌렸다.

"나 군관은 어떻소?"

"철환이 허벅지를 스쳤을 뿐입니다. 곧 나을 겁니다."

"다행이군. 정말 다행이야."

이순신은 오른손으로 왼쪽 어깨를 지그시 눌렀다. 팔꿈치 아래로는 감각이 없고 어깨가 불에 덴 것처럼 화끈거렸다.

"계속 치료해야 합니다. 좌수영으로 돌아갈 때까지는 임시방편으로 뽕나무를 태운 잿물과 바닷물로 상처를 소독하십시오. 철환은 빼냈지만 쇳독이 뼛속까지 깊이 스며들어 다 긁어내지는 못했답니다. 당분간 장검이나 강궁을 쓰시면 안 됩니다. 잘못하다간 왼팔을 영영 잃을 수도 있습니다."

"알겠소."

"장군! 청이 하나 있습니다."

권준이 차분히 가라앉은 목소리로 말했다.

"무엇이오?"

"다른 장수들 앞에서 원 수사와 정면으로 맞서지 마십시오. 말다툼이나 힘자랑은 철부지들이나 하는 짓이지요. 맹획을 칠종칠금(七縱七擒, 일곱 번 풀어 주고 일곱 번 잡음)한 고사에서 보듯이 전쟁에서 승리는 전략으로 얻는 겁니다. 이제 전라 좌수군이 주축이 되어 해전을 주욱 이끌면 됩니다. 원 수사가 간섭해도 무시하면 됩니다."

"알겠소."

"이렇게 회생하셨으니 다행입니다. 소생 점괘가 틀리고도 기쁘기는 이번이 처음입니다."

이순신은 손을 뻗어 권준의 양손을 움켜잡았다. 권준은 맑게 웃으며 고개를 끄덕였다.

'죽음의 도리는 혼자 깨우친다 하더라도 삶의 이치는 권준, 이 사람과 함께 짚어 나가리라.'

좀 더 그렇게 있으려 했으나 몸이 자꾸 뒤로 넘어가서 반듯이 앉아 있을 수가 없었다. 이순신은 다시 침상에 몸을 뉘면서 부탁했다.

"군막을 걷어 주겠소? 햇볕을 쬐고 싶구려."

十一、와키자카, 용인에서 조선군을 부수다

유월 칠일 축시(밤 1시).

와키자카 야스하루는 해질 무렵부터 군막 안에서 나올 줄 몰랐다. 우리에 갇힌 말들도 모처럼 콧바람을 내뿜으며 앞발을 높이 쳐들었다. 등잔불 하나 없는 군막 안에서 와키자카는 투구를 벗어 탁자 위에 올려놓은 채 양손을 무릎에 대고 허리를 곧게 세운 자세로 눈을 감았다. 이마에서 눈을 지나 뺨까지 사선으로 패인 흉터가 실뱀을 닮았다.

평양으로 향하면서 고니시가 보낸 서찰을 받은 것이 그제 새벽이었다.

평양만 점령하면 조선 국왕은 곧 항복할 것이오. 그때까지 한양 주변을 잘 지켜 주시오. 의병들과 전라도 관군들 움직임이 심상치 않소. 어쨌든 와키자카 님만 믿겠소.

배후를 지키며 부산포에서 오는 보급망을 확보하려면 누군가는 뒤에 남아야 했다. 소 요시토시와 와키자카가 물망에 올랐고, 고니시는 와키자카에게 그 일을 맡겼다.

"오해 마시오. 소 도주가 내 사위라서 데려가는 게 아니오. 조선 수군이 계속해서 우리 배를 쳐 부수고 있고 경상 우도에서 일어난 의병들도 만만치 않소. 놈들이 보급로를 차단하고 한양으로 몰려들면 제일군은 앞뒤로 협공 당할 거요. 와키자카 님이라면 충분히 놈들을 궤멸할 수 있다고 믿소. 와키자카 님이 이끄는 정예 기병(騎兵)들은 태합께서도 늘 칭찬하셨지요. 조선 국왕을 꼭 생포하여 빠른 시일 안에 한양으로 귀환하리다."

장수라면 누구나 선봉에 서고 싶다. 처음 고니시로부터 후방을 맡아 달라는 권고를 받았을 때는 솔직히 섭섭했다. 그러나 연전연승을 거두는 조선 수군과 삼삼오오 떼 지어 나타났다 사라지는 의병들 때문에 전세는 조금씩 처음 계획과는 다르게 바뀌고 있었다. 무엇보다도 해로로 병력을 진군시킬 수 없는 게 문제였다. 남해를 지나 황해를 타고 북상하여 강화도나 평양, 의주로 진격했다면 전쟁은 벌써 끝났을 것이다.

"장군! 다나카(田中)입니다."

"들어오너라."

다나카 고키(田中弘毅)는 아래턱이 넓고 눈썹이 유난히 길었다. 와키자카는 영록(永祿) 12년(1569년) 히데요시 휘하에 들면서 이

동갑내기 부하를 처음 만났다. 다나카가 군례를 갖춘 후 간단히 보고했다.

"급보입니다. 유월 이일 당포(唐浦)에서도 가메이 고레노리(龜井玆矩)님이 이끄는 수군이 크게 패했다 합니다."

"무엇이라고? 또 졌단 말이냐?"

"대선 아홉 척과 중선 열두 척이 격침되었습니다."

"스물한 척이나! 하면 조선 쪽은?"

"거의 피해를 주지 못했다 합니다."

"피해를 주지 못해? 우리 배 스물한 척을 가라앉힐 동안 조선 수군들을 베지도 수장시키지도 못했단 말이냐?"

"그렇습니다."

와키자카가 아랫입술을 물어뜯었다. 다나카가 이어서 전황을 설명했다.

"당포 앞바다에서 전라 좌수영과 경상 우수영으로 구성된 조선 연합 함대와 마주쳐 패배를 당했습니다. 경상 우수사는 원균이란 자인데, 함경도 근방에서 큰 공을 많이 세운 용맹한 장수라 합니다. 전라 좌수사는 이름이 이순신이라고 하는데……"

"이순신!"

와키자카가 말을 잘랐다.

'이순신이라고!'

옥포에서 진 것을 시작으로 지난 오월 내내, 왜 수군은 몇 차례나 조선 수군에게 얻어맞아 곤욕을 치렀다. 조선 수군이 예상 외로 강함을 알았지만 수전(水戰)에 능한 가메이 고레노리가 전면에 나서면 단숨에 바닷길을 확보하리라 믿었기에 강을 따라 내륙으로 올라왔던 것이다. 한편으론 수군이 지원하지 않아도 일단 조선 국왕을 잡으면 전쟁을 끝낼 수 있다는 생각도 있었다.

와키자카가 왼손을 들어 얼굴을 감쌌다. 손끝으로 흉터를 훑어 내리며 물었다.

"이번에도 그 기괴한 배가 나왔다던가?"

다나카가 시선을 약간 내리며 답했다.

"그렇습니다. 거북을 닮았다고 거북선이라고 합니다. 배 위를 철판으로 덮고 철침을 박았는데 올라가려다가는 목숨을 잃습니다. 게다가 몹시 빠르며 단단하여 달려와 부딪치면 우리 배가 견디지 못합니다."

"됐다. 나가 봐라."

다나카가 나간 후 와키자카는 긴 칼을 뽑아 양손으로 쥐었다. 칼날을 살핀 다음 머리 위까지 천천히 들어올렸다.

'너냐, 이순신! 내 아우 야스요시를 죽이고 내 얼굴에 이 흉터를 남긴 놈. 꼭 만나리라 예상했지만 조선 수군을 이끄는 수사가 되었을 줄이야. 그래, 이 와키자카와 겨루려면 그 정도는 되어야지. 촌 늙은이로 전락하였다면 복수할 필요도 없었을 것이다. 잘 되었다. 이순신! 기다려라. 용인에 모여든 조선군을 쓸어버린 뒤에 네 목을 가지러 가마. 네 잔재주를 단숨에 짓뭉개고 바닷길을 내겠다.'

칼날이 위에서 아래로 빠르게 내려오다가 허리께에 멈췄다. 와키자카는 깊게 숨을 들이마시며 다시 칼을 천천히 들어올렸다.

'이제 막바지까지 왔군. 고니시가 평양을 빼앗고 내가 남해 바다에서 이순신 목만 취하면 이 전쟁도 끝이다. 가토는 벌써 함경도 깊숙이 들어갔다지 않는가.

고니시는 주저하는 눈치지만, 어서 끝장을 보고 그 여세를 몰아 압록강을 건너야 한다. 산해관을 뚫고 대국으로 뚜벅뚜벅 가야 한다. 그땐 꼭 내가 선봉에 서리라. 전쟁은 눈치와 인맥으로 하는 게 아니다. 천신에게 의지해서 하는 것도 아니다.

고니시는 대국과 싸우는 걸 부담스러워한다. 쓰시마 섬을 떠날 때부터 그런 눈치였다. 처음부터 이 전쟁에서 얻는 것보다 잃을 것이 더 많지 않을까 하고 염려했다. 조선 팔도를 얻는 것 정도론 태합께서 만족하실 리 없다. 더 큰 것, 더 아름다운 것, 더 높고 강한 것을 원하신다. 고니시도 그걸 모를 리 없다. 한데 행군은 느리고 진법은 신중함을 넘어 겁쟁이라는 비웃음을 살 정도이다.

남이야 뭐라 하든 고니시는 자기 방식대로 느릿하게 북상 중이다. 이제야 평양성 턱밑까지 갔다. 좀 더 빨리 달렸다면 조선 국왕이 의주로 피신하는 걸 막을 수 있었으리라. 그러나 고니시는 서두르지 않고 힘을 과시하며 다가간다. 이래도 항복하지 않겠느냐고 거듭 조선 국왕에게 묻는 것 같다. 엉터리 같으니.

시간을 끌면 조선 조정은 틀림없이 명나라에 원군을 청할 것이다. 원군이 오면 다시 치열한 전투가 벌어진다. 이왕이면 압록강 이남을 모두 확보한 후 명나라와 싸우는 게 좋다. 평양이나 의주 근방에서 명나라 대군과 맞서는 건 여러모로 힘겹다. 조선 사람들에게 되살아날 희망을 주면 절대 안 된다. 꺾을 때 확실히 끝장내야 한다. 천주교 때문일까. 요시토시가 쓰시마 섬 사정을 내세우며 만류하는 탓일까. 정말 더 많은 피를 부르지 않으려면, 고니시는 머뭇대지 말고 평양과 의주를 단숨에 집어삼켜야 한다. 그 길뿐이다.'

이번에는 좌에서 우로 칼날이 번뜩였다.

군막 밖이 갑자기 소란스러웠다.

"무슨 일이냐?"

다나카가 답했다.

"적정을 살피러 갔던 간자가 돌아왔습니다."

"들여보내라."

와키자카가 다시 자리에 앉자마자 다나카가 아래위로 흰 옷을 입은 사내 둘을 데리고 들어왔다. 영락없이 조선 농부처럼 보였다.

"적은 몇 명이나 되느냐?"

키 큰 쪽이 답했다.

"경상도, 전라도, 충청도에서 모인 병졸들 수가 너무 많아 가늠하기 어려웠습니다. 전라도에서 온 관군들에게 물으니, 오만 명이라는 이도 있고 육만 명이라는 이도 있었습니다."

"오만? 오천이 아니고 오만이란 말이냐?"

키 작고 통통한 쪽이 답했다.

"북두문산(北斗門山) 코숭이(산줄기의 끝)를 향해 몰려드는 조선 장졸들 행렬은 끝을 찾기 어려웠습니다. 족히 오만은 넘을 겁니다."

간자들이 물러간 후 다나카가 걱정스러운 표정으로 물었다.

"적군이 오만 명이라면 원군을 더 청해야 하지 않겠습니까? 북두문산에 은거한 아군과 합쳐도 우리는 이천 명이 안 됩니다. 적 오만 명과 맞서기엔 역부족입니다. 원군을 청할까요?"

와키자카가 눈을 감은 채 단호하게 말했다.

"아니다. 이대로 싸운다."

"와키자카 님!"

"다나카! 넌 부산포에 상륙한 우리가 겨우 스무 날 만에 한양을 점령한 이유가 무엇이라고 보느냐?"

"그야 미리 간자를 보내 조선 여기저기를 염탐했고, 조총으로 무장한 병력이 한순간에 급습했기 때문이라고 봅니다만……"

"그래, 모두들 그렇게 생각하지. 하나 가장 중요한 게 하나 빠졌다."

한순간 다나카는 어리둥절한 표정이 되었다.

"자신감이다. 적군이 많든 적든 우리는 곧장 돌진했다. 앞사람이 죽으면 뒷사람이 자리를 메우며 적군이 물러날 때까지 달려드는 것이다. 원군을 청하는 것은 쉽다. 또 한양에서 원군이 오는 것도 어렵지 않다. 그러나 나 와키자카가 조선군을 두려워해서 원군을 청했다는 풍문이 돌면, 원군 수만 명이 와도 이기기 힘들다. 단칼에 밀어붙여 승부를 내야 한다."

"하나 적군은 오만 명입니다."

"적군은 경상도, 전라도, 충청도에서 모였기에 셋으로 나뉘어 있다. 그 틈을 비집고 들어가는 거다. 시간을 끌수록 우리가 불리해진다. 해뜨기 전에 치고 들어간다. 다나카!"

"예!"

"넌 지금 당장 북두문산에 있는 와타나베(渡邊, 와타나베 시치에몬(七右衛門)을 말함)에게 가라. 가서 날이 밝기 전에 조선군을 급습할 터이니 조총 소리가 들리면 지체 없이 진을 버리고 산을 내려오라고 일러라."

"예!"

다나카가 물러가자마자 와키자카는 기병들에게 출전 명령을 내렸다. 말 입을 헝겊으로 덮고 말안장을 다시 점검하도록 했다.

와키자카는 쌍별 표창 열 개를 각각 왼쪽과 오른쪽 소매에 숨겼다. 말안장에 매단 가죽 통에 따로 표창 스무 개를 더 넣었다.

정예 기병들이 와키자카가 있는 장막 앞에 줄 맞추어 섰다. 바람이 불자 와키자카 가문을 상징하는 군기가 펄럭였다. 맞물린 원 두 쌍이 천하를 삼킬 듯 흔들렸다. 백마를 탄 와키자카가 장검을 높이 들고 외쳤다.

"적은 오만 명이 넘는다고 한다. 겁먹지 마라. 겨우 오만이다. 너희들 말발굽 소리만 듣고도 오줌을 싸는 오합지졸이다. 두려워서 와들와들 떨면서 단 한 걸음도 내딛지 못하는 겁쟁이들이다. 그대들도 잘 알겠지만 전투는 숫자로 하는 게 아니다. 죽음을 감싸 안는 기운으로, 눈빛으로, 손놀림으로 하는 것이다. 너희들도 나도 그 서늘한 기운을 안다. 그 날카로운 눈빛을 안다. 그 현란한 손놀림을 안다. 우리는 오늘 태어나 제일 기억에 남는 새벽을 보낼 것이다. 얼마나 많은 적을 죽이고 또 죽여야 승리를 쟁취할 수 있는지 알 것이다. 두려워 마라. 겨우 오만이다. 갈기 세운 말들이 달려들자마자 땅으로 푹 꺼져 버릴 잡졸들이다. 그 자리에 꿇어 엎드려 뒷목을 길게 내밀 놈들뿐이다. 내가 앞장서겠다. 칠본창 중 한 사람인 나 와키자카가 밀물처럼 한순간에 적진을 뚫겠다. 멈추면 죽음이다. 두려워 멈칫대는 놈이 있으면 가차 없이 목을 베겠다. 가자! 사랑스러운 부하들이여! 찬란한 승리 속에서 아침 해를 품에 안자."

장졸들이 내지르는 우렁찬 함성 소리가 어둠을 갈랐다. 와키자카는 휙 말을 돌린 후 품에서 새하얀 도깨비 가면을 꺼냈다. 눈썹 없는 가면으로, 두 눈과 코와 입술 자리에만 구멍이 뚫려 있었다. 왼손으로 능숙하게 가면을 썼다. 그와 동시에 기병들을 이끌고 있는 네 부장도 일제히 흰 도깨비 가면을 썼다.

"가자!"

와키자카를 태운 백마가 앞발을 들어 허공을 서너 번 찬 후 물푸레나무 아래로 질주하기 시작했다. 나머지 기병들도 함성과 함께 뒤를 따랐다.

날이 서서히 밝기 시작한 유시(새벽 5시~7시), 와키자카가 이끄는 기병들은 북두문산 아래에 닿았다. 몇몇 번을 서는 군졸들이 보였지만 아직 조선군 대부분은 새벽잠에서 깨지 못한 듯 사위가 조용했다.

와키자카가 장검을 높이 치켜들며 조선군 진영으로 뛰어들자 뒤따르던 기병들이 일제히 말 위에서 조총을 쏘기 시작했다. 급습에 놀란 조선군들은 무기도 제대로 챙기지 못하고 속절없이 뒷걸음질쳤다. 그 와중에 몇 사람이 총에 맞아 쓰러지자 동요는 더욱 커졌다. 와키자카가 장검을 휘돌리며 더욱 큰 소리로 외쳤다. 이번에는 조선말이었다.

"죽여라! 한 놈도 남기지 마라!"

하얀 도깨비 가면을 쓴 왜장이 조선말로 명령을 내리자 조선군은 더욱 두려움에 떨었다.

조선군은 전라 순찰사 이광이 이끄는 군사 사만 명에, 충청 순찰사 윤국형(尹國馨)과 경상 순찰사 김수가 이끄는 군사 일만 명을 합쳐 오만 명을 헤아렸다. 그러나 악귀 같은 가면을 쓴 왜장이 소리를 버럭 지르면서 달려들자 두려움이 새벽안개 속에서 눈덩이처럼 부풀어 올랐다. 말들이 전후좌우에서 펄쩍펄쩍 뛸 때마다 투두두둑 산돌림이 나뭇잎 두드리는 소리를 내며 수급이 떨어졌다. 조선 병사들은 달아나기에 바빠 왜군 기병 수를 가늠할 틈도 없었다. 거기다가 북두문산에 곰처럼 웅크리고 버티던 왜군들이 일제히 함성을 지르며 산을 내려왔다. 달아날 방향을 찾지 못한 조선군들이 서로 때리고 밟기 시작했다. 말 한 마리가 동에서 번쩍하면 조선군은 서쪽으로 쏠렸고, 서쪽에서 조총이라도 한 방 터지면 이번에는 다시 동쪽으로 몰려들었다.

그 뒤로 왜군들이 장검을 휘두르며 밀려들었다. 비명과 함께 잘려 나간 팔들이 바닥을 굴렀고, 그 위로 목 잘린 머리들이 퉁퉁 공처럼 튀었다. 왜군 여럿이 허벅지를 베인 군졸 하나를 둘러싸고 동시에 장검으로 찌르기도 했다. 눈을 찌르고 입을 찌르고 가슴과 배와 하물(下物)을 찔렀다. 배를 갈라 창자를 끄집어내기도 했다. 그 참혹한 광경에 조선 장졸들은 슬금슬금 뒷걸음질 쳤다.

대열을 정비하여 왜군과 맞서라는 군령은 전해지지도 않았다. 도성을 탈환하기 위해 피로 뭉쳤다던 이광도, 윤국형도, 김수도 이미 전장에서 사라지고 없었다. 장수를 잃은 군졸들은 각자 제 살길을 찾아 뿔뿔이 흩어졌다. 왜군들은 장검이나 장창을 휘돌리며 쓰러져 신음하는 조선군들 수급을 취하느라 분주했다.

"장군! 압승입니다. 오만 명을 단숨에 쓸어 버렸습니다."

다나카가 달려와서 허리 숙여 승리를 축하했다. 와키자카는 말고삐를 왼쪽으로 잡아당겨 전황을 다시 훑었다.

'저 오합지졸을 보아라. 이건 전투도 아니다. 저들은 구실만 있으면 달아나려고 마음먹은 겁쟁이들일 뿐 무사가 아니야. 목숨 걸고 싸워야 할 전쟁터에서 살아날 방도를 찾는 자는 싸움의 참뜻을 모르는 자다.'

압승!

이미 예상한 일이지만 이렇듯 쉽게 끝나 버리니 아쉬웠다.

'조선에는 정말 장수다운 장수가 없단 말인가. 신립도, 이일도 허풍만 쳤을 뿐 진법을 구사하여 맞설 줄을 몰랐다. 오만 명이 몰려오면 무엇 하는가. 오만 명 중 오백이라도 죽음을 두려워하지 않는 강병이었다면 오늘 싸움은 크게 달라졌을 것이다.'

오늘로써 조선군들은 한양을 탈환할 생각을 접을 터였다. 이제 남은 일은 두 가지였다. 평양을 취해 의주행 육로를 확보하는 것, 조선 수군을 섬멸하고 의주행 해로를 확보하는 것. 의주행 육로는 고니시가 맡았다. 그렇다면 와키자카는 남해 바다로 가면 된다. 이순신! 그와 묵은 원한을 풀 때가 온 것이다.

'이순신, 너도 곧 저 달아나는 조선군과 같은 신세가 될 게다. 내 발 아래 무릎을 꿇고 목숨을 구걸하게 될 게다. 사로잡아서 천천히, 아주 천천히 죽여주마. 사지를 대못으로 찌르고 코와 귀를 베고 눈알을 파 주마. 네 군선과 장졸들을 모두 차디찬 남해 바다에 수장해 주마. 기다려라. 이순신!'

와키자카가 도깨비 가면을 벗었다. 사선으로 깊게 패인 흉터가 아침 햇살에 더욱 선명했다. 승리를 머금은 미소가 얼굴 가득 피어올랐다. 조선군 오만 명을 단숨에 쓸어버린 쾌승이었다.

十二、원적암에서 천하를 읽다

“여기가 원적암(圓寂庵)이냐?”

괴나리봇짐을 지고 왕대 지팡이를 든 사내가 허리를 주욱 펴며 물었다.

싸리비로 앞마당을 쓸던 중이 눈도 들지 않고 답했다.

“그렇습니다. 큰스님은 아무도 만나지 않으십니다. 돌아가십시오.”

“휴정 만나기가 이렇게 힘들어서야……. 보현사(普賢寺)에 그냥 머물러 있지 예까지 왜 올라와서 고승 흉내를 내는지. 이 봐라! 어서 가서 시원한 열무 물김치나 한 그릇 내오너라.”

남궁두는 고개를 죽 뽑고 암자 옆, 향나무와 사철나무로 가려진 동굴 입구를 살폈다. 마당 쓸던 월인은 나팔꽃 앞에서 비질을 멈추었다.

'큰스님을 대놓고 휴정이라고 부르다니! 고약한 중생이로군.'

쩌렁쩌렁한 목소리도 그렇고 얼굴도 그렇고, 많이 봐 주어야 자기보다 몇 살 더 먹지 않았을 듯싶었다. 일흔을 넘긴 큰스님 법명을 맞잡이로 함부로 불러도 될 것 같지 않았다.

"고승 흉내라니, 말이 너무 지나치지 않소?"

남궁두는 왕대 지팡이를 들어 죽비로 치듯 월인의 어깨를 때렸다. 대여섯 걸음이나 떨어져 있었는데도 순식간에 당한 것이다. 월인은 어깨를 부여잡고 엉덩방아를 찧었다. 향나무 가지에 앉았던 노랑때까치 두 마리가 깜짝 놀라 후드득 날아올랐다.

"휴정에게 월인이란 요승(妖僧)이 따라다닌다더니 바로 네놈인가 보구나."

'요승?'

월인은 더욱 참을 수 없었다. 싸리비를 장봉 삼아 허공을 날았다. 연신 머리와 가슴을 겨누었지만 싸리비는 남궁두 털끝 하나 건드리지 못했다. 남궁두는 가볍게 왼쪽 오른쪽으로 걸음을 옮기면서 싸리비 공격을 딱 한 뼘 차로 피했다. 월인이 지금껏 만나 보지 못한 고수였다.

월인은 마침내 공격을 멈추고 터져 나오는 숨을 골랐다.

"뉘, 뉘신지요?"

남궁두는 대답 대신 쩌렁쩌렁한 목소리로 동굴 안을 향해 외쳤다.

"옛 친구를 이렇듯 푸대접할 수 있는가? 정여립 때문에 아예 세상과 담쌓기로 한 게야? 전쟁이 났네. 조선 팔도가 왜놈들 칼에 유린되고 있어."

정여립이란 말이 튀어나오는 순간 월인이 주먹을 날렸지만 이번에도 허공을 맴돌았다.

"고약하구먼. 하삼도에서 사발을 빚는다기에 그 성미를 고쳤는가 했더니……. 들어오시게."

남궁두는 월인을 왼손으로 밀어젖히며 동굴로 들어섰다. 향냄새가 코를 찔렀다.

월인도 엉거주춤 뒤를 따랐다. 동굴 가장 깊은 곳 둥근 돌상 위에 작은 철불(鐵佛)이 놓여 있었다. 그 앞에 앉아 있던 휴정이 몸을 반쯤 돌려 맞았다.

'득도한 이들과는 나이나 귀천에 상관없이 어울리는 큰스님이시지만 그래도 이건 너무하지 않나. 족히 서른 살은 어려 보이는데.'

그 마음을 헤아리기라도 한 듯 휴정이 월인을 가까이 불러들였다.

"이리 와 남궁 도사께 인사 여쭤라."

월인은 깜짝 놀랐다.

"남궁 도사라시면? 매월당과 화담의 도통을 이어받아 웅경조신(熊經鳥伸, 장생불사하려고 몸을 단련하는 법. 그 모양이 마치 곰이 나무를 휘어잡고 기운을 쓰는 것과 새가 목을 길게 빼고 먹으려 하는 것과 같다는 것에서 유래함.)을 터득한 그 남궁두 선생이란 말씀이십니까?"

"치워라. 중이 되어 함부로 교언(巧言)을 부리다니……"

남궁두가 송곳니를 내보이며 히죽 웃었다. 월인이 그 야윈 볼을 뚫어져라 쳐다보았다.

"남궁 도사께서는 벌써 환갑을 훌쩍 넘겼을 터인데……"

"요놈아, 나이를 먹는 것과 늙는 건 달라. 내 나이 여기 휴정보다 다섯 살 아래지만 오히려 월인 자네와 친구 사이로 보일걸."

휴정이 끼어들었다.

"젊다고 좋을 건 또 뭔가? 순리대로 살다가 가면 그만인 것을."

남궁두가 고개를 끄덕이며 자리에 앉았다.

"그야 옳은 말이야. 하나 일부러 늙을 이유도 없지. 그래, 다 늙어 무슨 득도를 하겠다고 여기 숨어 있는 게야?"

남궁두는 둥근 돌 서안 위에 놓인 서책을 슬쩍 집어 들었다.

"『난설헌집』이로군. 양천 허씨 집안과 아직도 내왕이 있는가 보지?"

휴정이 마주 앉으며 답했다.

"그 집 셋째 아들 균이 보내왔다네. 서애가 발(跋)을 썼군."

"허균이라! 과거 공부는 않고 도성에서 시정잡배와 어울린다는 허균 말인가? 초당(草堂, 허균의 아버지 허엽의 호) 핏줄에서 어찌 그런 망나니가 나왔을꼬?"

허엽은 허균을 볼 때마다 걱정이 많았다. 큰아들 허성은 차분하고 매사에 조심하여 무난히 당상관 반열에 오를 것이고, 둘째 허봉은 성격이 급한 것은 흠이지만 글공부를 게을리하지 않으니 따로 꾸짖을 일이 없지만, 막내 허균은 욕심이 많은 데다 사물의 이치를 끝까지 캐묻는 습성이 있으니 장차 그로 인해 가문에 큰 화를 부를지도 모른다는 것이다. 오늘날 허성은 조정에서 승승장

구하는 중이며 허봉과 허난설헌은 요절했다. 허균은 글공부 대신 사람들과 어울려 술 마시고 사냥 다니면서 나달을 보낸다고 했다.

휴정이 슬쩍 비꼬았다.

"아무리 그래도 자네보다 더 할까? 적어도 허균 그 아이는 손에 흙을 묻히지는 않네. 이렇게 제 누이 시문을 꼼꼼히 모아서 정리한 걸 보면 동기를 위하는 마음이 갸륵하지 않나."

"정말 이 문집을 허균 그 아이가 다 정리했는가?"

"그렇다네. 서애에게 발을 받은 것도 그 아이이고, 손곡을 찾아가 난설헌 시를 받아 온 것도 그 아이라는군. 일찍이 손곡은 허균이 시를 보는 눈이 이백이나 두보보다도 낫다고 했으이."

"허풍이 지나치군. 겨우 스무 살을 갓 넘긴 나이가 아닌가? 시도 연륜이 묻어나야 제대로 보이는 법일세."

"허허허! 내 말을 믿지 못하는구먼. 나중에 때가 되면 자네도 그 아일 만날 날이 있을 걸세. 찬찬히 잘 살펴보기 바라네. 탁월한 시인이 될는지, 아니면 사지가 찢겨 죽을 역적이 될는지, 그도 아니면 둘 다가 될는지."

남궁두의 시선이 갑자기 월인에게 향했다. 눈에서 뿜어 나오는 기운 때문에 월인은 고개를 돌리지 않을 수 없었다.

"멀리서 찾을 필요가 없겠군. 어쩌자고 자넨 요 녀석을 곁에 두는 것인가? 초당이 균을 걱정하는 거야 혈육으로서 정이 있으니 어찌할 수 없다 쳐도, 부처님 자비를 시뻘건 피로 덮으려는 호랑이 새끼를 키워서 어쩌려고? 휴정 자네가 『정감록』을 통독하고 정여립과 은밀히 뜻을 통했다는 게 사실인 것만 같으이."

월인이 자리에서 벌떡 일어섰다. 당장이라도 남궁두에게 달려들어 발길질을 할 태세였다. 휴정이 그를 막았다.

"보현사에 다녀오너라. 부탁한 서책이 왔을 게야."

"큰스님!"

월인이 두 주먹을 움켜쥐고 어깨를 떨었다.

"어서 가지 못할까!"

월인이 동굴을 나가자 남궁두가 덧붙였다.

"틀림없이 월인은 휴정 자네 곁에서 정여립의 기운을 훔치려 할 게야. 세상을 바꾸고 싶어 몸이 단 녀석이 이런 산중에서 자네 같은 늙은이를 모실 까닭이 무엇이겠는가?"

"정여립 그 이름 자꾸 세 치 혀 끝에 얹지 말게. 난 그치를 몰라."

삼 년 전, 정여립의 난이 터졌을 때 휴정은 한양까지 압송되어 갔다. 정여립과 내통한 무업(無業)이란 중이 휴정과 그 제자 유정이 역모에 간련(干連)했다고 털어놓았기 때문이다. 그때 무업은 휴정이 「향봉에 놀다(遊香峯)」라는 시에서 당악(黨惡, 악에 끼어듦)함과 불경함을 드러냈다고 했다.

걷고 걷고 또 걸어　　　　步步又步步
층층한 벼랑 몇 겹이던가.　　　　層崖幾重重
동학(洞壑)에 흰 구름 일어나니　　　　白雲生洞壑
문득 향로봉을 잃었네.　　　　忽失香爐峯

시냇물 긷고 가을 잎 태워	汲澗燃秋葉
차 달여 한 번 마시고	烹茶一納胸
밤 되어 바위 밑에서 자니	夜來巖下睡
혼은 비룡(飛龍)을 탔네	魂也御飛龍
내일 아침 천하를 굽어보면	明朝俯天下
모든 나라가 벌처럼 줄지어 있으리.	萬國列如蜂

"용은 아무나 타는가? 천하를 굽어볼 수 있는 사람이 용상에 앉은 이 외에 누가 있겠나?"

남궁두가 그 시구를 떠올리며 농담을 던졌다. 휴정이 흰 턱수염을 쓸며 혀를 끌끌 찼다. 그때 일을 떠올리기 싫었던 것이다. 남궁두는 그 심경을 모른 체하며 이야기를 이었다.

"어수(御手)로 직접 그린 묵죽(墨竹) 구경이나 하세."

선조는 휴정을 무죄 방면하며 묵죽 한 폭을 하사했다. 그리고 이런 시를 함께 내렸다.

잎은 스스로 붓끝에서 나왔고	葉自毫端出
뿌리는 땅에서 나지 않았네.	根非地而生
달은 떠도 그림자 볼 수 없고	月來無見影
바람 움직여도 소리 들리지 않네.	風動不聞聲

휴정 역시 그 자리에서 선조가 내린 시를 차운하여 시를 지어 바쳤다.

소상강가 대 한 줄기	瀟湘一枝竹
성주(聖主)의 붓끝에서 나왔네.	聖主筆頭生
산승(山僧) 향불 사르는 곳에	山僧香熱處
잎마다 가을 소리 띠었네.	葉葉帶秋聲

"이곳엔 없네. 유정에게 잠시 맡겨 두었으이."

사명당 유정은 휴정이 특별히 아끼는 수제자였다. 남궁두가 입맛을 쩝쩝 다시며 물었다.

"자넨 조선 팔도에 제자를 여러 명 두었지. 한데 왜 유독 유정만 그리 아끼는 건가? 불편부당한 부처님을 본받아야 하지 않겠는가?"

"유정은 우리네 인생에서 쌓이고 또 쌓이는 의심을 푸는 법을 안다네."

"의심을 푼다? 어떻게 말인가?"

"처음 만났을 때 이런 선게(禪偈, 부처님 가르침을 운문으로 표현한 짧은 글)를 풀어 놓더군. '만 가지 의심을 한 가지 의심에 함께 뭉쳐서/ 의심해 가고 의심해 오면 그 의심 스스로 보리./ 제아무리 용을 잡고 봉을 치는 솜씨라 해도/ 한 주먹으로 쳐서 철성 문을 무너뜨리리(萬疑都就一疑團 疑去疑來疑自看 須是拏龍打鳳手 一拳拳倒鐵城關).' 쉬운 깨달음이 아니지. 그 후로도 유정은 한 점 흐트러짐 없이 계속 정진해 왔다네. 남궁 선생, 자넨 어떤가? 지금까지 키운 제자들 중에서 특별히 마음에 드는 이는 없었는가?"

"아낀다기보다 늘 마음에 걸리는 놈이 둘 있지. 아닐세. 둘 중

하나는 사기장 길로 들어서지도 않았으니 제자라 할 수도 없구먼. 소은우라는 녀석이 있었네. 고 녀석이 질박하고 침착하게 사발에서 내가 이룬 경지를 잇기를 바랐네만, 마음은 너무 여리고 눈은 너무 섬세했어. 들리는 소문엔 웅천 근처에서 이름을 백월로 바꾸고 용 문양이 새겨진 도자기를 곧잘 구워 낸다더군."

"웅천 백월이라! 나도 그 이름을 들었네. 곧잘 구워 내는 정도가 아니라 나라님 전에 올라갈 만큼 솜씨가 빼어나다던데. 누구에게 배워 그처럼 날렵하고 정확한가 궁금했는데, 남궁두 자네 문도였군. 젊은 시절에는 다 그렇게 화려한 걸 즐기게 마련일세. 살아가며 닥치는 여러 고비에서 상처 받고 슬픔과 고통을 알게 되면 스승인 자네 마음을 이해할 날이 올 테지. 너무 조급하게 생각지 말게나. 또 한 사람은 누군가?"

남궁두가 말머리를 돌렸다.

"전쟁이 났으이. 왜군은 뜀박질 하듯 경상도에서 충청도를 지나 한양까지 달려왔네. 대장군 신립과 이일이 나섰지만 역부족이었지. 몽진 행렬이 평양도 포기하고 의주까지, 아니 어쩌면 의주를 지나 그 너머까지 갈지도 몰라."

"의주 너머? 하면 압록강이라도 건넌단 말인가? 전하께서 이 나라를 떠나신다고?"

휴정이 두 손바닥으로 가부좌한 무릎을 치며 거듭 물었다.

"아직은 풍문일 뿐일세. 확실한 사실은 관군만으로는 왜군과 맞설 수 없다는 걸세. 제승방략은 전혀 힘을 쓰지 못했다네. 이제 의병들이 나서야 할 때라고 보네만……"

"의병이라고?"

"경상 우도에서 남명 선생 제자들이 발 빠르게 움직이기 시작했어. 남명 선생 외손서가 되는 곽재우가 의병을 일으켜 그 별호를 홍의장군이라 한다네. 당직(讜直, 말이 충성스럽고 마음이 곧음)한 남명 선생 학통이 그대로 살아 있어서 국난을 당하니 그 제자들이 나서는구먼. 휴정, 자네도 남명 선생을 뵌 적이 있지?"

"뵈었다마다. 손수 쓰신 단장(短章) 한 폭까지 받았다네. 그 기개가 하늘을 뚫고 두류산을 무너뜨릴 정도였네. 올바른 길이라면 목숨을 걸고 나서라고 누누이 말씀하셨지."

"자넨 여기저기서 뭘 많이도 받았구먼. 탑전에서 묵죽을 받았고, 남명 선생에겐 단장 한 폭이라. 또 누구에게서 무엇을 받았는가. 무소유를 즐기는 불제자인 줄 알았더니 욕심꾸러기가 따로 없는걸."

휴정은 빙긋 웃으며 대꾸하지 않았다. 유불선을 넘나들며 깨달음이 깊은 이들과 널리 교유하는 건 휴정이나 남궁두나 마찬가지였다.

"걱정이군. 관군도 막지 못한 왜군을 의병이 어찌 막을 수 있을까? 남명 선생이 무예를 즐기셨다 해도 그 문도는 공맹의 천상(天常, 하늘이 정한 도리)을 따르는 서생들 아닌가?"

"서생이긴 해도 제 집 마당에서 도둑과 맞서는 걸세. 어디에 웅덩이가 있고 또 어디에 연장들을 숨겨 두었는지는 집주인이 알겠지. 들리는 소문으론 경상 우도에서 궐기한 의병들이 꽤 잘 싸우는 모양이야. 특히 홍의장군 이름이 드높으니 그림자만 얼씬해도 왜군들이 줄행랑친다더군."

"그래? 그렇다면 정말 다행한 일이군. 한데 관군이 정말 모조리 패퇴하고 있는가? 어가가 의주로 몽진을 간다면 왜 수군이 남해와 황해를 돌아 올라가 곧바로 의주를 공격할 수도 있네. 그리 되면 의병이 아무리 대승을 거두어도 하루아침에 전쟁이 끝날지도 몰라."

남궁두가 맞장구쳤다.

"허허! 과연 그렇다네. 밤낮 병서를 읽고 진법 훈련에 몰두하는 장수들보다 자네가 낫군. 내가 친구 하나는 잘 뒀지."

남궁두는 휴정보다 다섯 살이나 어렸다. 하지만 친구로 지내자고 제안한 것도 남궁두였고, 말을 먼저 놓은 것도 남궁두였다. 휴정은 이 나이 어린 벗을 그저 웃음으로 받아들였을 뿐이다. 남궁두가 양손으로 얼굴을 세수하듯 훔친 다음 이야기를 이었다.

"금오산 가마에서 가르쳤던, 아니 가르친 건 아니고 그냥 데리고 있었던 협객이 하나 있는데……, 얼마 전 옥포 앞바다에서 대승을 거둔 전라 좌수사 이순신이라고……"

"이순신! 혹시 서애 대감과 친분이 있는 장수가 아닌가?"

휴정이 말허리를 자르고 되물었다.

"어찌 아는가? 맞네. 서애 대감과 함께 어린 시절을 보냈지. 전 보성 군수 방진이 그 장인이라네. 젊은 시절 사연(射宴, 활 쏘는 내기를 하며 벌이는 잔치)에서 화살 하나로 꿩 다섯 마리를 맞힌 명궁 방진 말일세."

휴정이 조용히 탄복해 말했다.

"언젠가 초당 대감 댁에서 서애 대감을 만나 이름 석 자는 들은 적이 있었지. 문무에 능하고 침착한 품성이 간기(間氣, 여러 세대를 통해 드물게 나타나는 뛰어난 기품)를 타고났으니 앞으로 크게 될 사람이라 하시더군. 그 이순신이 한때라도 자네 가마에 있었다니, 인연이 기이하구먼. 그런데 왜 걱정인가? 옥포에서 대승을 거두었다면서. 관군이 모두 패하는 상황에서 수군이 바다를 막아 주고 있으니 다행이 아닌가."

남궁두가 긴 한숨을 내쉬었다.

"열흘 남짓 천문을 계속 보았다네. 이순신의 운명을 담은 별이 눈에 띄게 흔들렸어. 목숨은 잃지 않았으나 크게 다친 모양이야."

"저런!"

"싸움에서 다치는 거야 실로 흔한 일이지만, 이순신은 지금 꺾일 사람이 아닐세. 남다른 인물이야. 젊은 시절 협객 생활을 접고 과거에 급제한 후에도 가는 곳마다 사람들과 부딪치곤 했지. 그 꼿꼿한 성격 탓에 미관말직을 오래도록 전전했네. 서애가 아니었다면 당상관 반열에 오르지도 못했을걸. 옥포에서 대승을 거두어 이제 조선 팔도에 이순신 이름 석 자를 모르는 백성이 없게 되었네. 그만 해도 장한 일이고 이 나라의 운수가 다하지 않았음을 보여 주는 것이지만, 그 다음이 문제지. 조정은 물론 백성들도 이제 더 큰 승리를 원할 테니. 하나 이순신은 단숨에 전세를 역전시키거나 죽을 둥 살 둥 적 본진을 맹공(猛攻)할 용장은 아니야. 오히려 나아가고 물러날 때를 철저히 따져 패배할 가능성을 줄여 가는 지장이지. 이제 몸까지 다쳤으니 더욱 움츠러들지 몰라. 그러니 혹 다시 추문에 휩싸일까 걱정 또 걱정일세. 잘못하면 정말 큰 화를 입을지도 모르니."

"그렇게 걱정이 되면 직접 여수로 찾아가지 그랬나? 은인인 자넬 문전박대하진 않을 터인데."

남궁두가 쓸쓸하게 웃었다.

"내가 이순신을 만나 무슨 도움이 되겠는가?"

"허어, 그렇다면 나라면 도움을 줄 것이 있으리라 싶어 묘향산까지 찾아왔는가?"

"그래, 혹시 자네가 속세 일을 티끌처럼 여긴다면 크게 꾸짖어 주려고 왔으이, 허허허허!"

길고도 짧은 이야기를 마치고, 휴정은 동굴 밖까지 남궁두를 배웅했다. 남궁두가 왕대 지팡이를 어깨에 척 걸치고 작별 인사를 건넸다.

"그럼 난 가네. 험한 세월에 뛰어들 판이니 부디 몸조심하시게."

그러곤 지팡이를 돌려 아름드리 느티나무를 가리켰다.

"그리고 웬만하면 저 뒤에 숨은 호랑이 새끼는 당장 내치도록 하고. 아시겠는가?"

남궁두가 산길로 사라지자 느티나무 뒤에서 월인이 고개를 숙인 채 슬금슬금 나왔다.

"보현사에 다녀오라고 하지 않았느냐?"

휴정이 일침을 놓고 뒤돌아섰다. 월인이 바짝 다가서며 말했다.

"남해에서 큰 승리를 거두었다면, 아마도 경상 우수사 원균 장군이 으뜸으로 공을 세웠을 겁니다."

휴정은 동굴 안으로 들어가 얼마 남지 않은 향불을 다시 피웠다. 두 손으로 철불을 조심스럽게 들어 왼쪽으로 두 뼘쯤 옮기고 아래를 젖은 무명 수건으로 훔쳤다. 그 다음엔 돌 서안 앞에 앉아 『난설헌집』을 고쳐 폈다.

답을 기다리던 월인이 참지 못하고 다시 입을 열었다.

"이순신은 겁장(怯將)입니다. 녹둔도에서 휘하 초병들이 몰살당할 때 홀로 살아남았고, 정읍 현감에서 전라 좌수사로 벼슬이 오른 것도 오로지 서애 대감이 지나치게……"

"원균은 어찌 아느냐?"

휴정이 시선을 서책 위에 고정시킨 채 짧게 물었다.

"인연이 있습니다. 구월산에서 임꺽정 잔당을 토벌할 때 원균 장군이 토포대 별장이었습니다. 죽음을 두려워하지 않고 적을 무찌르는 용장일 뿐만 아니라 적이 약한 곳을 정확히 간파하여 책략을 짜는 지장이며, 장졸들을 내 몸처럼 돌보는 덕장이기도 합니다. 조선 수군은 원균 장군 덕에 큰 승리를 거둔 것이 분명합니다. 우리 수군이 왜군을 물리쳤다는 거제도 옥포는 원 장군이 맡은 경상 우도 바다가 아닙니까?"

"원균이 그렇듯 대단한 장수란 말이지? 남궁두는 원균에 대해서는 별말이 없고 이순신 걱정만 잔뜩 하고 갔는데."

"잠시만 더 기다려 보십시오. 누가 조선 제일 수장(水將)인지는 곧 판가름 날 테니까요. 이순신이 원 장군 휘하에서 작은 공을 세우고 있는지는 모르지만 조선 수군을 이끌 장수는 원균 장군뿐입니다. 이순신은 그럴 그릇이 못 됩니다."

휴정이 고개를 들어 월인을 꾸짖었다.

"너무 쉽게 단정하진 마라. 쉽게 변하지 않는 것이 사람이긴 하나 또 가끔은 정말 개과천선하는 경우도 있느니라. 남궁두가 거두었다면 이순신도 평범한 위인은 아닐 것이다. 그 친구가 말은 함부로 하고 팔도강산을 제 집처럼 떠돌아다니기는 할지언정 사람 보는 눈 하나만은 확실하니까. 소은우도 그렇고 이순신도 그렇고 꼭 한 번 만나 봐야겠구나."

"하산 준비를 할까요?"

월인이 바짝 다가앉으며 물었다. 휴정이 대답 대신 수염을 쓸며 시선을 올렸다. 흰 수염 사이로 뾰족한 턱이 보였다. 월인이 다시 물었다.

"불제자들도 의병을 일으키라고 권하기 위해 남궁 선생이 오신 게 아닙니까? 큰스님께서 뜻을 세우시면 조선 팔도 불제자들이 모두 왜군과 맞서 싸울 겁니다. 경상 우도에서 의병을 일으킨 서생들에게보다 훨씬 많은 장정들이 모여들 겁니다."

"아직은 때가 아니니라."

휴정은 단칼에 잘랐다.

"어가가 평안도 땅으로 접어들었습니다. 경기도와 강원도 남쪽은 이미 왜국 땅이 되었는데 때가 아니라니요? 지금 일어나야 합니다. 평양까지 빼앗기면 영영 기회는 없습니다. 의병을 일으켜야 합니다."

휴정이 목소리를 낮추며 무겁게 말했다.

"의롭고 의롭지 않음을 누가 가릴 수 있겠느냐? 무(武) 자체를 불온하게 여기는 나라이니라. 더구나 불제자들이 무기를 들었다가는 간세지도(奸細之徒, 교활하고 사악한 무리)로 몰려도 누명을 벗기 힘드니라."

"역도라니요? 의를 위해 일어섰는데, 어찌 역도일 수 있겠습니까?"

"그건 네 생각이지. 지난날을 되돌아보아라. 보우 큰스님도 그랬고 정여립도 그랬느니라. 그 양반들이 왜 모든 것을 잃고 비참한 죽음을 맞았다고 보느냐? 그 양반들에게 힘이 있었기 때문이니라. 힘을 숨기지 않고 스스로 드러냈기 때문이니라. 나와 보현사 승려들은 정여립의 일로 이미 한 차례 죽을 고비를 넘겼느니라. 우리가 호미 하나라도 들면 의심하는 눈초리가 사방에서 번뜩일 게야."

"그렇더라도 우리가 가만히 있으면 조선 팔도가 왜놈들 수중에 떨어질 겁니다. 언제까지 기다리실 건지요?"

휴정이 다시 서책 위로 시선을 내리며 차분하게 책장을 넘겼다.

"멀지 않았느니라. 몽진 행렬이 의주로 온다지 않느냐. 난국을 수습하고픈 대신이라면 틀림없이 묘향산을 바라볼 것이고, 또 거기 있는 불제자들을 떠올릴 테지. 우선 조정으로부터 우리가 의를 위해 일어선다는 확약을 받아야 하느니라. 스스로 아무리 의롭다 한들 누가 우리를 믿고 봐 주겠느냐? 잔말 말고 어서 가서 솔잎차나 한 잔 내오너라. 지난번처럼 너무 우려내지 말고 상큼함이 혀끝에 감돌아야 한다. 어서 가거라, 어서!"

十三、조정도 둘, 하늘도 둘

유월 십삼일.

잠비가 꽤나 질기게 쏟아지고 있었다. 선조는 안주에서 하루 더 머물며 날씨를 살피자는 승정원 의견을 묵살했다. 이미 대동강까지 닥쳐온 왜군에게 사로잡힐 것이 두려웠기 때문이다.

사월 그믐날 몽진을 나설 때만 해도 개성쯤에서 한 열흘 버티다가 다시 환궁할 수 있으리라 여겼다. 그러나 전황은 점점 불리해졌고 패전을 알리는 장계만이 계속 날아들었다. 급기야 오월 칠일부터 머무르던 평양마저 위태로워 다시 더 북쪽으로 길을 나선 것이다. 한양, 개성에 이어 평양까지 빼앗겼으니 조선 팔도를 모두 잃은 것이나 마찬가지였다. 명나라에 원군을 청한 지도 한 달이 가까웠으나 일언반구 아무 기별도 없었다. 이러다간 제대로 싸워 보지도 못한 채 꼼짝없이 나라를 잃을 판이었다.

"영변(寧邊)은 봄 진달래로 유명하다고 들었사옵니다만 한여름 정취도 그에 못지않군요."

광해군 곁에 서 있던 세자빈 유 씨(柳氏)가 낙수(落水)를 바라보며 혼잣말처럼 뇌까렸다. 노란 부들 꽃이 눈앞에 어른거렸다. 무슨 마음을 먹었는지, 유 씨는 먼저 함흥으로 출발한 중전을 뒤따르지 않고 광해군과 함께 있겠다고 고집을 피웠다.

피란살이도 벌써 한 달이 넘었다. 처음 길을 나설 때는 제대로 걷지도 못하여 대열에서 곧잘 뒤처지던 세자빈이었는데, 이제는 이 고을에서 저 고을로 옮겨 가며 장아찌에 식은 밥을 먹는 데도 이력이 붙었다. 시커먼 먹바퀴를 보고도 놀라지 않을 정도였다. 개성에 머물 때는 선죽교(善竹橋)를 찾고 평양에 들어가서는 모란봉(木丹峰)을 오르고 싶어 하더니, 영변에서는 뒤늦은 진달래 타령이다.

그래도 광해군은 싫은 소리 한 마디 않고 묵묵히 따라오는 세자빈이 기특하고 사랑스러웠다. 이제 제법 코밑으로 수염이 흩어지고 구레나룻이 어렴풋하게 잡히는 열여덟 살 광해군으로서는 아내를 좀 더 행복하게 해 주지 못한 것이 못내 아쉬웠다. 작년에는 건저 문제로 근심이 많았고 왜란이 터지자마자 세자빈이 되어 법도를 새로 익히느라 진땀을 빼더니 이제는 정처 없는 피란살이인 것이다.

내놓고 말은 안 했지만 함께 피란길에 오른 인빈 김 씨로부터 음양으로 괴롭힘 당하는 게 틀림없었다. 중전과 후궁들, 그리고 세자빈은 하루 세 끼, 여관(女官)들은 하루 두 끼를 먹으라는 어명이 내렸으나 세자빈은 예사로 끼니를 걸렀다. 처음엔 여관들이 안쓰러워 자진해서 한 끼를 굶는다고 둘러댔지만 곧 자신에게 돌아오는 음식을 아껴 여관들을 먹인다는 사실을 알게 되었다. 세자빈을 모시는 여관들 앞으로는 음식이 전혀 나오지 않았던 것이다. 광해군이 몇 번이나 중전 박 씨에게 사정을 아뢰어도 아무 소용없었다. 중전 박 씨도 힘쓰지 못할 만큼 인빈 김 씨가 기세등등한 탓이다.

"문을 닫으시오, 빈궁. 평안도는 여름이라도 높바람이 여간 쌀쌀하지 않소이다. 더구나 오늘처럼 비보라가 흩뿌리는 날엔 더하다오."

"예, 저하!"

유 씨는 자리에서 일어나 손수 문을 닫았다. 섬돌에 섰던 궁녀들이 황급히 뛰어올라 왔지만 유 씨는 손을 휘이휘이 내저었다. 누란을 함께 겪어 가는 마당에 구차한 궁중 법도를 따르고 싶지 않아서였다.

'군왕이 왜군을 피해 몽진을 떠나는 것부터가 어차피 법도에 맞지 않는 일이 아닌가.'

광해군은 유 씨 손을 꼭 쥐었다. 생각해 보니 몽진을 떠나고부터는 단 하루도 동침한 적이 없었다. 화부터 내는 선조에게 주눅이 든 신료들을 다독거리고 장계를 살펴 전황을 파악하기에도 시간이 부족했던 것이다.

'이팔청춘. 막 운우지락(雲雨之樂)을 알기 시작할 나이에 한 달 보름 동안이나 독수공방했으니 얼마나 힘겨웠을까.'

어전 회의가 길어지는 틈을 타서 광해군이 세자빈을 찾은 것도 그 외로움을 어루만지기 위해서였다. 유 씨를 보고 있자니 광해군은 은근히 장난기가 동했다.

"빈궁!"

광해군은 세자빈을 안고 모로 쓰러졌다. 그러고는 갑자기 발목을 잡고 버선을 벗겼다. 작고 앙증맞은 하얀 발이 드러났다. 세자빈은 상기된 표정으로 황급히 발을 감추었다.

"저, 저하!"

광해군이 버선을 저만치 던지고 넉넉히게 웃었다.

"허어, 빈궁. 뭘 그렇게 놀라시오? 자, 어서 이리 오시구려."

"하오나 저하! 해가 중천에 있사와요."

광해군은 유 씨 발을 휙 잡아채며 속삭였다.

"빈궁, 이렇게 비가 내리는데 해가 어디 있다고 그러시오? 더구나 여기 북녘에서는 해가 아주 일찍 진답니다. 부끄러워 말고 고개를 드시오. 사사롭게는 한뉘를 함께할 부부가 아니오? 부부 사이에 감출 게 무엇이 있겠소?"

광해군은 유 씨 발을 높이 들어 양쪽 다 이리저리 살폈다. 세자빈은 엉거주춤 엎드린 채 감히 고개를 들지 못했다. 왼쪽 검지 발톱이 빠지고 오른쪽 뒤꿈치에 피멍이 들어 있었다. 때때로 가마가 들지 못하는 산등성이에 이르면 걸어서 넘느라 생긴 상흔이었다.

"쯧쯧, 이럴 줄 알았지. 평양을 떠나면서부터 절뚝거리는 걸음걸이가 마음에 걸렸다오. 아프면 내의원을 부를 일이지, 어찌 발이 이렇게 덧나도록 놔두었소? 오늘이라도 늦지 않았으니 나중에 내의원 허준을 찾으시오. 조선 제일 의원이니 잘 치료해 줄 겁니다. 쯧쯧, 얼마나 아팠을꼬."

광해군은 양손으로 유 씨 왼발을 천천히 어루만지기 시작했다. 종아리를 쓸고 복사뼈를 둥글게 감싼 후 발가락들을 하나씩 위아래로 젖혔다. 그러곤 검지로 발등과 발바닥을 정성스레 꾹꾹 눌러 댔다. 유 씨는 발을 내맡긴 채 꼼짝도 할 수 없었다. 아플 때나 편안하고 시원할 때나 양손으로 입을 꼭꼭 틀어막은 채 아무 소리도 내지 않았다.

발을 충분히 어루만진 다음 광해군은 유 씨 어깨를 감싸 쥐었다. 이번에는 유 씨도 몸을 빼거나 사양하지 않았다. 광해군의 따스한 손길에 감동한 유 씨는 아까부터 눈물을 찔끔찔끔 흘리고 있었다. 광해군은 말없이 그 볼을 토닥거렸다.

'얼마나 힘들고 무섭고 슬펐을까. 이제 내 품에 안겨 한바탕 울고 나면 몸도 마음도 한결 가볍고 깨끗해지리라. 자, 실컷 우시오, 빈궁! 그대 슬픔을 함께 나누리다.'

그렇게 유 씨 어깨를 어루만지는 동안에 광해군은 두 눈이 스르르 감기는 걸 느꼈다. 태산 같은 피로가 어깨와 눈꺼풀을 천근만근 짓눌러 왔다. 고개를 세차게 좌우로 흔들었다.

'정신 차려야 해. 헛되이 시간을 보낼 수는 없어. 여기가 어디인가. 조선 팔도 끝자락인 영변이 아닌가. 여기서도 밀리면 압록강이고 그 너머는 요동이다. 대책을 세워야 해. 나라를 잃지 않을 대책, 왜군을 물리치고 개성과 한양을 다시 찾을 대책. 아,

이럴 때 서애 대감이라도 곁에 있으면 얼마나 좋을까.'

광해군은 풍원 부원군 류성룡의 서글서글한 눈매가 그리웠다.

오월 삼일, 류성룡은 전쟁 발발 책임을 지고 영의정 이산해에 뒤이어 벼슬에서 물러났다. 전쟁이 일어나지 않으리라던 동인들 예측이 어긋남에 따라 윤두수, 정철 등 서인들이 귀양에서 풀려나 부름을 받고 조정에 복귀했다.

유월 오일, 명나라 차관(差官) 임세록(林世祿) 일행이 평양에 오자 류성룡은 전황을 설명하고 원군을 청하는 소임을 맡았다. 류성룡은 임세록에게 두 가지를 역설했다. 우선 조선이 왜국과 힘을 합쳐 명나라를 치려 하는 것이 결코 아니며, 또 지금은 전황이 불리하지만 조선군이 죽을 각오로 왜군과 싸우고 있으므로 명나라가 조금만 도와준다면 왜군을 물리칠 수 있다는 것이다. 류성룡은 평양 사수를 장담했으며, 그 말에 책임을 지려고 몽진 대열에서 뒤처졌다.

"한음을 찾으십시오. 큰 힘이 될 것입니다."

류성룡은 광해군에게 이덕형을 여러 번 천거했다. 전쟁이 일어난 후에는 자기 분신이라고까지 했다. 평양에서 몇 차례 만나 보니 과연 이덕형은 인물 중의 인물이었다. 큰 키와 번뜩이는 눈으로 상대를 제압하는 솜씨며 거침없이 제자백가를 인용하면서 논리를 펴는 실력이 류성룡에 버금갔다. 박식함만큼이나 세상을 읽는 눈도 밝았다.

'하기야 그러니까 왜장 고니시도 서슴없이 이덕형을 협상 상대로 택했겠지.'

이덕형은 지금까지 두 차례나 혈혈단신으로 적지에 뛰어들어 고니시와 담판을 했다. 사월 이십팔일에는 충주로 가다가 신립이 패전했음을 알고 되돌아왔으며, 유월 구일에는 대동강을 건너가 고니시와 협상을 벌였다. 고니시가 끝까지 가도입명(假道入明)을 주장하는 바람에 협상은 결렬되었지만, 이덕형이 보여 준 용기는 칭찬 받기에 부족함이 없었다.

하지만 지금은 그 이덕형도 영변에 없었다. 이틀 전 청원사(請援使)가 되어 명나라로 간 것이다. 명나라와 교섭하는 일은 주로 류성룡이 책임져 왔다. 하지만 지금 류성룡은 벼슬도 없는 데다 평양에 남아 싸우기를 고집하므로 부득이 이덕형이 대신 떠나게 되었다.

명나라로 떠나기 전날 밤 이덕형이 광해군을 찾아왔다. 자시가 지난 야심한 시각이었다.

"세자 저하! 주상 전하께서는 내부(內附, 명나라로 들어감)할 뜻을 굳히신 듯하옵니다."

이덕형은 자리에 앉자마자 본론을 꺼내 놓았다.

"뭣이라고? 아바마마께서 압록강을 건너겠다고 하셨단 말이오?"

"몽진을 떠나면서부터 계속 염두에 두신 천산(天筭, 임금이 내는 계책)이옵니다."

이덕형은 잠시 뜸을 들였다. 화들짝 놀라는 태도가 마음에 걸렸던 것이다. 평양을 빼앗긴 다음에는 당연히 요동으로 들어가는 문제가 거론될 것임을 총명한 광해군이 모를 까닭이 없다. 그런데도 매우 놀란 척하는 것은 이덕형을 완전히 믿지 못해서이다.

"청원사로 가신다고 들었소."

"그러하옵니다. 왜군이 평양을 치기 전에 원군을 이끌고 오라는 어명을 받았사옵니다. 하오나 원군이 오기 전에 평양은 왜군 수중으로 들어갈 것이옵니다."

"평양성이 함락된다?"

광해군은 그 막힘없는 주장에 다시 놀랐다. 어떻게든 평양을 지켜야 한다는 의논이 비등하는 이때 함락된다고 단언하는 것은 역적으로 몰리고도 남았다.

광해군은 다른 사람 의견을 끝까지 경청하면서 자기 생각을 밝히는 것은 늘 뒤로 미루곤 했다. 이덕형이 그 속마음을 먼저 짚기 시작했다.

"준비를 단단히 하셔야 하옵니다."

"준비라니? 무슨 말씀이오?"

광해군도 물러서지 않고 버티었다. 이덕형은 평양이 함락되고 임금이 요동으로 들어간다면 세자는 어찌할 것인가를 묻고 있었다. 광해군도 물론 그 일이 닥쳤을 때를 대비하고 있었지만 어명이 내리기 전까지는 함부로 내어 말할 수 없었다. 인빈 김 씨가 보낸 눈과 귀가 일거수일투족을 감시하고 있었다. 선조가 인빈 김 씨를 총애하고 신성군을 한결같이 자애하니, 언제 트집을 잡아 세자를 갈아 치울지 몰랐다. 하나라도 약점을 잡히면 끝이었다. 내부가 설령 있더라도 그 이후에 어떻게 할 것인가를 입 밖에 내는 건 죽음을 재촉하는 길이었다.

이덕형 역시 그런 사정을 모를 위인이 아니었다. 그러나 이 민감한 시기에 군이 그 말을 입에 올린 것은 청원사로 가 있는 동안 조정이 요동으로 들어갈 수도 있으므로 미리 광해군에게 언질을 주려는 것이다. 광해군은 그 마음 씀씀이가 고마웠지만 먼저 입을 열지는 않았다. 군왕은 어떤 신하에게라도 속마음을 보여서는 안 되는 법이다.

이덕형은 잠시 고개를 들어 좌우를 살폈다. 광해군이 질문을 되돌렸으니 먼저 이야기를 시작할 수밖에 없었다. 이덕형은 무릎걸음으로 다가가서는 귀엣말로 속삭이듯 물었다.

"저하! 옛날 영무(靈武)에서 있었던 일을 아시는지요?"

순간 광해군은 표정이 얼음같이 차게 굳었다. 영무에서 있었던 일이라 함은 당나라 명황(明皇)이 안녹산의 난을 만나 서촉(西蜀)으로 쫓겨 가면서 보위를 태자에게 전하여 태자가 영무에서 즉위한 사건을 말했다.

이덕형이 감히 양위를 입에 올린 것이다. 선조가 요동을 건너가더라도 광해군은 조선에 남을 가능성이 컸다. 부자가 함께 요동으로 건너가면 조선은 주인 없는 나라가 될 것이므로 명분을 세우기 위해서라도 세자가 끝까지 나라를 지켜야 했다. 광해군도 그쯤은 각오하고 있었다. 그러나 양위까지는 생각지도 못했다. 아무리 봐도 선조는 용상을 양보할 사람이 아니었다.

"죽음이 두렵지 않소?"

광해군이 근엄하게 꾸짖었다. 이덕형은 물러서지 않고 광해군 가슴을 찔러 댔다.

"나라를 구하는 일이라면 이 한목숨 끊어진들 무슨 후회가 있겠나이까. 세자 저하! 주상 전하께서는 곧 저하 의향을 물어 오실 것이옵니다. 그때는 물리치지 마시고 적극적으로 어명을 받잡도록 하옵소서. 지금은 앞뒤를 가릴 때가 아니옵니다. 광영이 보이면 그 광영을 움켜쥐시옵소서. 왜군과 맞서기 위해서라도 저하께서 힘과 권세를 가지셔야 하옵니다. 저하! 저하께는 이 위기가 다시없는 기회이옵니다."

광해군은 이덕형을 쏘아보았다.

'무서운 사람이로다. 내 마음을 손바닥 보듯 훤히 꿰뚫고 있지 않은가. 이런 자가 정적이었다면 어찌할 뻔했던고.'

"알겠소. 그만 물러가도록 하오."

광해군은 서둘러 이덕형 입을 막았다. 서로 마음을 읽었으니 대화를 더 나눌 필요가 없었다.

지금 어전에서는 내부 문제를 의논하고 있는 것이 분명했다. 선조는 평양을 떠나면서부터 공공연하게 압록강을 건너겠다고 주장했고, 신하들은 어심을 누그러뜨리느라 진땀을 뺐다. 영변으로 들어서면서 선조는 더욱더 내부할 것을 강변했다. 영변을 지키는 군사들이 백 명도 남지 않았던 것이다. 이렇듯 군사들이 줄행랑친 마당에 왜군을 막을 방도는 사실상 없었다. 선조는 평양이 떨어졌다는 소식이 들리면 곧바로 압록강을 건너겠다고 눈을 부라리며 호통을 쳐 댔다. 차츰 신하들도 선조를 설득하는 대신 요동으로 건너간 이후 어찌할 것인지를 논의하는 쪽으로 생각을 바꾸기 시작했다.

"세자 저하! 병조 판서 이항복 입시이옵니다."

조심스런 목소리가 다정한 부부만의 시간을 끝냈다. 세자빈 유씨가 머리를 매만지며 자리에서 일어섰다. 유 씨 어깨를 주무르던 광해군도 자리를 고쳐 앉았다.

"드시라 해라!"

목이 짧고 코가 뭉툭한 이항복이 방으로 들어섰다. 이덕형만큼 학문이 깊을 뿐 아니라 강직함과 충성심으로는 조선에서 제일가는 신하였다. 한양을 떠나올 때는 도승지였는데 지금은 병조 판서로 옮겼다. 전쟁 중에 병조 판서를 맡았으니 나라가 흥하고 망하는 것이 그 두 어깨에 달렸다.

광해군은 그 반짝이는 눈을 슬쩍 훔쳐보았다. 이항복은 성격이 상략(막힌 데가 없고 싹싹함)하며 농담을 즐겨 몽진을 훌륭하게 감당해 냈다. 궂은일을 도맡아 하면서도 밝은 표정으로 선조 비위를 잘 맞추었다. 그 많은 후궁, 상궁, 궁녀들을 별 탈 없이 여기까지 이끌고 온 공도 결코 작지 않았다. 그러나 오늘은 매우 어두운 얼굴이었다.

"회의는 끝났소?"

"그러하옵니다."

"평양에서는 소식이 없고?"

"아직 없사옵니다."

이항복은 고개를 숙인 채 아무 말이 없었다. 광해군은 그 침묵을 곁에 앉은 세자빈 유 씨를 물리쳐 달라는 뜻으로 받아들였다. 눈치 빠른 유 씨가 자리를 비우자 이항복은 꾸부정한 허리를 곧게 펴며 얼굴을 들었다.

"의주로 갔다가 전황이 여의치 않으면 내부하기로 정하였사옵니다."

광해군은 아랫입술을 물며 냉정하게 물었다.

"아바마마께서 정하신 일이오?"

이항복이 눈동자를 좌우로 움직이며 기억을 더듬었다. 말을 그대로 옮기는 편이 낫겠다는 판단이 선 듯했다.

"주상 전하께서는…… 안남국(安南國)을 그 예로 드셨사옵니다. '안남국이 멸망한 후 국왕이 스스로 국경을 넘어 입조(入朝)하니 명나라가 군사를 보내어 안남을 회복해 준 일이 있다. 과인은 이를 생각해서 요동으로 들어가고자 한다……'라고 하셨사옵니다."

침착함을 잃지 않으려고 했지만 광해군은 목소리가 조금씩 떨리고 있었다.

"아바마마와 함께 내부하기로 한 대신은 누구누구입니까?"

"주상 전하께서는…… '과인은 왜적들 칼날에 죽느니 차라리 요동으로 들어가서 죽겠노라. 과인이 조선을 떠나 지극 정성으로 대국을 받들면 명나라가 반드시 우리를 포용하여 받아들일 것이다. 경들 모두가 요동으로 들어갈 필요는 없다. 병들고 지친 자들은 이곳에 남아 강계(江界)로 피하도록 하라……' 이렇게 하교하셨습니다. 그러나 소생은 병이 없고 나이 젊으며 부모 또한 없으니 끝까지 전하를 모실 것이옵니다."

광해군은 고개 숙인 이항복을 물끄러미 바라보았다. 웃음이 많고 고난을 즐기기까지 하는 충신의 어깨가 심하게 흔들렸다. 치솟는 눈물을 되삼키고 있는 것이다.

'희망이 전혀 없단 말인가.'

광해군은 북풍 몰아치는 압록강을 연상하며 그 울음을 잘랐다.

"다른 하교는 없으셨소?"

광해군은 자신이 할 바를 알고 싶었지만, 그 답답함을 먼저 드러낼 수는 없었다. 이항복은 소매로 천천히 눈물을 가리며 고개를 들었다.

"급히 세자 저하를 모셔 오라고 하셨사옵니다. 가시지요. 제가 앞장서겠사옵니다."

결국 이항복은 광해군이 원하는 답을 주지 않았다. 세자의 신변 문제이니만큼 쉽게 언급하기 어려웠던 것이다. 광해군은 그 뒤를 따르면서도 마음이 편치 않았다.

'아버지!'

광해군은 선조에게 칭찬을 들은 적이 한 번도 없었다. 갓 태어났을 때는 선조 무릎에서 낮잠도 곧잘 잤다지만, 세 살 되던 해에 생모인 공빈 김 씨가 세상을 버린 후부터는 용안을 가까이에서 뵌 적도 드물었다. 아버지 선조는 마음이 인빈 김 씨에게로 옮겨갔고 공빈 소생인 임해군과 광해군은 졸지에 천덕꾸러기로 전락했다. 자식이 없던 중전 박 씨가 형제를 돌보았지만 친어미처럼 따사롭지는 않았다. 임해군이 계집을 탐하여 빗나가는 것과 광해군이 대망을 품고 두문불출하는 데는 공통점이 있었다. 그들

형제는 결코 다른 사람을 믿지 않았다. 형제간이나 부자간에도 그랬다. 우우(友于, 형제의 우의)는 찾아보기 힘들었다.

철들기 시작한 여덟 살부터 세자가 된 열여덟 살까지 광해군은 한시도 선조의 변심을 잊은 적이 없었다. 선조는 죽은 아내와 나눈 애틋한 정을 떠올리며 그 자식을 살필 만큼 가슴 넓은 사내가 아니었다. 오히려 그들 형제를 눈엣가시처럼 여겼다. 광해군이 사서오경을 열독할 즈음부터 그 노여움은 점점 커졌다. 광해군의 사람됨이 무겁고 학식이 두터우며 예지가 눈부시도록 빛난다고 신하들이 칭찬할수록 선조는 광해군을 멀리했다. 개천에 내다 버린 자식이 어느 날 이무기가 되어 용틀임하는 것이 탐탁지 않았던 것이다.

인간은 대부분 앞서 간 선인들 길을 모방하게 마련이다. 서책을 통해 선현의 길, 용장의 길을 배우지만 범부들은 그런 길보다 제 아비가 걸어간 길을 따르는 경우가 많다. 그 식성을 닮고 걸음걸이를 닮고 눈매를 닮다가 어느덧 아비와 비슷한 인생을 사는 것이다. 그러나 광해군은 늘 눈을 조금 더 높이 치켜떴다. 광해군은 아버지가 앉아 있는 용상, 아버지가 웃고 화내고 어명을 내리는 자리보다 조금 더 높은 곳에 앉기를 바랐다. 광해군은 아버지처럼 변심 잦은 사내가 아니라 가슴이 돌처럼 단단하고 의리를 목숨보다 중히 여기는 사내가 되고 싶었다. 따라서 지금 아버지는 흠모하여 추종할 대상이 아니라 밟고 넘어야 할 언덕이었다.

'아버지는 내 적이자 내가 가장 치욕으로 여기는 상처다. 왜란을 미리 내다보지 못한 일, 왜군을 피해 몽진을 떠난 일, 그리고

내부를 결정한 일.'

광해군은 이 모두를 눈으로 보고 귀로 들으며 가슴에 깊이깊이 새겼다. 그러면서도 토끼 한 마리를 통째로 집어삼킨 구렁이처럼 침묵했다. 많은 사람들이 총명함을 칭송했지만 단 한 사람 그 검게 그을린 마음을 살피는 눈이 있었다. 아버지 선조였다.

선조는 광해군이 아무리 눈부시게 움직여도 그 어두운 그림자를 집어내고야 말았다. 작년에 정철이 세자 책봉을 거론했을 때도 선조는 단칼에 물리쳤다.

"자식은 그 아비가 가장 잘 아는 법. 광해는 세상을 바꿀 꿈으로 가득할 뿐 덕이 없다. 광해가 용상에 오르면 가장 먼저 과인이 만든 제도와 과인이 내린 어명과 과인이 사랑한 후궁과 자식들을 없앨 것이다. 아비를 존경하지 않는 자식에게 후사를 맡길 수는 없다."

그 후 광해군은 스스로 몸가짐을 조심하며 선조와 마주치지 않으려고 노력했다. 어전 회의에 참석하지 않음은 물론이고 어명이 아니면 용안을 뵙는 것도 극히 자제했다. 몽진을 나서서도 이런 태도는 바뀌지 않았으므로 자연스럽게 군사들과 어울리는 시간이 늘어났다. 대신들과 답답하게 탁상공론을 하느니 밖으로 나가 패잔병이라도 붙들고 전황을 듣는 편이 나았다.

류성룡이나 이덕형을 제외한 신료들 대부분은 하나같이 한고조 유방과 초패왕 항우의 일을 들먹이면서 옳은 덕이 사악한 기세를 제압할 것이라고 했다. 그러나 죽어 쓰러지는 패잔병들 입에서는 전혀 다른 말들이 흘러나왔다. 조총은 강하고 활은 약하다. 왜군은 빠르고 조선군은 느리다. 덕과 예의를 논하는 군사는 아무도 없었다.

왜는 강하고 조선은 약하다.

전쟁에서 통하는 논리는 단 하나 약육강식뿐이다. 약한 군사로 강한 적을 치면 패하게 마련인 것이다.

"어서 오시옵소서, 세자 저하!"

대전 내관 윤환시가 서너 걸음 앞으로 뛰어나왔다. 광해군은 눈에서 불똥이 튀었다.

'인빈이 부리는 개! 성총(聖聰)을 흐리게 하고 자기 탐욕을 채우는 버러지!'

윤환시가 이마에 주름을 잔뜩 잡으며 웃는 낯으로 물었다.

"빈궁 마마 처소에 드셨다고 들었사옵니다. 혹 빈궁 마마께 무슨 일이라도 있으신지요?"

'내가 빈궁 다리를 주무른 것까지 알고 있는 것이냐?'

광해군은 언제나 감시하는 시선을 느꼈다. 세자를 보호하기 위해 내금위에서 은밀히 따르는 경우도 있지만, 대부분 정체를 알 수 없는 시선들이었다. 광해군은 그 시선이 선조 명을 받아 윤환시가 부리는 내관들 것이라고 단정했다. 몽진을 떠난 후로는 감시가 더욱 심해졌다. 어떤 날은 지붕 위에서 인기척을 듣기도 했고, 어떤 날은 마루 밑에서 후다닥 사라지는 그림자를 보기도 했다. 그때마다 알몸을 내보인 것처럼 불쾌했다. 마음만 먹는다면 놈들은 세자빈과 동침하는 장면까지도 엿볼 수 있을 것이다.

불쾌한 마음을 숨긴 채 광해군 역시 웃는 낯으로 대답했다.

"별일 아니오. 빈궁은 대전 내관이 여러모로 보살펴 줘서 고맙다고 그러더군. 내 그대 후의를 잊지 않겠소. 자, 어서 아뢰어 주시게."

윤환시가 고개를 숙이고 몸을 오른쪽으로 틀어 종종걸음을 쳤다.

"주상 전하! 세자 저하 입시이옵니다."

"들라 하라."

감환 때문에 막힌 목소리가 흘러나왔다. 광해군은 자신만만하게 섬돌 위에 서서 신발을 벗고 마루를 지나 방으로 들어섰다. 절하는 동안 선조는 읽던 서책을 뒤적거리며 딴전을 피웠다.

"아바마마, 소자 부름을 받고 왔사옵니다. 병환은 차도가 있으신지요?"

"내의원에서 끓여 주는 탕제를 먹었더니 쇠기침이 좀 덜하구나. 너비아니를 먹으면 금방 나으련만. 그래, 세자는 어떠한가? 어제오늘 계속 된비를 맞았으니 감환에 걸리기 십상이다. 각별히 몸을 아끼도록 해라."

"소자는 아무렇지도 않사오니 심려 마시옵소서."

광해군은 목젖이 뜨거워졌다. 난생 처음으로 선조가 다정하게 안부를 물은 것이다.

"좌의정 윤두수가 올린 장계를 보니 평양도 위험한 것 같다. 벌써 왜군들이 함경도를 점령했다는구나. 남쪽으로부터 근왕병 소식은 들려오지 않고 명나라 원군 또한 출정했다는 기별이 없다. 이렇게 사면초가에 빠진 것이 누구 책임인가? 어리석고 무능

한 임금 탓이라고들 한다지?”

“아, 아니옵니다. 누가 감히 그따위 망발을 입에 담을 수 있겠사옵니까? 천운이 따르지 않아서일 뿐이옵니다.”

선조는 말꼬리를 잡고 늘어졌다.

“천운? 그 천운이 조선이 아닌 왜에 내린 것은 누구 탓인가? 당학질(唐瘧疾, 악성 말라리아)과 우역(牛疫, 소의 돌림병)이 돌고 가뭄이 이어지는 것은 누구 탓인가? 궁궐이 화염에 휩싸이고 서책 수만 권이 잿더미로 변한 것은 누구 탓인가? 모두 과인 잘못인가? 허허허, 그렇지. 과인 잘못일 수도 있겠지.”

광해군은 마른침을 거듭 삼켰다. 선조는 사람에 대한 불만을 자학을 통하여 극대화하는 화법을 즐겨 썼다. 만인지상인 군왕이 먼저 상처를 입음으로써 신료들을 옴짝달싹 못하게 묶어 두려는 것이다.

“대신들이 그러더구나. 과인은 걸주(桀紂, 폭군을 이름)만도 못하니 용상에서 쫓겨나기 전에 스스로 물러나야 한다고. 그리고 명나라로 도망쳐야 한다고 말이다. 성은에 감읍하여 운지(雲墀, 대궐의 별칭)를 향해 사은숙배를 올리던 대신들 청이니 따라야겠지?”

“아바마마!”

광해군은 아랫입술을 물어뜯었다.

대신들이 그런 대역부도한 주장을 폈을 리 만무했다. 선조는 지금 자기 입지를 강화하려고 스스로를 비참하게 만들고 있는 것이다. 다시 말해 선조는 방금 열거한 비판들을 하나도 받아들일 뜻이 없었다. 걸주에 비교되기는커녕 한고조 유방과 같은 성군임을 자부하며 그 어느 군왕보다 용상을 튼튼히 지킬 자신이 있는 것이다. 벌써 보위에 오른 지 이십오 년이나 되지 않았는가. 나이가 이제 마흔을 갓 넘겼음을 염두에 둔다면 아직도 이십 년은 족히 군왕 자리를 지킬 수 있으리라. 그렇다면 지금 명나라로 들어가는 것이 부왕에게 어떤 의미가 있을까.

“과인 잘못이 가장 크겠지. 하나 과인을 업신여기고 무군지죄(無君之罪, 임금을 업신여긴 죄)를 범한 자들 또는 잘못이 적다고 할 수 없다. 과인은 그자들을 결단코 용서치 않겠다. 세자! 이곳까지 어가(御駕)를 호종한 신하가 몇이나 되는 줄 아는가? 서른을 넘지 않는다. 그렇다면 그 나머지는 모두 어디에 있는가? 과인이 오랑캐들 검극을 피해 겨우 목숨을 부지하고 있는 이때에 국록을 받아 온 그 많은 신료들은 어디로 숨어 버렸단 말인가? 사림들은 일찍이 공맹의 제자라고 칭하며 과인까지도 가르치려고 들었다. 하나 그자들은 지금 밖에 서 있는 저 내관과 궁녀들만도 못하다. 그자들이 입버릇처럼 되뇌던 충절은 어디서 코를 박고 있는 것인가? 좌의정과 송강은 과인이 부르자마자 밤을 지새워 달려왔다. 서애와 한음은 과인 목숨을 구하기 위해 동분서주하였다. 그 사람들이야말로 충신이다. 충신에게는 큰 상을 내리겠다. 그러나 과인을 버리고 사사로운 안위를 좇은 이들은 엄벌로 다스리겠다. 그자들을 벌하기 전까지 과인은 결코 용상에서 물러나지 않을 것이다. 세자는 과인 뜻을 명심하렷다.”

“예, 아바마마! 지당하신 말씀이시옵니다.”

초라한 몽진 행렬은 선조에게 깊은 상처를 남겼다. 한양을 벗어날 때는 제법 긴 행렬이 이어졌으나 개성에서 평양으로 올 때 반으로 줄어들었고, 다시 평양을 떠나 이곳 영변에 도착하고 보니 그 수가 일개 현감이나 군수 행렬에도 미치지 못했다. 든 자리는 몰라도 난 자리는 눈에 띈다는 옛말처럼, 그 와중에 선조가 느낀 외로움은 곧장 신하들을 향한 분노로 탈바꿈했다.

광해군 역시 호종하는 신하들이 점점 줄어드는 현실에 가슴을 쳤다.

'한비자가 유자(儒者)들은 표리부동하다고 한 말은 정녕 옳다. 군왕이 신하들의 생사여탈을 마음대로 할 수 있을 때에만 신하들이 신하 된 도리를 다하고 충절로써 군왕을 섬기는 것이다. 변란을 만나 군왕이 생사여탈권을 행사하기 어렵게 되면 신하들은 제 이익만을 챙겨 뿔뿔이 흩어진다. 군왕을 짚신 팽개치듯 버리는 것이다. 유자들이 내뱉는 감언이설과 탁상공론을 경계해야 한다. 세 치 혀가 만들어 내는 말들을 무시하고 그 행동 자체를 살펴야 한다.'

선조가 말을 이었다.

"신하들을 믿고 이곳에 눌러앉을 수는 없다. 생각해 보아라. 만약 평양에 그대로 머물렀더라면 군신이 왜적들 칼날 아래 어육(魚肉) 신세를 면하지 못했으리라. 세자! 과인은 이 전쟁을 이길 것이다. 이 전쟁을 이겨 과인에게 덧씌워진 잘못을 벗고 군왕을 업신여긴 자들의 목을 칠 것이다. 하나 조선이 거느린 군사들만으로는 전세를 뒤집을 수 없다. 그래서 과인은 내부하기로 결심했느니라. 승리를 위해서, 진정한 도리가 무엇인가를 만천하에 알리기 위해서."

선조는 잠시 말을 끊었다. 광해군이 호응하지 않고 있음을 느낀 것이다.

"세자는 어찌하려는가?"

선조는 몽진 중에 광해군이 많은 일을 하였으며, 신하와 백성으로부터 신망을 얻었음을 알고 있었다. 그리하여 선조는 더 이상 광해군을 지지하는 세력이 커지지 않도록 경계할 때가 되었다고 생각했다. 동서로 나뉜 신하들도 세자를 비난하지는 않았다. 류성룡과 이산해, 그리고 이덕형은 알현할 때마다 꼭 한 마디씩 세자를 칭찬했다.

만약 이 전쟁이 시일을 오래 끌면 신하들이 나서서 양위를 주청할지도 모른다는 점을 선조는 경계했다. 독초는 밑뿌리까지 완전히 잘라 버려야 한다.

"어명에 따르겠나이다."

광해군은 흐르는 물처럼 막힘없이 답했다.

'지금 당장 입장을 내세웠다가는 아바마마가 쳐 놓은 덫에 단번에 걸릴 것이다. 차라리 몸과 마음을 내주는 편이 낫다. 어차피 내 갈 길은 어명에 따라 결정되는 것이니까.'

"과인 뜻에 따르겠다?"

선조가 말꼬리를 묘하게 비틀었다. 광해군 의중을 읽기 위해 질문을 던졌는데 그 물음이 고스란히 되돌아온 것이다. 광해군은 고개를 숙이고 바닥을 응시했다.

'함께 압록강을 건너지는 않겠다. 아바마마는 요동으로 가고 나는 여기에 남아야 한다. 군왕이 국경 밖으로 나갔으니 모든 힘이 내게 위임되리라. 이덕형이 말한 기회가 찾아온 것이다.'

한동안 침묵을 지키던 선조가 마침내 입을 열었다.

"세자는 종묘 위패를 받들고 근왕병이 올 때까지 버티도록 하여라. 오늘 이후로 세자는 국사를 임시로 다스려 스스로 처결하도록 하라."

드디어 분조(分朝)가 결정된 것이다.

"성은이 망극하옵니다. 압록강에 빠져 죽는 한이 있더라도 결코 대의를 잃지 않겠나이다."

선조는 광해군에게 충고를 덧붙였다.

"모름지기 군왕은 위엄이 있어야 한다. 신하들을 벌할 때는 동정이나 연민을 품어서는 아니 될 것이야. 명나라는 부모의 나라이니 결코 조선을 버리지 않을 것이다. 그래, 어디에 분조를 둘 것인가?"

"일단 함경도 강계로 향했다가 강원도로 들어가겠나이다."

광해군은 목소리에 힘이 넘쳤다.

"강원도? 적지로 들어가겠다는 것이냐? 왜군이 평양과 함흥까지 밀고 올라온 마당에 강원도로 내려간다는 것은 호구(虎口)를 향해 제 발로 뛰어드는 것과 같다."

선조는 목소리가 조금씩 떨렸다.

'역시 광해는 독한 놈이다. 압록강이나 두만강에서 원병을 기다리겠다고 할 줄 알았는데 강원도로 가겠다? 분조를 지휘하여 전쟁을 승리로 이끈 후 나라를 구한 영웅이 되겠다? 광해는 이 아비를 어두운 그늘로 밀어 넣고 혼자만 양지에서 빛나고 싶은 것이다. 저런 흑심을 품은 놈에게 이 조정을 반으로 갈라 줘도 괜찮을까? 내가 요동에 있는 틈을 타서 반정을 일으키지는 않을까? 설마 전쟁 중인데 이 아비 등에 칼이야 꽂겠는가? 아니다. 광해라면 능히 그러고도 남을 놈이다.'

광해군은 여전히 시선을 내린 채 조리 있게 말해 나갔다.

"아바마마, 왜군은 동래, 상주, 충주, 한양, 개성과 같은 큰 고을을 점령하면서 곧장 북상하고 있사옵니다. 선봉은 일당백인 강병이오나 후방은 뱀 꼬리처럼 허약한 구석이 많을 것이옵니다. 특히 강원도에 있는 금강산과 설악산은 산세가 험하여 왜군들 발길이 미치지 못한 곳이 많으니, 소자 그곳에 자리를 잡고 근왕병을 모으고 싶사옵니다. 그곳이라면 한양과도 가깝고 산맥을 타면 영남과 호남에도 교서를 내릴 수 있사옵니다. 강원도에 근왕병이 모이면 평양과 함흥까지 올라갔던 적도 보급로가 차단되는 것을 우려하여 후퇴하지 않을 수 없을 것이옵니다. 병법에 이르기를 적이 깊이 침입하여 여러 성읍을 통과했을 때에는 그 성읍을 중심으로 배후에서 적을 치라고 하였사옵니다."

"세자를 잃는 것은 이 나라 절반을 잃는 것이다. 명심하렷다."

선조는 광해군을 말릴 수 없었다. 이미 분조를 허락하였으니 그 분조를 꾸려 나가는 것은 또 세자 몫이다. 선조가 광해군 청을 받아들인 것은 근왕병이 쉽게 모이지 않으리라고 예상하기 때문이기도 했다. 임금이 직접 교지를 내려도 군사들이 모이지 않는데 광해군이라고 뾰족한 수가 있으랴. 전공을 탐하다가 목숨을 잃을지도 모를 일이다.

'네가 죽는다면 화려한 장례를 치러 주마. 네 무덤 앞에서 소리 내어 통곡도 하마. 하나 네 목숨이 붙어 있는 동안에는 어떠한 환대도 기대하지 마라.'

"중전과 비빈들, 그리고 빈궁은 과인과 함께 요동으로 갈 것이다. 전쟁터는 여자가 있을 곳이 못 되느니! 이틀간 말미를 줄 터인즉 빈궁 마음을 잘 다독거리도록 하여라."

"아바마마! 은혜가 하해와 같사옵니다."

광해군은 목청을 돋우고 넙죽 엎드렸다. 조건 없이 권력을 넘기지는 않으리라고 예상했지만 세자빈을 끌어들인 것은 참기 힘든 치욕이었다.

'아버지는 나를 털끝만큼도 믿지 않는다. 그래서 빈궁 목숨을 담보로 내게 권력을 떼어 주며 생색을 내는 것이다. 이틀 만에 분조를 꾸리기란 불가능하다. 신하들 수도 절대 부족하고 분조를 호위할 군사는 열 명도 채 되지 않는다. 그런데도 난 아버지 은혜가 강과 바다처럼 깊고 넓다고 말해야 한다. 이다지도 좁고 흙탕물 튀는 하해가 있단 말인가? 내 오늘은 이대로 물러가지만 다시는 이런 치욕을 감내하지 않으리라. 전쟁이 끝나는 날, 조선은 나 광해를 주인으로 맞으리라. 민심을 끌어 모아 천명을 받들리라. 그러므로 내 아버지여! 아무 염려 마시고 압록강을 철퍽철퍽 건너가소서. 아버지가 버리고 떠난 이 나라 조선은 이 천덕꾸러기 아들 광해가 혼자서 지키겠습니다. 전쟁이 두렵고 죽음이 무서우면 아예 요동에 터를 잡고 돌아오지 마십시오. 아버지를 위해서 팔도에서 산해진미와 미녀들을 바치겠습니다. 아버지가 결코 씻을 수 없는 치부, 이십오 년 만에 군왕 노릇이 끝난 압록강가에서 해마다 무병장수를 기원하겠습니다. 그러니 아버지여! 아들을 믿고 훠이훠이 가소서. 가시거든 쉽게 고개 돌리지 마시고 오랫동안 머무소서. 아들이 마지막 승전보를 전하는 바로 그 순간까지.'

선조가 양미간을 찡그렸다. 흐트러짐 없는 광해군의 태도가 마음에 걸렸던 것이다. 오늘을 학수고대한 사람 같았다. 깊은 숨을 몰아쉰 후 마지막 당부를 했다.

"그리 긴 시간이 걸리지는 않을 것이야. 과인이 명나라 원군을 이끌고 압록강을 건넌다는 전갈을 받으면 세자는 지체 없이 의주로 오도록 하라."

"명심하겠사옵니다, 아바마마. 부디 옥체 보존하시옵소서."

광해군은 침착하게 작별 예를 차렸다. 선조는 시선을 내리깔고 다시 서책을 뒤적거리기 시작했다. 절을 하는 아들도 절을 받는 아버지도 무심하기는 마찬가지였다. 이 모든 일이 서로 다른 곳에서 따로따로 이루어지는 것만 같았다.

광해군이 물러간 후에도 미묘한 긴장감은 황혼 녘 불그레한 어두움에 휩싸여 오랫동안 지속되었다. 밤이 왔고 남두육성(南斗六星)은 여전히 흐렸으며 평양 전투 결과는 전해지지 않았다. 사람들은 구 할의 절망 대신 일 할의 희망을 붙들고 잠자리에 들었다. 그 자그마한 희망은 완벽한 절망보다도 더 그들 마음을 끈끈

하고 칙칙하며 조급하고 불안하게 만들었다. 마지막 남은 희망의 불씨가 행여 꺼질세라 잠을 설치는 이들도 적지 않았다.

十四、어두운 구름 아래

엇갈리는 길

암갈색 파발마 두 마리가 갈기를 휘날리며 나란히 언덕을 오르고 있었다. 쉰이 훨씬 넘어 보이는 중후한 사내는 류성룡이었고, 서른 안쪽으로 키가 크고 눈이 부리부리한 사내는 류용주였다. 류용주는 어깨에 장검을 비껴 메고 있었다. 나흘째 평안도를 뒤덮은 먹구름은 오늘도 여전히 북쪽 하늘에 머물렀고 간간이 쏟아지는 빗방울은 붉은 융복을 흥건히 적셨다. 속력이 점점 줄어들었다. 진흙탕으로 변한 길 때문이다. 희고 붉은 봉선화 꽃송이 몇 개가 짓이겨져 있었다.

"영상 대감! 쉬었다 가시지요?"

류용주가 딱총나무 옆에서 먼저 말고삐를 끌어당겼다. 말 울음소리와 함께 두 사람은 소나무 숲 아래에 멈추어 섰다. 류성룡은 오른손으로 뒷목을 두덕거리며 한숨을 몰아쉬었다. 그러곤 검은 하늘을 올려다보며 혀를 끌끌 찼다.

‘어제까지는 전투를 막는 고마운 비였건만, 오늘은 퇴로를 막는 몹쓸 비로구나.’

류성룡은 말에서 내려 뒷짐을 진 채 사방을 둘러보았다. 밥 짓는 연기가 올라오는 곳이 한 군데도 없었다. 평양이 위태롭다는 소문을 듣고 백성들이 이미 피란을 떠난 것이다.

“용주야!”

“예.”

잔재비(자질구레한 일을 아주 잘하는 손재주)가 뛰어난 선전관 류용주가 두 손을 앞으로 모으고 공손히 다가섰다.

“자진(自盡)을 생각해 본 적이 있느냐?”

류용주는 고개를 갸웃거렸다. 의롭게 죽는 것을 떠올린 적은 있어도 스스로 죽으려 생각한 적은 없었다. 류성룡은 천천히 고개를 들어 언덕 위에 있는 지하여장군을 바라보았다.

“어찌할 수 없어서 죽음을 택하는 것이 아니라 오로지 죽고만 싶을 때가 있는 법이다. 더 이상 살아서 하늘을 우러를 필요가 없다고 느끼는 순간, 죽음만이 전부인 순간, 그럴 때가 있느냐?”

“없사옵니다, 영상 대감!”

류성룡은 류용주의 눈을 뚫어져라 응시했다. 류용주는 그 얼굴을 마주 볼 수가 없었다. 이미 흰머리가 가득하고 수염도 반백이었지만, 각진 턱 선과 오뚝한 콧날은 능히 세월을 이겨내고 있었다. 누가 보더라도 호감 가는 얼굴, 세상을 읽는 지혜와 맑은 단심이 담겼을 것만 같은 얼굴. 류성룡은 그런 얼굴을 간직해 온 것이다.

사내는 이마로 흘러내리는 빗물을 손바닥으로 훔쳤다.

“둘이 있을 때는 그냥 아저씨라고 부르래도 왜 고집을 피우는 게냐? 영상 대감은 또 무슨 말인고? 벼슬자리에서 쫓겨난 지가 언젠데……”

류용주는 뒷머리를 긁적였다. 류용주는 먼 아저씨뻘인 류성룡에게 함부로 친근감을 표현할 수 없었다. 서애 류성룡이 누군가. 퇴계 이황 문하에서 수학한 후 대제학과 영의정을 지낸 당대 최고 학자이자 정치가가 아닌가.

오늘 류성룡은 자꾸 류용주를 걸고넘어졌다. 자진이라는 말과 아저씨라고 부르라는 권고 사이에서 류용주는 계속 머뭇거렸다. 안색을 통해 류성룡이 품은 속마음을 읽기는 불가능하다. 류성룡 표정은 그만큼 담담하고 한결같았다.

“갑자기 그러시니 요해하기 어렵사옵니다. 풀어서 말씀해 주십시오.”

류용주는 두 귀를 쫑긋 세우고 몸을 웅크렸다. 더운 김이 어깨 위로 어질어질 피어올랐다. 빗방울이 차츰 잦아들고 있었다.

“무엇 말이더냐?”

류성룡은 류용주에게 되물었다. 아내가 죽고 쉰 살 고비를 넘기고부터는 약조했던 시간이나 물건을 놓아 둔 곳을 깜박깜박 잊었다. 약관 스무 살 때는 사서삼경을 줄줄 읊던 비상한 기억력이었건만, 흐르는 나달 앞에선 어쩔 수 없는 모양이었다.

문득 퇴계 선생을 처음 만나던 때가 떠올랐다. 류성룡은 열아홉 살에 관악산으로 들어가 『맹자』를 재독했고, 스무 살에 고향으로 돌아와 『춘추』를 읽었다. 그 다음 해에 도산으로 가 퇴계 문하에서 『근사록』을 익혔다. 그때 퇴계는 이미 예순두 살이었다. 퇴계는 준수한 외모만큼이나 박학한 류성룡을 처음부터 아꼈다. 그래선지 자신감에 충만해 있는 젊은 제자에게 충고하곤 했다.

"너 자신을 너무 믿지 마라. 도를 깨치는 공부는 천재와 둔재가 벌이는 놀이가 아니니라."

건망증이 심해질수록 스승님 말씀이 새록새록 새로웠다. 예전 같으면 한 번 읽고 버릴 책도 두 번 세 번 거듭 읽었다. 요즈음은 책을 읽기 위해 보는 것이 아니라 손때를 묻혀 더럽히기 위해서 본다는 것이 더 옳았다. 그러자 행간에 숨어 있던 많은 깨달음들이 솟아올랐다. 연륜의 무게, 인간이라는 존재의 비열함, 삼라만상의 오묘함, 군신 관계의 변화무쌍함, 그리고 생사고락의 단순함이 자주 손에 잡혔다.

"자진 말이옵니다."

류용주가 기다리다 못해 답을 재촉했다.

"아아, 그래……, 자진! 누구나 평생 한 번은 그런 충동을 느낀다지만 내게는 그딴 것이 찾아오지 않을 줄 알았지. 인생살이에 예외는 없나 보구나. 천양(泉壤, 땅 밑. 죽은 뒤에 넋이 돌아간다는 곳.)이 이렇듯 가까우니."

"대, 대감!"

류용주는 눈이 휘둥그레졌다.

'평양 전투에서 패배한 일을 책임지고 자진하시려는 겐가? 안 된다. 결코 아니 될 일이다.'

류성룡은 고개를 돌려 달려온 길을 어림짐작해 보았다. 지금쯤은 평양이 완전히 왜군 수중에 떨어졌을 것이다.

'남아 있던 장졸들은 어찌되었을까. 미처 난을 피하지 못한 평양 백성들은 어떻게 사지를 벗어났을까. 윤두수가 대동강을 건너 왜적을 기습하겠다고 했을 때 왜 말리지 못했던가.'

류성룡은 회한에 찬 눈물이 그렁그렁한 눈으로 말없이 평양성 쪽을 바라보았다.

유월 십사일 자정, 좌의정 윤두수는 고언백(高彦伯)에게 사백 명이 넘는 군사를 맡겨 은밀히 능라도에서 대동강을 건너 왜적을 치도록 했다. 처음에는 기습을 당한 왜군들이 허둥지둥하며 자멸하는 양상을 띠었지만 동이 트자 전세가 뒤집히기 시작했다. 눈 깜짝할 사이에 삼백 명이 넘는 군사들이 추풍낙엽처럼 쓰러졌다. 장졸 백여 명만이 왜군들 칼날을 피해 대동강 상류로 달아나서 왕성탄(王城灘)을 건너 무사히 돌아왔다. 이어 걷잡을 수 없는 일이 벌어졌다. 대동강 물이 불어 강을 건너지 못하던 왜군들이 왕성탄 쪽 수심이 얕다는 사실을 알고 밀물처럼 몰려든 것이다. 적군에게 길 안내를 해 준 꼴이었다.

전세는 급격하게 기울었다. 류성룡은 선조에게 전황을 설명하고 대책을 마련하기 위해 류용주만을 데리고 허겁지겁 평양성을 떠났다. 영변 근방에 이르자 몽진 대열이 이미 박천(博川)으로 향했다는 풍문을 접했다. 분조가 결정되었으며 선조 일행은 의주로, 광해군 일행은 강계로 향했다는 소식도 들려왔다. 광해군은 선조를 배웅한 후 종묘사직을 받들고 출발하였기에 아직 영변을 완전히 벗어나지 못했다. 류성룡은 조금 돌아가는 한이 있더라도 광해군을 먼저 만나 보기로 마음먹었다. 이제 이 나라 조선에 태양이 둘이 된 것이다.

"대감! 조선 수군이 계속 승전하고 있다는 소문이 저잣거리에 좌악 퍼졌습니다. 전라도 쪽에서 장사치들이 배를 타고 올라오는 것만 봐도 아직 그쪽은 안전한가 봅니다. 의병들도 곳곳에서 일어나고 있으니 낙담하지 마십시오."

류용주는 울적한 기분을 바꾸기 위해 수군과 의병의 승전 소식을 전했다. 류성룡도 그 소문을 듣고 있었다. 그러나 이순신이 올린 승전 장계는 오월 이십삼일에 도착한 것 하나뿐이었다. 나머지는 순전히 입에서 입으로 전해 들은 것이므로 신뢰할 수 없었다. 수군이 잘 싸우고 영남과 호남에서 의병들이 일어난다고 해도, 임금이 전의를 잃고 압록강을 건너 버리면 이 전쟁은 끝장이다. 머리가 잘려 나갔는데 꼬리와 팔다리가 남아 있은들 무슨 소용이 있겠는가.

"내가 전하를 뵙고 나면 너는 곧바로 배편을 이용해서 전라 좌수영으로 가거라. 알겠는가?"

"예, 대감!"

조정에서는 압록강을 건너 명나라로 가자는 의견과 함께, 황해를 통해 전라도로 내려가자는 의견도 대두되었다. 전라도 쪽 사정을 좀 더 확실히 검토해서 안전하다는 게 확인되면 압록강을 건너는 것보다 그 편이 나을지도 몰랐다. 임금이 국경을 넘지 않고 버티는 것만으로도 군사들 사기를 북돋우고 의병을 일으키는 버팀목이 될 수 있었다. 그러나 선조는 이미 의주로 가고 있었다. 의주로 간다는 것은 여차하면 압록강을 건너겠다는 뜻이다. 백성들도 그런 어심을 읽고 있다. 세자를 앞세워 민심을 수습하려 해도 백성들은 자기 나라를 버리고 떠나려는 군왕을 용서하지 않을 것이다. 어떻게 해서든지 압록강 근처로 가는 것을 막아야 한다. 의주로 가느니 차라리 배를 타고 전라도로 내려가자고 설득하리라.

"저, 저길 보십시오."

류용주가 갑자기 손을 들어 서북쪽을 가리켰다. 피란 행렬이었다. 붉은 갑옷을 입고 대열을 이끄는 사내는 광해군이 분명했다. 분조를 맡은 날부터 광해군의 옷차림은 아주 바뀌었다.

류성룡과 류용주는 황급히 말에 올라 언덕을 내려갔다. 말발굽 소리에 놀란 피란민들이 우왕좌왕 대며 숲으로 뛰어들었다. 광해군이 말에서 내려 류성룡과 손을 마주잡았다.

"반갑소이다, 대감. 생사 여부를 알지 못하고 떠나게 되어 마음이 편치 않았습니다."

류성룡이 길바닥에 꿇어 엎드려 중벌을 청했다.

"세자 저하, 소생 평양을 지키지 못하고 이렇게 도망쳐 나왔사옵니다. 엄히 벌하여 주시오소서."

광해군은 류성룡을 부축해서 일으켜 세웠다. 두 사람은 일행과 떨어져 솔숲으로 들어갔다. 광해군이 먼저 입을 열었다.

"분조를 이끌게 되었습니다."

류성룡은 조정을 둘로 나누는 것을 처음부터 반대했다. 둘로 나눌 신하나 군사도 없지 않은가. 하나로 똘똘 뭉쳐 있어도 왜적과 맞서기 힘든 판에 조정을 둘로 쪼개는 것은 어리석은 짓이었다. 전쟁 전부터 소리 소문 없이 퍼진 선조와 광해군의 불화는 이제 공공연한 비밀이 되었다. 이런 마당에 분조하여 임금과 세자가 각기 다른 길을 간다면 이는 부자간 불화를 드러내 놓는 것인 동시에 자칫 결별로까지 비칠 수 있다. 교지가 두 쪽에서 내리고, 천어(天語, 왕의 말)가 두 쪽에서 나온다면 전선에 있는 장수들은 어리벙벙할 것이다.

광해군이 류성룡의 물기 어린 눈을 응시했다.

"아바마마께서는 내부하기로 결정하셨습니다."

순간 류성룡은 두 눈이 왕방울만 하게 커졌다. 황급히 무언가를 물으려다 말고 소매로 눈물을 쓰윽 훔친 다음 목청을 가다듬었다.

"왜 만류하지 않으셨사옵니까?"

"원군과 함께 돌아오겠노라고 하셨습니다. 압록강을 건너지 못해 적의 손에 잡히는 욕을 당하느니 차라리 안전하게 요동으로 피하는 편이 낫지 않습니까?"

류성룡은 어깨를 으쓱 들어 올리며 말라붙은 입술을 혀끝으로 훑었다.

"세자 저하! 저하께서는 명나라를 믿으시옵니까?"

광해군이 조금 뜸을 들였다가 대답했다.

“명나라는 예와 도를 중시하는 나라입니다. 천자의 나라가 조선을 배반할 리 있겠습니까?”

류성룡이 맞장구쳤다.

“그렇지요. 명나라가 우릴 배신하고 왜를 돕지는 않을 것이옵니다. 하오나…… 명나라는 쉽게 원군을 보내지 않을 것이옵니다. 저들은 결코 예와 도에 따라 우리를 돕지는 않사옵니다. 저들이 조선을 도울 때는 자기들 안위가 위태롭다고 판단되는 순간이옵니다. 지난 두 달을 돌이켜 보시옵소서. 저들이 공맹의 가르침을 따랐다면 벌써 조선에 원군을 파병하였을 것이옵니다. 하오나 저들은 임세록을 보내 우리를 살피고만 있사옵니다. 이런 와중에 주상 전하께서 압록강을 건너시면 저들은 전하를 볼모로 잡을 것이옵니다.”

“볼모라고요?”

광해군은 자신도 모르게 목소리가 커졌다. 영특한 광해군도 거기까지는 생각이 미치지 못했다.

“세자 저하! 생각해 보시옵소서. 저들이 만약 원군을 보내어 이 전쟁을 승리로 이끈다면 당연히 전리품을 요구할 것이옵니다. 그때 주상 전하께서 저들 손에 있다면 더 많은 전리품을 취할 수 있겠지요. 반대로 원군을 보내지 않아서 조선이 왜국 수중에 떨어진다면 명군은 요동에서 왜군과 맞서야 할 것입니다. 그때 왜군에게 군량미와 무기를 지원하거나 직접 군사로 끌려 나온 조선 백성들 마음을 되돌리기 위해서는 주상 전하를 내세우는 것 이상 좋은 방책이 없사옵니다. 그러므로 저들에게는 주상 전하를 요동에 잡아 두는 편이 무조건 득이옵니다. 지금 전하께서 압록강을 건너는 것은 늑대 발톱을 피하려고 호랑이 굴로 뛰어드는 것과 다르지 않사옵니다. 또한 저들은 주상 전하와 세자 저하를 두고 끊임없이 저울질할 것이옵니다. 결국 우리 앞날이 저들에게 좌지우지될 것이니 전쟁에서 이긴들 무슨 소용이 있겠사옵니까."

그 말은 한 치도 틀린 바 없었다. 그때까지 광해군은 류성룡이 명나라에 끊임없이 문서를 보내는 걸 보고, 명나라를 철석같이 믿는 사대주의자라고 생각하고 있었다. 큰 착각이었다. 한숨이 절로 나왔다.

"휴우우! 역시 서애 대감이십니다. 제 생각이 짧았군요. 그렇지만 이미 분조가 꾸려졌고 아바마마도 의주로 떠나셨으니 앞으로 이 일을 어찌해야 하겠습니까?"

"제가 우선 주상 전하를 뵈옵고 압록강을 건너서는 아니 되는 까닭을 주청 드릴 것이옵니다."

"그래도 기어이 가겠노라시면?"

"압록강에 몸을 던지겠나이다."

류성룡이라면 그러고도 남을 위인이었다. 류성룡이 목숨을 걸고 붙든다면 부왕이 마음을 되돌릴 가능성도 있었다.

광해군은 선조가 국경을 넘지 않은 상황에서 분조가 할 수 있는 역할을 생각해 보았다. 부왕을 대신하여 이 나라 주인 노릇을 하겠다는 애초 계획에 큰 차질이 생길 것이다. 호랑이가 여전히 산에 머문다면 여우가 나서서 힘자랑을 할 틈이 없다.

"대감 충정은 잘 알겠어요. 하나 아바마마께서는 압록강을 건너가실 겁니다. 누구보다도 명나라를 믿으시니까요."

"저하!"

류성룡은 절로 목소리에 힘이 들어갔다. 두 사람은 잠시 눈빛을 교환하며 침묵했다. 멎었던 빗방울이 다시금 흩뿌리기 시작했다. 류성룡은 가슴에 담아 두었던 말을 기어이 꺼냈다. 지금이 아니면 광해군 마음을 다독일 기회가 없었다.

"세자 저하! 주상 전하께서 내부하시면 우리는 이 전쟁에서 승리할 수 없사옵니다. 저하 혼자 힘으로는 도저히 전세를 뒤집을 수 없사옵니다. 주상 전하께서 압록강을 건너셨다는 소식이 알려지면 백성들은 주저앉고 말 것이옵니다. 굽어 살피소서."

류성룡은 광해군이 은근히 분조를 바라고 있음을 눈치 챘다. 선조 곁에서 뒤치다꺼리를 하는 것보다 자기 세력을 끌고 전쟁터로 가는 편이 낫다고 생각하는 것이라.

"이것은 제 뜻이 아니라 아바마마 뜻입니다."

광해군은 모든 것을 어명으로 돌렸다. 잠시 한숨을 토해 낸 류성룡이 광해군에게 물었다.

"분조는 어디에 두실 생각이온지요?"

"강계를 거쳐 강원도로 들어가려 합니다만……"

류성룡이 말을 잘랐다.

"아니 되옵니다. 강원도는 이미 왜군 수중에 들어갔사옵니다. 강원도를 거쳐 함경도로 올라오는 왜군은 난폭하기 이를 데 없사옵니다. 특히 적장 가토 기요마사(加藤清正)는 간자들을 풀어 미처 피란을 떠나지 못한 조정 중신들과 왕실 종친을 찾기에 혈안이 되어 있사옵니다. 한데 그곳으로 가시다니요. 절대로 아니 되옵니다."

"이런저런 사정을 따지다가는 아무 곳에도 발을 붙이지 못합니다. 왜군이 이미 함경도로 진입했다고 하니 오히려 강원도는 안전할 것입니다. 나는 강원도로 가겠소. 거기서 죽는 한이 있더라도 말이오."

류성룡은 두 주먹을 불끈 쥔 광해군을 바라보았다.

"저하!"

선조와 광해군은 무척 성품이 달랐다. 선조는 인간을 중요시하며 순간순간 임기응변에 능한 반면 광해군은 원칙을 지키면서 법테두리를 벗어나려 하지 않았다. 그러나 역시 한 핏줄인지라 공통점이 많은 것도 사실이었다. 그중 하나가 평소에는 신하들 의견을 경청하고 뜻을 수렴하기 위해 노력하지만 중요한 사안은 반드시 혼자서 결정하고 그 결정을 끝까지 밀어붙인다는 것이다. 군왕은 압록강을 건너 요동으로 들어가기를 고집했고, 세자는 강원도행을 굳혔다. 두 사람 모두 자기 고집대로 할 것이다. 선조가 요동에 가서 명나라 볼모가 되고 광해군이 강원도로 가서 왜군 포로가 된다면 이 전쟁은 돌이킬 수 없는 국면으로 빠져든다. 최악을 상상하니 이마에서 진땀이 절로 흘러내렸다.

"저하! 강원도는 이미 사지이옵니다. 차라리 저와 함께 박천으로 가시옵소서. 가서 함께 주상 전하가 요동으로 가는 걸 만류하는 게 좋을 듯하옵니다."

"이미 어명을 받았습니다. 분조를 이끌고 돌아가면 어명을 거역하는 것이 되지요. 아바마마를 설득하는 일은 대감이 수고해 주십시오. 만약 요동으로 들어가겠다는 뜻을 굽히지 않으시면 대감이 아바마마를 호종해야 할 것입니다. 대감이 아바마마 곁에 계시면 저도 마음 놓고 강원도로 내려갈 수 있겠습니다. 자, 이쯤에서 헤어지는 것이 좋겠군요. 어서 박천으로 가십시오."

광해군은 요지부동이었다. 류성룡은 이 호기로운 젊은이가 기특하면서도 불안했다. 세자가 왜군 포로가 된다면 장차 그 일을 어찌할 것인가. 지금은 천운을 빌 도리밖에 없었다.

"저하, 그럼 저와 한 가지 약조를 해 주십시오."

"말씀해 보세요."

"강원도로 가시되, 상황이 여의치 않거든 지체하지 마시고 주상 전하 곁으로 돌아오셔야 하옵니다. 저하를 잃는 것은 이 나라 전부를 잃는 것과 다름없음을 유념하소서."

"그렇다고 압록강을 건너 요동으로 들어갈 순 없습니다."

"결코 그런 일은 없을 것이니 심려 마시옵소서. 주상 전하와 세자 저하께서 한곳에 거하시면서, 세자 저하가 앞장서시고 주상 전하께서 뒤를 받치신다면 백성들 마음도 돌아설 것이옵니다. 어리석은 늙은이가 드리는 말을 잊지 마시옵소서."

"알겠습니다. 꼭 그리하리다. 부디 아바마마를 잘 보필해 주세요. 그리고 중전마마와 빈궁도 살펴 주시고요."

"알겠사옵니다, 저하!"

류성룡은 질퍽질퍽한 땅에 이마를 묻으며 절을 올렸다. 광해군은 차디찬 손을 잡고 건강에 각별히 유념하기를 당부했다.

류성룡과 류용주는 분조와 헤어져 북으로 말을 달렸다.

먹구름이 점점 짙어지더니 뇌성벽력이 치고 채찍비가 내리기 시작했다. 빗방울이 맞바람에 실려 온몸을 사정없이 할퀴고 지나갔다. 까마귀 떼가 까악까악 울음을 토하며 남쪽으로 내려갔고 무리를 지어 이동하는 늑대들의 긴 울음소리도 들려왔다.

'여해!'

류성룡은 이순신을 생각하고 있었다. 한 번 더 승전 장계를 올려 준다면 어심을 되돌릴 수 있을 것이었다. 의병들 승첩 소식은 간간이 들려왔다. 하지만 선조는 의병들을 신뢰하지 않았다. 왜군과 싸우는 동안은 의병이지만 언제 마음을 바꾸어 조정을 공격할지 모른다고 여겼다. 특히 선조는 전라도 근방에서 일어난 의병들을 정여립 잔당이 아닌가 하고 의심했다. 승전보가 올라올 때마다 어떻게 유독 그곳에서만 승리할 수 있느냐, 미리부터 군사들을 모으고 전쟁 준비를 했던 것이 아니냐고 반문하기 일쑤였다. 의병이 아니라 관군이 올린 승전 장계가 어느 때보다 필요했다. 그러나 관군은 상주와 충주 방어선을 뚫리고 한양, 개성, 평양을 차례로 잃으면서 후퇴에 후퇴만 거듭하는 실정이었다. 믿을 곳은 수군뿐이었다.

어느새 박천이 가까워졌다. 임금을 따라 피란을 나선 행렬이 눈에 띄었다. 백성들 모습은 사신(邪神, 재앙의 신)에게 휘둘려 도탄에 빠진 불행의 모습 그 자체였다. 끼니를 잇지 못해 앙상한 얼굴, 비에 젖어 축 늘어진 어깨. 병자와 노인들, 패잔병들 신음이 갓난아기들 울음과 뒤섞였다. 류성룡은 그 광경을 지켜보기가 힘들었는지 고개를 돌린 채 말채찍을 더욱 세게 휘둘렀다.

그때 갑자기 갓을 쓰고 술병을 옆구리에 낀 사내가 류성룡 앞을 막아섰다.

"워어어!"

황급히 말고삐를 잡아당겼다. 말이 앞발로 허공을 짓차며 그 자리에 멈춰 섰다. 뒤따라오던 류용주가 장검을 빼어 들고 사내에게 달려들었다.

"웬 놈이냐?"

사내는 번뜩이는 칼날을 보고도 전혀 놀라지 않았다. 오히려 술병을 쳐들어 탁주를 두어 모금 들이켠 후 히죽히죽 웃기까지 했다.

"허허허! 대감, 오래간만이오이다."

류성룡은 눈살을 찌푸리며 사내 얼굴을 찬찬히 살폈다. 털수세에 광대뼈가 툭 불거졌지만 틀림없이 조선 제일 명필 석봉 한호였다.

류성룡은 급히 말에서 내려 한호의 손을 덥석 잡았다.

"경홍(景洪, 한호의 자) 이 사람아! 어디 있다가 이제 나타난 게야? 자네를 얼마나 찾았다고."

류성룡은 왜군이 침입했다는 소식을 듣자마자 사람을 보내 개성에 머무르던 한호를 찾았다. 명나라에 전황을 알리고 원군을 청하기 위해서는 공문을 맡아 쓸 사람이 필요했던 것이다. 한호가 쓴 글씨는 명나라 조정에까지 이름이 드높았다. 그런데 난리 통에 간 곳이 없더니 연통을 넣은 지 근 두 달 만에 산 설고 물 선 박천 땅에서 마주친 것이다.

"허허, 천하의 서애 대감께서 왜 소생을 찾으십니까? 거참 재미있소이다그려."

한호 입에서 문뱃내가 풍겨 나왔다. 불콰한 얼굴을 보니 낮술에 대취했음이 분명했다.

'나라가 망하는 판에 술이나 마시고 있다니.'

류성룡은 울화가 치밀어 올랐다. 그러나 짐짓 분노를 감추고 한호를 향해 환하게 웃었다.

"허허, 조선 제일 명필이 별말씀을 다 하는구먼. 자네가 나라를 위해 큰일을 할 때가 왔다네."

한호가 가슴을 부여잡으며 딸꾹질을 해 댔다.

"꺼억, 『황정경(黃庭經)』이라도 한 권 써 드리오리까? 명나라 사신들과 음풍농월하는 것도 나쁘진 않죠. 하나 우선은 늘어지게 눈을 붙일 방이 필요합니다. 한 열흘 길바닥에서 잤더니 뼈마디가 쑤시고 손이 꽁꽁 얼어붙었습니다. 이래 가지고는 하늘 천 자 하나도 제대로 쓸 수 없겠습니다. 화롯불처럼 뜨거운 계집이 있다면 더욱 좋겠죠. 얼어붙은 몸뚱어리가 더 빨리 녹지 않겠습니까?"

류성룡은 류용주가 타고 온 말을 가리켰다.

"어서 오르시게. 나와 함께 가시게나. 자네가 원하는 일이라면 뭐든지 들어줌세."

"살다 보니 별일도 다 있습니다그려. 대감이 소인에게 말을 다 권하시고. 좋습니다. 까짓 거, 대감 곁에서 며칠 묵도록 하지요. 전하를 뵌 지도 꽤 되었습니다그려."

한호가 왜틀비틀하며 말에 오르자 류용주가 그 앞에서 말고삐를 잡았다. 류성룡은 내심 안도했다. 한호가 왔으니 이제 일은 한결 쉽게 진행될 것이다. 류성룡이 밤낮 없이 글을 쓰고 한호가 일필휘지로 옮겨 적는다면 명나라도 조선에서 벌어지는 일들을 주의 깊게 살필 것이다. 전쟁 중에도 격을 잃지 않고 정성스럽게 공문을 보냈다는 인상을 주면 반쯤 먹고 들어가는 것이다.

말에 오른 한호는 계속해서 술병을 높이 치켜들고 술을 마셔댔다. 그리고 그 술이 전부 떨어질 때쯤 세 사람은 마중 나온 병조 판서 이항복을 만났다. 이항복은 얼굴에 반가움이 가득했다.

"대감, 어서 오시옵소서. 전하께서 기다리고 계시옵니다."

류성룡은 고개를 끄덕인 후 옆에서 비틀대는 한호를 눈짓으로 가리켰다. 그제야 이항복은 한호를 알아보고 인사를 건넸다.

"어서 오십시오."

류성룡은 한호가 대답하지 못하도록 끼어들어 막았다. 한호가 대취한 것을 알면 대쪽같은 이항복이 그냥 있을 리가 만무했다.

"석봉이 지치고 피곤한가 보이. 병판이 온돌방 하나만 마련해 주시게. 관기도 있으면 붙여 주고."

十五、불제자여、그림자를 겁내지 마라

칠월 이일 저녁.

류성룡은 이불을 깔고 엎드려 누운 채 시 하나를 거듭 외고 있었다. 지난 유월 이십삼일 의주에서 첫 밤을 보낸 후 선조가 읊은 시였다.

나라 사정 매우 급박한데	國事蒼黃日
충성할 이 그 누구인가	誰能李郭忠
한양을 떠난 것은 큰 계획이요	去邠存大計
회복은 그대들에게 달려 있나니	恢復仗諸公
국경이라 달 아래 슬피 울고	通器關山月
압록강 바람에 아픈 이 가슴	傷心鴨水風
신하들아, 오늘을 겪은 후에도	朝臣今日後

오히려 또 동인 서인 싸우려는가!　　　尙可更西東

“동인 서인 싸우려는가. 싸우려는가. 이 망극함을 어이할꼬!”

마지막 부분이 가슴을 쳤다. 성심을 저토록 슬픔에 잠기게 하였으니, 신하 된 자는 죽어 마땅할 일이었다. 그러나 지금은 눈물 흘릴 여유도 없다. 시간이 조금이라도 있다면 왜군을 막을 방도를 찾아야 했다.

“서산 대사께서 오셨습니다.”

류용주가 휴정이 도착했음을 알렸다. 엎드려 있던 류성룡은 문밖 섬돌 위에 서 있던 류용주를 불러들였다.

“일으켜 다오. 큰스님 앞에서 결례를 할 수는 없지.”

뒤따라 휴정과 월인이 썩 들어왔다.

“부원군 대감! 그냥 누워 계세요. 이러시면 소승이 더 불편합니다.”

류성룡이 식은땀을 흘리면서 사방침(四方枕, 팔꿈치를 괴고 비스듬히 기대어 앉게 된 베개)에 기대어 겨우 자세를 고쳐 앉았다. 바람벽엔 사시수수도(四時蒐狩圖, 네 계절 사냥하는 것을 그린 그림) 한 장이 걸려 있었다. 류용주에게 맡긴 오른팔이 유난히 떨렸다.

“송구스럽습니다. 미리 마중 나갔어야 하는데, 험한 길을 오시라 청해 놓고 이런 꼴로 마주 앉습니다. 너그러이 용서해 주십시오.”

몽진을 시작할 때부터 시난고난(병을 오래 끌면서 점점 악화되는 모양) 엉덩이가 불편했는데 의주에 닿은 후로는 일어서서 걷기도 힘이 들었다. 이틀 전부터는 하루 종일 엎드려 지냈다.

"용서라니요? 가당치도 않습니다. 의주까지 오는 동안 부원군 대감께서 누구보다 불철주야 어가를 호종하기에 애쓰신 것을 모르는 사람이 없습니다. 병이 날 만도 하지요."

"국사가 막중한 이때 이 한 몸 돌보지 못한 죄가 참으로 큽니다. 오늘 전하께서는 용만관(龍灣館)에서 대국 차관 세 사람을 만나셨습니다. 슬픈 어심을 누르시며 원병과 함께 군량미까지 청하셨지요."

"차관들은 혹시 조선이 왜국과 결탁한 것이나 아닌지 살피고자 하였겠군요."

"그렇습니다. 조선 조정이 이렇게 맥없이 의주까지 몽진하리라고는 대국 조정도 예상하지 못했으니까요. 일부러 길을 내주면서 의주까지 온 것이 아닌가, 의주에서 힘을 합쳐 대국을 공격하려는 게 아닌가 의심하는 것도 당연합니다. 하나 전하께서 곡까지 하시며 억울함을 밝히셨고 차관들도 의주에 와서 우리 형편을 보고 의혹을 풀었습니다."

"다행입니다. 이제 원병이 오겠군요."

류성룡이 코를 다시 요에 갖다 대었다 떼며 말했다.

"요동 부총병(遼東副摠兵) 조승훈(祖承訓) 정도가 올 듯합니다. 하나 조승훈 장군은 경솔하고 오만방자하기로 악명이 높습니다. 조 장군이 온다 한들 과연 평양성을 탈환할 수 있을지 걱정입니다."

휴정이 사족을 달았다.

"남의 나라에 와서 전투를 치르는데 어느 정도 횡포는 예상해야 하지 않을까요? 자기 나라를 지키는 것도 아니고 조선과 왜의 전쟁에 끼어드는 꼴이지 않습니까? 조선이 대국을 성심껏 받들었다고 하나 그렇다고 전장에까지 나아와서 대신 피를 흘리는 것은 쉬운 문제가 아닙니다. 지금 대국 원병이 없다면 우리는 이 전쟁에 지고 맙니다. 성품도 좋고 조선 사정에도 밝은 장수가 오면 좋겠으나 그렇게 합당한 장수를 앉아서 고를 처지는 아니라고 봅니다만……."

"대사 말씀이 옳습니다. 다만 제가 걱정하는 건 횡포는 횡포대로 부리고 전투는 전투대로 패하는 경우지요. 조 장군이 이끄는 원병이 평양성 전투에서 전멸이라도 하면 대국 조정에서는 다시 원병을 보내지 않을지도 모릅니다. 평양성 전투에서 이길 수 있도록 확실하게 준비를 해야 합니다. 그래서 대사를 청한 것입니다."

"소승은 늙고 병든 어리석은 불제자일 뿐입니다."

류성룡이 목소리에 힘을 실어 말했다.

"대사! 나라를 걱정하는 곧은 서생들이 의병을 일으키고 있음은 들어서 알고 계시겠지요? 하나 그 의병들은 하삼도에 집중되고 있습니다. 경상 우도와 전라 좌도에 많은 장졸들이 모여 있지요. 평양성을 탈환하려면 황해도와 강원도, 평안도 일대에서 의병이 일어나야 합니다. 평양으로 향하는 왜군 보급로를 차단하고 장졸을 모아 배후를 쳐야 합니다. 뒤가 불안하면 앞도 제대로 싸우기 힘든 법이니까요. 대사께서 그 일을 도와주십시오. 조선 팔도에 격문을 보내 불제자들로 하여금 나라를 구하는 의로운 싸움에 나설 수 있도록 도와주십시오."

류성룡이 오른팔을 힘겹게 들었다. 휴정이 힘껏 그 손을 부여잡고 답했다.

"소승이 여기까지 온 것도 바로 그 일을 위해서입니다. 얼마나 도움이 될지는 모르겠으나 불제자들도 나라를 구하는 싸움에 동참하려 합니다. 소승 문하 중에서 특히 유정은 무예에 능하고 신망이 두터우니 중히 쓸 만합니다."

"고맙소이다, 대사. 사명당 유정, 그 맑고 깊은 덕 또한 들어서 잘 알고 있습니다."

이야기가 여기에 이르자 갑자기 류성룡이 월인과 류용주를 돌아보고 일렀다.

"자네들은 잠시 나가 있게."

류용주는 곧 자리에서 일어섰지만 월인은 아쉬움이 남는 듯 미적거렸다. 휴정이 헛기침을 해서야 겨우 두 무릎을 펴고 자리에서 일어섰다.

류용주는 월인을 부엌에 딸린 건넌방으로 안내했다.

"스님! 저는 류용주라고 합니다. 서애 대감과는 먼 친척뻘 됩니다. 대감 곁에서 잔심부름을 도와 드리고 있습니다."

류용주가 따뜻한 당작설(唐雀舌, 중국에서 나는 상등차)을 내온 후 정식으로 인사를 건넸다. 월인은 굳은 얼굴을 펴지 않은 채 건성으로 인사를 받았다.

"소승 월인이라 합니다."

"서산 대사께서 오셨으니 이제 대감께서도 큰 걱정은 더셨습니다. 대사께서 묘향산 더 깊은 자락으로 숨어버리시지나 않을까 염려하셨답니다."

월인이 차를 한 모금 볼에 머금었다. 은은한 기운이 식도를 타고 온몸으로 퍼져 나갔다.

"큰스님은 조심하실 뿐 숨는 분이 아니십니다."

"대감마님도 그리 말씀하셨습니다. 한데 월인 스님께서는 언제부터 큰스님 문하에 드셨는지요?"

월인이 잔을 내려놓으며 짧게 되물었다.

"들고 나는 때가 어디 따로 있겠습니까?"

"대국에서 원군이 오고 승병(僧兵)까지 나서면 전세를 뒤바꿀 수도 있을 듯합니다. 낭떠러지에서 이제 겨우 몇 걸음 물러난 듯하네요. 평양만 탈환하면 송악(松嶽, 개성)과 도성으로 밀고 내려가는 건 시간문제입니다."

월인이 류용주 얼굴을 똑바로 쳐다보며 뜻밖의 이야기를 시작했다.

"원군이 오고 의병이 힘을 보태면 왜군을 다시 밀어붙일 수 있을지도 모릅니다. 하나 이미 조선 팔도가 왜인들 수중에 들어가지 않았습니까? 한 가지 행실에 실수가 있으면 백 가지 행실로도 회복하기 어렵다 했습니다. 그 알짬(여럿 중에서 가장 중요한 내용)을 바꾸어야 하겠지요."

"알짬을 바꾼다?"

"다시 송악과 도성을 탈환했다 칩시다. 이미 많은 백성들이 맞아 죽고 굶어 죽고 병들어 죽었습니다. 집들은 불타고 가족이 뿔뿔이 흩어졌지요. 논과 밭은 짓밟히고 우물에는 모두 독을 풀었습니다. 전쟁 전으로 돌아가기 위해서는 적어도 반백 년이 필요합니다. 민심이 들끓을 것입니다. 한두 해로는 이 상처를 치유할 수 없다는 것을 백성들도 알기 때문이지요. 누군가 책임져야 합니다. 누가 그 상처에 책임져야 할까요?"

"그야 왜인들이……"

월인이 말머리를 잘랐다.

"물론 조정에서는 왜인들에게 잘못을 돌리려고 하겠지요. 하나 잘못을 덮는 것만 한 잘못이 없고 허물을 꾸미는 것만 한 허물이 없다 했습니다. 덮거나 꾸미지 말고 이번 전쟁 책임을 물어야 하겠지요."

류용주가 고개를 갸웃거렸다.

"왜인들에게 책임을 물어서도 아니 되고 그 책임을 덮어서도 아니 된다면……, 어렵군요. 소생은 스님 뜻을 잘 모르겠습니다. 그나저나 이렇게 큰스님께서 승병을 일으키시면 나중에 큰 상이 내릴 겁니다."

월인은 표정이 점점 더 굳었다.

"초면에 이런 말까지 해서 어떨까 싶습니다만…… 큰스님께서 행궁까지 오신 것은 먼 훗날 상을 받기 위함이 아니라 벌을 면하기 위함입니다."

"어인 말씀이신지?"

"이 나라가 공맹의 도리를 따르는 나라임을 모르지는 않겠지요? 감히 불제자가 어명을 어기고 산중에 숨었다가는 사시(肆市, 죄인을 목 베어 죽이고 그 시체를 많은 사람이 모이는 저자에 벌여 놓는 형벌)를 당할 겁니다. 아무리 큰 공을 세운다 한들 불제자들이 공신록에 오를 수 있을까요? 후후후, 결코 있을 수 없는 일입니다. 흠이나 잡히지 않아야지요. 나중에 전쟁 책임이 엉뚱하게 우리 불제자들에게 돌아오는 것을 막아야지요."

류용주가 비로소 고개를 끄덕였다.

"월인 스님! 감히 한 말씀만 드리겠습니다. 소생이 보기엔 스님은 걱정이 너무 지나치신 것 같습니다. 한 가지 예를 들어 보겠습니다. 어떤 사람이 산길을 걷고 있습니다. 그 사람이 자기 그림자를 두려워하거나 발자국을 꺼린다면 발걸음이 더욱 바빠질 수밖에 없겠지요. 그러나 그 발걸음이 바빠질수록 발자국은 더욱 많아지고 그림자는 더욱 급히 따른다고 합니다. 두려움은 그렇게 옮는 법이니까요. 그 사람이 만약 그늘 속에 있었다면 그림자를 없앴을 것이고, 고요함을 품었다면 발자국도 더 생기지 않았을 겁니다. 물론 이 나라는 공맹의 나라입니다. 개국 초에 불교를 억누르는 많은 정책들을 편 것도 사실입니다. 하나 지금은 그 원한을 풀 때가 아닙니다. 모든 것을 덮는 하늘의 마음과 모든 것을 싣는 땅의 뜻을 따라야 하지 않겠습니까?"

'이놈 봐라!'

월인이 순간 움찔했다. 그저 류성룡이 거느린 일가붙이로만 알았는데 이치를 밝히는 솜씨가 보통이 아니었다.

'그렇군! 서애 대감이 아무나 곁에 두셨을 리 없지.'

"상이 내리지 않으리란 건 확실합니다. 다급하니 무기를 들고 산에서 내려오라 명하시겠으나, 무기를 내려놓을 때가 되면 과연 저 불제자들이 무기를 순순히 버릴까 의심할 것이니까요. 한번 살생을 저지른 불제자는 또 살생을 저지를 수 있다며 궁지로 몰지도 모릅니다. 큰스님도 물론 이런 정황을 모두 아십니다만 중생을 위해 험한 길로 나서신 겁니다."

류용주가 웃으며 받았다.

"대감은 끝까지 승병들을 보살피실 것입니다. 대감께서 적극 추천하신 전라 좌수사 이순신이 남해에서 쾌승을 거두고 있지 않습니까? 전쟁이 나기 전에 대감께서 지으신 진법에 관한 서책을 소생이 직접 좌수사께 갖다 드렸습니다. 인근 고을 수령과 방백들에게도 좌수영을 도우라는 밀서를 내리셨고요. 승병들도 그렇게 도우실 겁니다. 걱정 마십시오."

"서애 대감께서 병서를 지으셨다고요?"

류용주가 약간 턱을 치켜들고 답했다.

"병서뿐이 아닙니다. 대감은 의술, 천문, 지리 등에 두루 능하시지요. 일찍이 퇴계 선생께서 정치를 권유하신 것도 이렇듯 세상 모든 일에 두루 능통하시기 때문이기도 하답니다."

'그랬구나. 짐작은 했지만 서애 대감이 뒤에서 전라 좌수사를 적극 돕고 있구나.'

"무슨 생각을 그리 골똘하게 하십니까? 승병이 일어나면 스님께서도 큰 전공을 세우시겠지요?"

월인이 잔을 들었다가 내리며 답했다.

"소승이 할 일은 없을 듯합니다. 큰스님 모시는 것 외엔……"

"묘향산 보현사 불제자들은 무승(武僧)으로 이름이 높다 들었습니다. 언제 한번 무공을 보여 주십시오."

보현사뿐이랴. 월인이 어린 시절부터 청춘을 보낸 계룡갑사 또한 대대로 이름난 무승들이 많았다. 그 핵심에는 당취가 있었다. 월인이 말머리를 돌렸다.

"한데 과연 대국으로부터 원군이 오긴 옵니까? 조총으로 무장한 왜군들과 맞서려면 아주 많은 수가 압록강을 건너와야 할 겁니다."

류용주가 웃으며 답했다.

"대감을 믿으십시오. 한음 이덕형 대감과 의논하여 이미 대국 조정에도 손을 써 두셨습니다. 곧 기별이 올 겁니다. 그보다 어서 치루(痔漏, 치질)가 나으셔야 명나라 장수들 마중을 나갈 텐데 초조합니다. 한음 대감이 공무를 잘 처결하고 계시기는 하나, 대감이 떡 버티고 앉으시고 그 뒤에 한음 대감이 서시면 그 누구와 만나도 흔들림이 없을 겁니다. 몽진을 오는 동안 궂은비를 다 맞으시고 또 등에모기, 별모기에 시달리시면서 천한 것들과 한뎃잠도 마다하지 않으시는 통에 병이 더 심해지셨습니다."

"너무 염려 마십시오. 쾌차하실 겁니다."

류용주가 다시 확인하려는 순간 마당에서 휴정의 탁한 목소리가 들려왔다.

"밤이 곧 오느니라."

월인이 일어서서 합장하고 서둘러 방을 나섰다. 류용주는 그 날렵하고 가벼운 몸놀림에서 월인이 오랫동안 무술을 수련해 왔음을 알아차렸다.

十六、노승이 국난 중에 군왕을 뵙다

승지와 사관까지 모두 물린 선조는 잠시 오른손으로 이마를 짚은 채 말이 없었다. 무릎을 꿇고 엎드린 휴정과 월인 역시 너럭바위처럼 움직이지 않았다.

문틈으로 스며든 뒤바람이 등잔불에 이르자 세 사람 그림자가 벽을 타고 천장까지 흔들렸다. 행궁이라고는 하나 경복궁이나 창덕궁에 비하면 형편없었다. 그래도 의주에 닿은 후에는 편히 상도 받고 물도 마실 수 있게 되었다. 도성을 빠져나올 때는 왜군보다 성난 백성에게 큰 낭패를 보는 것이 아닐까 두렵기도 했다. 평양을 떠나올 때에도 불안하기는 마찬가지였다. 여전히 쫓기고 있건만, 의주는 이상하게 편안한 느낌을 준다. 압록강만 건너면 대국 땅이기 때문일까.

"원적암에 머무른다 들었노라."

"그러하옵니다, 전하!"

짧은 문답이 오갔다. 월인은 바닥에 이마를 대고 꿈쩍도 하지 않았다. 허리를 조금 세운 휴정이 눈을 천천히 치켜떴다. 월인은 류용주가 던진 말을 떠올렸다.

'그림자와 발자국을 피해 달아나지 마라. 그늘로 가라. 고요하라.'

휴정은 차분하게 용안을 우러렀고 선조 역시 그 눈길을 온전히 받았다.

'그대를 부를 마음은 없었노라. 불제자들 도움을 받아 이 나라를 지킬 일은 없을 줄 알았노라. 여기까지 쫓겨 온 과인을 보니 어떠한가?'

휴정은 아무 표정도 짓지 않았다. 웃지도 않았고 울지도 않았으며 눈동자를 돌리지도 않았고 콧구멍을 벌렁거리지도 않았다. 전혀 그 마음을 읽을 수 없었다.

"암자에서 되새기는 문장을 말해 보아라."

휴정이 답했다.

"망령된 문장들을 어찌 감히 아뢸 수 있겠사옵니까? 하나 아직도 글에 갇혀 있는 소승이기에 이런 말을 되짚어 보고 있긴 하옵니다. '빈 골짜기는 응답을 잘하고, 빈방은 햇빛이 밝다(空谷善應虛室生白).'"

"빈 골짜기, 빈방이라!"

선조가 잠시 혀끝으로 문장을 감으며 말뜻을 새기더니 갑자기 큰 소리로 꾸짖었다.

"무엄하구나. 과인이 묵죽까지 내려 정여립 일을 불문에 붙였거늘, 아직도 해를 입을까 두려워 미리 조심하는 것인가?"

월인이 고개를 들었다. 성노를 이해할 수 없었던 것이다.

"한 생각이 선하면 상서로운 구름이 모이고 한 생각이 악하면 거센 바람이 불고 사나운 비가 내린다고 하였사옵니다. 어명을 더 잘 받들기 위해 몸도 마음도 비우려 했을 뿐이옵니다. 굽어 살피시오소서."

"오라 하면 오고 가라 하면 가면 되느니라. 어찌 과인 뜻을 미리 살펴 비우고 채우는 것을 뜻대로 한단 말이냐? 묘향산에서 지워 버린 그 불측한 생각들을 꺼내 보아라."

월인은 점점 답답해지기 시작했다.

'큰스님께서 무슨 불측한 생각을 가지고 있었단 말인가. 터무니없는 누명이다.'

그러나 휴정은 순순히 잘못을 인정하며 머리를 조아렸다.

"소승을 엄히 벌하여 주시오소서."

침묵이 흘렀다. 선조도 그 답변에 약간 당황한 듯했다.

'정여립 때문에 잡혀 왔을 때는 끝까지 시시비비를 가리려고 했지 않은가. 공맹에는 공맹으로, 노장에는 노장으로 맞서며 추국하던 대신들을 머쓱하게 만들지 않았던가. 그런데 순순히 벌을 받겠다고?'

"조선 팔도에 있는 불제자들이 모두 그대를 따른다 들었다. 사실이냐?"

"아니옵니다. 이 나라 백성들은 오직 어명만 따를 뿐이옵니다.

소승은 어리석고 병약한 늙은이일 뿐이옵니다. 통촉하시오소서."

"하면 어찌하여 당상관들이 승병을 일으키려면 그대를 꼭 만나야 한다고 하는고? 풍원 부원군은 그대가 아니고는 승병을 모을 수 없다고까지 하였느니라. 당상관들이 모두 거짓말이라도 한다는 게냐?"

휴정이 또 잠시 입을 열지 않았다. 월인은 곁눈질로 안색을 살폈다. 그러나 휴정은 당황하는 빛이 없고 의외로 담담했다.

"젊은 불제자들 몇이 소승을 찾아왔다 간 일이 있사옵니다. 그 수가 몇 명이나 되고 또 그 이름이 무엇이었던가는 기억할 수 없사오나, 아마도 그 가운데 몇쯤은 고산 대찰에 머물러 주지도 되고 그랬을 것이옵니다. 하나 그들이 어찌 소승 말을 따르겠사옵니까."

선조가 갑자기 호령을 했다.

"자꾸 숨기려 들지 마라. 말을 삼가는 것이 미덕이라지만 과인을 기망하기 위해 뒷걸음질만 친다면 용서하지 않겠다. 조선 팔도에 그대가 직접 키운 문도들만 해도 백 명을 헤아린다는 것을 과인도 아느니라. 그들에게 무기를 들고 왜군과 맞서라는 서찰을 띄우도록 해라."

"어명을 내리시면 이 땅에 있는 모든 불제자들이 따를 것이옵니다. 소승이 서찰을 보내 봐야 무슨 쓸모가 있겠사옵니까. 소승은 정여립 사건 때 큰 죄를 지었고 아직도 그 죗값을 치르지 못하였사옵니다. 원적암으로 돌아가 죄를 씻으며 남은 삶을 마무리할 수 있도록 윤허하여 주시오소서."

선조가 자리에서 일어섰다. 서안을 돌아 휴정에게 다가와서 앉았다. 휴정이 더욱더 고개를 숙이자 흰 수염이 바닥에 닿아 사방으로 흩어졌다. 선조가 어수를 뻗어 그 오른손을 꼭 붙잡았다.

"저, 전하!"

휴정의 목소리가 가늘게 떨렸다.

"대사! 과인을 도와주오."

꾸짖고 논박하던 선조가 돌연 상상하기 힘들 만큼 부드러운 말투로 말했다. 휴정이 이마를 바닥에 붙이고 흐느끼듯 말했다.

"소승을 죽여 주시오소서. 죽여 주시오소서."

선조가 이번에는 왼팔로 그 어깨를 감싸듯 안았다.

"대사만이 이 나라를 구할 수 있소. 원하는 게 뭐요? 묵죽이 더 필요하오? 열 장이 필요하다면 열 장을, 백 장이 필요하다면 백 장을 그리리다. 그 묵죽을 지닌 자는 대역죄를 짓지 않는 한 벌하지 않겠다고 약조하겠소."

"죽여 주시오소서. 죽여……"

흐느끼던 휴정이 갑자기 오른편으로 스르르 기울었다. 월인이 급히 허리를 붙들어 무릎 위에 안았다. 선조가 다급히 소리쳤다.

"어의를 들라 하라. 어의는 어디 있는가?"

건넌방에 대기하고 있던 어의 허준이 종종걸음으로 들어왔다. 허준은 휴정을 편히 누인 후 이마와 두 발에 침을 놓았다. 탁한 숨을 연거푸 토한 후에야 창백한 볼에 붉은 기운이 돌았다. 허준이 맥을 짚은 후 아뢰었다.

"심병(心病)이 깊사옵니다. 심이 매우 허하여 잠시 혼절하였으나 곧 정신을 회복할 것이옵니다."

선조가 물었다.

"심병이라! 심병이 깊다 이 말이렷다? 거동은 할 수 있겠느냐?"

허준이 단정히 답했다.

"너무 심려 마시오소서. 심(心)이 허하여 생긴 열을 성심산(醒心散)으로 치료한 후에 전씨안신환(錢氏安神丸)으로 보하면 되오리다."

"언제부터 심병을 앓았단 말이더냐?"

허준이 고개를 돌려 월인에게 물었다.

"자주 피로를 느끼며 깊은 잠을 이루지 못하고 가슴이 아프면서도 답답하다 하지 않으십디까?"

월인이 잠시 머뭇거리자 허준이 두 눈을 감았다가 떴다. 월인이 선조를 향해 대답했다.

"……그러하옵니다. 지난봄부터 잠자리에 드셨다가도 하룻밤에 두세 차례 깨어 원적암 주변을 거닐곤 하였사옵니다. 하옵고……"

허준이 말허리를 잘랐다.

"해묵은 심병이 분명하옵니다. 심기가 허한 사람은 악몽을 꾸는 법이옵니다. 마음이 산란하여 혼백이 제멋대로 돌아다니는 것이옵니다."

"저런……, 앞으로 큰일을 할 사람인데……. 아프다니, 그래 언제쯤 깨어나겠는가?"

"곧 정신을 차릴 것이옵니다. 하오나 오늘밤은 심신을 편히 쉬게 하고 정신이 맑아지는 아침에 다시 하문하시는 것이 좋을 듯 싶사옵니다."

"알겠다. 내일 아침에 남은 이야기를 하겠노라. 어의는 심병을 치유하는 약을 짓고 밤새 곁에서 간병토록 하라."

"알겠사옵니다."

월인은 내관들 도움을 받아 허준이 머무르는 방으로 휴정을 옮겼다. 천장에 주렁주렁 매달린 약초 냄새가 사방 벽까지 배어 있었다. 허준이 성심산에 필요한 맥문동(麥門冬)을 구하러 나간 사이 월인이 휴정의 머리맡으로 바짝 다가앉았다.

"큰스님! 어찌 감히 탑전에서 그런 꾀병을 부리신 건지요?"

죽은 듯 누워 있던 휴정이 두 눈을 번쩍 떴다.

"조용히 해라. 잡인들 출입이 잦은 곳이니라."

월인이 웃으며 답했다.

"대부분 잠자리에 들었습니다. 큰스님이 편히 주무시도록 조용히하라는 어명이 내린 듯합니다. 발소리 하나 들리지 않네요. 한데 심병이 웬 말입니까? 젊은 학승들도 따르지 못할 만큼 묘향산을 쉼 없이 오르내리시지 않습니까? 어의가 심병 운운 했을 때 하마터면 따질 뻔했습니다. 한데 그 어의는 또 어찌하여 거짓을 아뢴 것인지요? 탑전에서 꾀병을 부리고 거짓을 고하면 목숨을 보전하기 어렵습니다."

"넌 알 것 없느니라."

휴정이 고개를 돌려 벽을 쳐다보았다.

"소승을 탑전까지 들게 한 것도 이상합니다. 소승을 문밖에 세워 두고 혼자 들어가실 줄 알았는데 왜 오늘은 곁에 두셨는지요? 소승에게 시키실 일이 있었던 게 아닙니까?"

"……"

"승병을 일으키는 일을 맡기 위해 의주로 오시고선 왜 그 일을 못 하겠다 하신 겁니까? 어명을 어겼다가 큰 화라도 당하면 어쩌시려고요?"

월인이 갑자기 물음을 멈췄다. 휴정이 이불을 걷고 일어나 앉았던 것이다.

"내 다 이야기해 주마."

휴정은 어서 질문을 하라는 듯 눈을 지그시 감고 기다렸다. 월인이 짐작하고 있던 사실부터 확인하기 시작했다.

"승병을 일으키는 데 앞장서기를 끝까지 고사하신 것은 풍원부원군 대감 뜻에 따르신 것입니까?"

"서애 대감 뜻이기도 하고 내 뜻이기도 하지. 남이 듣지 않기를 바라면 말하지 말 것이며 남에게 알려지지 않기를 바라면 행동하지 말라고 하였느니라."

"그 말씀은 곧 전하께서 듣기를 원하지 않기에 나서지 않았다는 뜻입니까?"

휴정이 눈을 감은 채 답했다.

"생각해 보아라. 조선 팔도에 있는 불제자들이 내 명령 하나에 일사불란하게 움직인다면 전하께서 과연 기뻐하시겠느냐? 겉으로는 칭찬하실지 모르나 언제라도 용상을 넘볼 세력으로 여기실 게다. 더구나 그 불제자들이 무기를 들고 독자적으로 움직인다는 것은, 왜군이 코앞까지 왔기에 어쩔 수 없이 허락할 뿐, 결코 용납하기 힘든 일이다. 어차피 승병을 일으켜야 하고, 그 중심에 내가 설 수밖에 없다면, 내가 그 자리를 스스로 원하는 건 모양이 좋지 않다. 가긴 하되 최대한 물러나며 자질이 부족함을 아뢰는 게 어심을 편하게 하고 또 우리에게도 좋지 않겠느냐? 하고초(夏枯草, 여름에 꽃이 피자마자 죽는 꿀풀) 신세를 면하려면 어쩔 수 없지."

"그렇군요. 하면 꾀병과 어의 역시 풍원 부원군 대감이 미리 준비하신 것이군요."

"내가 결코 용상을 위협할 상대가 되지 않는다는 것을 분명히 할 필요가 있었다. 심병을 앓는 늙고 어리석은 늙은이! 전하께서 나를 그렇게 보셔야 이 나라 불교가 명맥을 이어 갈 수 있지. 서애 대감도 미리 이 일을 짐작하고 내의원 허준에게 따로 부탁한 거야."

"하나 탑전에서 꾀병을 앓고 거짓을 고하는 것은 불충입니다."

"큰 불충을 막기 위해 작은 불충을 범하였다고 생각해라. 계속 의심을 받으며 승병을 이끌 수는 없다. 나는 앞으로도 약하고 겁많고 어리석고 늙은 한 마리 쥐처럼 굴 테다. 전공을 조정에 알리지도 않을 것이고 상이 내리더라도 정중히 물리칠 것이다. 많은 곳을 돌아다니지도 않겠다. 월인아!"

"예, 큰스님!"

"나는 널 안다. 네가 원하는 것은 승병이 이 전쟁에서 큰 공을 세우는 것 정도가 아니지. 너는 이 나라를 불국토로 바꾸고 싶은 게 아니냐? 어쩌면 이번 전쟁을 기회라고 생각하는지도 모른다. 하나 내가 보기에 너는 다만 공맹의 무리들이 싫은 것이다. 정작 네가 원하는 불국토를 위해서는 아직 탑 하나도 쌓지 못하고 있어."

월인이 목소리를 조금 높였다.

"오래전부터 꿈꾸어 왔던 일입니다. 이미 탑은 충분히 쌓았습니다."

휴정이 답을 미루고 얼굴을 가만히 쳐다보았다. 월인도 그 눈길을 받자 더 말을 보탤 수 없었다.

"어떤 경우를 당해서도 마음이 흔들리지 않는 것을 태어나지 않음이라 하고, 태어나지 않는 것을 생각 없음이라 하며, 생각이 없는 것을 해탈이라고 하느니라. 그동안 너를 곁에 둔 것은 네가 이 이치를 깨닫기 바라는 마음에서였다. 한데 이제 보니 넌 바람이 불어오기도 전에 먼저 흔들리는구나. 그렇게 흔들려서야 네가 쌓았다는 탑이 무너지지 않을 도리가 있겠느냐? 앞으로도 아주 오랫동안 너는 네가 쌓았다는 그 탑이 무너지고 또 무너지는 것을 볼 게다. 엉절거리지(작은 소리로 원망스럽게 자꾸만 군소리를 내는 것) 마라. 네가 한 번 성낼 때마다 백만 가지 바람이 불어온단다. 월인아!"

"예, 큰스님!"

"서두르지 마라. 손 내미는 자가 있더라도 덥석 쥐지 마라. 가장 늦게까지 서 있어야 한다. 이제 우리 오랜 인연을 접을 때가 가까웠느니라."

월인이 깜짝 놀라며 자세를 고쳐 앉았다.

"어인 말씀이시옵니까? 소승에겐 아직 부족한 점이 많습니다. 이 전쟁이 끝날 때까지만이라도 큰스님을 모시고 싶습니다."

언젠가 헤어질 날이 오리라 생각은 했지만, 너무나 급작스러운 일이 아닐 수 없었다. 월인은 이미 휴정이 승병을 일으키라는 밀서를 내리면 그것을 들고 팔도를 돌아다니리라고 결심하고 있었다.

'큰스님이 전면에 나설 수 없다면 그 수족 노릇을 제대로 할 사람이 필요하다. 맡겨 주시면 성심을 다하리라.'

의주로 오는 동안 월인은 이 결심을 가슴에 새기고 또 새겼다. 그런데 휴정은 도와달라는 말 대신 인연을 접자고 한다. 승병을 일으키는 일에서 아예 손을 떼라는 것이다.

"정녕 모르겠느냐? 전쟁이 끝나면 나는 살아남더라도 나를 따르는 문하 중 몇은 크게 곤욕을 치를 게다. 더구나 너는 더욱 큰 생각을 품고 있지 않느냐? 내 일을 돕다가 탑을 쌓기도 전에 세상 눈에 띌까 걱정이구나."

"그래도 전국에 밀서를 보내려면……, 큰스님 뜻을 충분히 아는……"

"염려를 거두어라. 그 일은 내가 알아서 하겠다. 너는 날이 밝는 대로 떠나라. 전쟁이 이 나라 백성들을 얼마나 참혹하게 만드는지 네 눈으로 직접 보아라. 백성들 곁에 머물며 그 아득한 절망과 눈물과 한숨을 끌어안아라. 싸우고 싶으면 무기를 들고, 달아나고 싶으면 달아나라. 아무도 네 언행에 트집 잡지 않을 게다. 나와 함께 지낸 시절은 잊어라. 누가 묻더라도 내 법명을 내밀지 마라. 월인아! 이제 혼자 힘으로 부딪혀 보는 게다. 가거라. 당장!"

월인이 천천히 자리에서 일어섰다. 휴정은 벽을 보며 다시 돌아누웠다. 월인은 휴정을 향해 큰절을 올렸다.

'큰스님!

눈 감았다가 뜨면 한 삶이 다 흘러가고 또 눈 감았다 뜨면 겨우 기침 한 번 뱉는 순간이라 하셨지요. 모기가 무쇠로 된 소 엉덩이에 주둥이를 찔러 넣듯 정진하라고도 하셨습니다. 저놈은 늘 달아날 궁리만 하는 놈이라고, 망아지처럼 날뛰다 제 명에 죽지 못할까 염려하여 데리고 있는 것이라고도 하셨습니다. 이제 큰스님께서 스스로 우리 문을 열어 주시니 한 걸음 내딛는 것도 벅찹니다. 달은 지고 오경(五更) 깜깜한 밤입니다. 당신의 가늘고 긴 손 어지러이 움직이는 가락을 따라 어두운 숲도 곧잘 돌아다녔습니다만, 이제 마음만 아지랑이처럼 어지럽고 길은 도무지 보이지 않습니다.

큰스님!

그 깊은 뜻을 어렴풋이 느낄 것도 같습니다. 잊고 또 잊으며, 되새기고 또 되새겨, 몸도 마음도 의지할 곳 없는 순간을 찾으라는 것이겠지요. 죽음의 자리에서, 치욕과 번민의 자리에서, 저만의 탑을 쌓아 올리라는 것이겠지요. 첫 마음 잃지 않고 큰스님 가르침 가슴에 깊이 새기겠습니다. 부끄럽지 않은 나날을 쌓아가겠습니다. 불국토를 이루는 길을 꼭 찾겠습니다.'

十七、다시 다가올 싸움을 준비하며

칠월 사일 저녁.

협선에 몸을 실은 소비포 권관 이영남은 전라 좌도와 우도 소속 판옥선 오십여 척이 즐비하게 늘어선 좌수영 앞바다로 접어들고 있었다. 고물에 선 이영남은 표정이 저문 하늘처럼 어둡고 칙칙했다. 그는 벌써 석 달 가까이 원균과 이순신 사이를 오가며 전령 노릇을 해 왔다. 사천 앞바다에서는 전라 좌수군에 속해 왜적과 맞서기까지 했다.

이영남은 두 수영을 오가면서 원균과 이순신이 물과 기름처럼 섞일 수 없음을 점차 깨달아 갔다. 원균이 먹잇감을 보면 눈 깜짝할 사이에 달려드는 용맹한 호랑이라면, 이순신은 먹잇감이 어두컴컴한 동굴까지 제 발로 들어오기를 기다리는 진중한 반달곰이었다. 원균은 이순신이 짜낸 병략이 굼벵이처럼 느리고 답답하다고 불평했고 이순신은 원균이 펴는 군략이 감정에 치우쳐 있으며 기분만 앞선다고 비판했다. 이영남은 그 말들을 상대방에게 그대로 옮기지는 않았다.

“출정 약속을 받지 못하면 돌아오지 마. 이억기도 온다고 하니 이번에는 꼭 부산포를 쳐야 해. 뿌리를 없애지 않으면 아무리 잔가지를 쳐내도 소용없어. 알겠나?”

원균은 떠나는 이영남을 붙잡고 단단히 당부했다. 왜선이 가덕과 거제를 안방 드나들듯 한다고 이미 한 차례 보고했지만 이순신은 꿈쩍도 하지 않았다.

“함정인 줄 알면서 걸려들 순 없어. 때를 기다려야 해. 태공망을 본받아서 하늘이 내린 때를 기다리는 것도 장수가 할 일이지.”

이영남은 횃불로 둘러싸인 진해루를 바라보았다. 부정한 기운을 쫓으려고 세워 둔 앞마당 석인(石人)들과 익모초 꽃잎처럼 붉은 얼굴로 부산하게 뛰어다니는 장졸들이 보였다.

전라 순찰사 이광, 충청 순찰사 윤국형, 경상 순찰사 김수의 연합군이 한양으로 진격하다가 용인에서 궤멸되었고, 평양성까지 함락되었다. 여기서 더 지체하다가는 의주로 피한 조정이 압록강을 건널지도 몰랐다. 그렇게 되면 이 나라는 고스란히 왜국 땅이 되는 것이다.

‘전라도만 안전하면 무엇 하는가. 머리 잘린 팔이 힘을 쓸 수 있는가.’

이영남의 머릿속으로 끊임없이 이런 의문이 맴돌았다.

왜군들이 평양까지 밀고 올라갈 수 있었던 것은 왜국에서 군량미와 무기가 끊임없이 부산포로 수송되기 때문이었다. 사천이나 당항포에서 조선 수군이 아무리 전과를 올려도 왜 수군은 부산포로 물러가 휴식을 취하며 기력을 회복하면 그만이었다. 부산포 앞바다만 봉쇄하면 보급로를 잃은 왜적은 자멸할 것이다. 대다수 장수들은 이렇게 생각했지만 이순신은 신중론을 폈다. 부산포 앞바다를 봉쇄하면 물론 최상이겠지만, 먼저 조선 수군이 부산포에 모인 왜선들을 모조리 분멸할 수 있는가를 곰곰이 따져 보아야 한다는 것이다.

"왔는가?"

전라 좌수영 장수들에게 둘러싸인 채 방답귀선을 올려다보던 이순신이 이영남을 발견하고 환하게 웃었다. 이영남은 왼쪽 무릎을 꿇어 예를 갖춘 후 원균이 보낸 서찰을 전했다. 이순신은 그 서찰을 훑은 다음 순천 부사 권준에게 내밀었다. 권준을 거쳐 이순신(李純信)이 찬찬히 서찰을 읽는 동안 이순신이 물었다.

"어떤가? 영귀선만큼이나 단단하고 화력이 뛰어나다네. 귀선 두 척이 나란히 돌진하면 왜적은 혼비백산할 게야."

이순신은 들떠 있었다. 방답귀선은 영귀선보다 더 흉측했다. 새벽안개 속에서나 해넘이에 방답귀선을 만나면 누구라도 무서운 해룡으로 착각할 만했다. 방답 첨사 이순신(李純信)이 수염을 쓸면서 설명을 이어 나갔다.

"이번에야말로 학익진(鶴翼陣)을 제대로 펼 수 있을 겁니다. 영귀선과 방답귀선이 각각 두 날개 쪽 선두에 서서 적선을 에워싸는 것이지요. 천지현황 총통을 쉼 없이 쏘면서 당파해 나간다면 적을 몰살시킬 수 있습니다."

"방답귀선에 탈 돌격장은 누군가?"

왼쪽 눈이 찌부러진 사내가 앞으로 나섰다. 이순신(李純信)이 차분히 그 사내를 소개했다.

"작년에 무과에 급제한 박이량(朴以良)이옵니다. 제 휘하 장수 중 가장 용맹하고 통솔력이 뛰어납니다. 영귀선 돌격장 이언량과 비교해도 손색이 없을 것이옵니다."

제장들은 방답귀선 용머리와 닮은 박이량 얼굴을 살피며 고개를 끄덕였다. 이순신이 박이량 손을 잡고 몇 마디 당부를 했다.

"방답귀선이 곧 자네고 자네가 곧 방답귀선이야. 저 배가 침몰하면 자네에게도 죽음이 있을 뿐이지. 군령을 어기거나 방답귀선을 잃는다면 자네 목을 베어서 방답귀선을 위한 제물로 쓰겠다. 알겠는가?"

"믿어 주십시오. 장군! 피가 뚝뚝 흐르는 적장 수급을 바치겠습니다."

박이량은 맹약의 증표로 단도를 꺼내 팔꿈치를 쿡쿡 찔렀다. 떨어지는 붉은 피를 사발에 받아 방답귀선을 향해 높이 치켜든 후 단숨에 들이켰다.

그때 서찰을 끝까지 읽은 권준이 조용한 어조로 이영남에게 물었다.

"원 수사는 계속 부산포 진격을 주장하는군요. 이 권관은 어찌 생각합니까?"

장수들의 시선이 일제히 이영남에게 쏠렸다.

"부산포를 점령한 후 쓰시마 섬을 오가는 왜선들을 차단할 수만 있다면 전세를 바꿀 수도 있다고 봅니다. 거듭 크게 승리하여 장졸들 사기가 높은 이때를 놓치지 말고 부산을 치는 것이 좋겠습니다."

권준이 희미한 미소를 지으며 차근차근 이영남의 허점을 파고들기 시작했다.

"조선 수군의 사기가 높은 것은 사실입니다. 허나 높은 사기일수록 한꺼번에 추락할 수도 있음을 알아야 합니다. 지금까지 우리가 거둔 승리는 정예 군선들이 가장 좋은 때에 가장 좋은 장소에서 왜선과 맞선 결과입니다. 그러나 부산은 다릅니다. 오백여 척을 헤아리는 왜선, 또 부산 해안에 매복한 왜군들과 맞서서 승리를 낙관하기는 무척 힘이 듭니다."

"그런 사정은 원 수사께서도 잘 아십니다. 하나 그렇다고 부산으로 나아가지 않으면 장졸들은 더욱 부산의 왜 수군에게 두려움을 가지지 않겠습니까?"

"여기 모인 장수 중 거북선 앞장 세워 부산을 치고 싶지 않은 장수는 단 한 사람도 없습니다. 하나 승전을 거두기 위해서는 치밀하게 준비하고 또 준비하여 패전의 그림자를 걷어 내야 합니다. 혹시 경상 우수군에서는 따로 부산 왜영(倭營)에 간자를 침투시켜 두고 있습니까?"

'간자라고?'

이영남은 두 눈을 크게 뜨고 권준을 쳐다보았다.

'남은 군선과 장졸들을 다독거리기에도 힘이 부족한 경상 우수

군이 아닌가. 간자를 보낼 형편이 아니다.'

권준이 답을 기다리지 않고 답했다.

"왜선의 수는 물론 왜군들의 하루 일과가 어떻고 사기가 어떠한지, 빼어난 장수들은 누구누구인지 살핀 연후에야 비로소 출전할 수 있다고 봅니다. 이미 간자들을 보냈으니 그들이 연통을 보내올 때까지 기다립시다. 적정(敵情)을 살피지도 않고 지금 당장 출전해야만 하는 특별한 이유가 따로 있습니까?"

이영남의 이마에서 식은땀이 흘렀다. 권준의 논리에는 전혀 빈틈이 없었다.

"아, 아닙니다."

"그때까지 우리 수군은 거제도 근방까지 나아가서 계속 전투를 벌일 겁니다. 최대한 포위 압박하여 왜 수군을 위축시켜야지요. 물론 그곳은 경상 우도 바다이며 전란이 벌어지기 전까지는 경상 우수사께서 관할하던 곳입니다. 하나 삼도 수사가 힘을 합쳐 왜 수군과 맞서라는 어명이 내려온 이상, 남해 바다를 나누어 지키는 것은 무의미한 일이 되었습니다. 삼도의 수사들이 모여 전투에서 승리할 수 있는 가장 합당한 계책을 짜야 한다고 봅니다. 지금 곧바로 부산을 쳐야 한다면, 원 수사께서 그 타당한 이유를 삼도 수군 장수들에게 밝히셔야 합니다. 막연히 부산을 쳐 승리하고 싶다는 바람만으로 군선을 움직임 수는 없습니다. 내가 어느 수영에 속해 있으며 내가 받드는 수사의 심중이 어떠한가를 아는 것이 중요한 게 아니라, 어떻게 하면 가장 적은 희생으로 가장 큰 승리를 거둘 수 있는가가 중요한 게지요. 원 수사께서 그런 기묘한 병략을 내신다면 우리도 기꺼이 그 뜻에 따를 것입니다. 하나 병략도 없이 무조건 돌진하자고 하면 결코 따를 수 없습니다. 이미 그런 단순한 병략은 필패임을 여러 전투에서 확인하였으니까요. 이 권관도 우리와 뜻이 같다고 봅니다만, 어떻습니까?"

이영남이 벌겋게 달아오른 얼굴로 답했다.

"지당하신 말씀입니다. 어느 수영에 속했는가가 중요한 게 아니라 이기는 게 중요하지요."

권준이 쐐기를 박듯 말을 보탰다.

"이 권관이 이 불변의 원칙을 원 수사께 잘 말씀드려 주세요. 부탁합니다."

이영남이 떠난 후 이순신은 권준과 날발을 데리고 진해루 뒤뜰 우물로 갔다. 다친 어깨가 또 말썽이었다. 권준이 눈살을 찌푸렸다. 왼쪽 어깨에서 흘러내린 누런 진물이 등에 온통 엉겨 붙었다.

"장군! 치료를 받으셔야 합니다. 이대로 두면 큰일이 납니다."

이순신이 대수롭지 않다는 표정으로 답했다.

"알겠네."

나대용이 급히 와서 백야곶(白也串)을 둘러보러 나갔던 전라 우수사 이억기가 진해루 앞뜰에 닿았음을 알렸다. 권준이 걱정스런 얼굴로 물었다.

"전라 우수사를 만나시겠습니까? 잠시 쉬시는 것이 나을 듯 싶습니다만……"

날발이 고름을 닦아낼 때마다 이순신은 몸을 움찔거렸다. 어금니를 깨물며 고통을 삼키는 모습이 애처로웠다.

"괜찮으이! 권 부사가 준비를 좀 해 주시게. 정사준(鄭思竣)은 왔는가?"

"진작부터 와서 기다리고 있습니다."

순천에 사는 갑부 정사준이 군량미 삼백 석을 보내온 것은 지난 유월 그믐이었다. 형 사익(思翊), 동생 사횡(思竑), 사정(思靖)과 함께 좌수영을 찾은 정사준은 사자코를 가리기 위해 자주 고개를 숙이곤 했다. 그는 이미 무과에 급제하였을 뿐만 아니라 어려서부터 총포에 관심을 가져 집안에 직접 대장간을 설치하고 승자총통(勝字銃筒)과 쌍혈총통(雙穴銃筒)을 만들기까지 했다. 이순신은 정사준을 훈련 주부(訓練主簿)로 삼고 왜군으로부터 빼앗은 조총을 연구하도록 했다. 사거리나 성능에 대하여 알면 왜군을 좀 더 쉽게 격멸할 수 있기 때문이었다.

이순신은 한산도로 출항하기 전 이억기에게 조총이 지닌 위력을 보여 줄 작정이었다. 이억기가 원균 말만 믿고 무턱대고 적진을 향해 돌진하는 과오를 막기 위해서였다. 이억기의 마음을 얻으려면 왜군을 얕잡아보아서는 안 되는 이유를 차근차근 밝혀야 했다.

이순신은 상처를 치료한 후 다시 갑옷을 입고 진해루 앞뜰로 나갔다.

전라 우수사 이억기가 밝게 웃으며 다가왔다. 전라 우수영 군선들은 사천 해전이 끝나고 이순신과 원균의 연합 함대가 진해 앞바다에 도착한 유월 사일에야 모습을 드러냈다. 판옥선 스물다섯 척이었다. 전라 우수영이 진작부터 합류했다면 사천 해전에서 이순신과 나대용이 부상을 당하지 않았을지도 모른다. 이억기도 그 점이 마음에 걸렸던지 자주 이순신에게 전령을 보내 병세를 물었고 귀한 녹용까지 구해 보냈다.

서른두 살 이억기가 쉰 살을 내다보는 이순신과 나란히 앉으니 더욱 젊고 당당해 보였다. 이순신은 뜰에 엎드린 군졸들을 곁눈질한 후 섬돌 옆에 서 있는 정사준에게 물었다.

"저들은 누구인가?"

훈련 주부 정사준이 코를 실룩이며 답했다.

"낙안 출신 대장장이인 수군 이필종(李必從)과 순천 출신 사삿집 종 안성(安成), 김해 출신 사노(寺奴) 동지(同之)입니다. 저를 도와 조총을 만들었습니다."

"조총이라고 했는가? 그대가 조총을 만들었다고?"

이억기가 놀란 눈으로 물었다. 이순신이 조총을 시험한다는 사실을 미리 귀띔하지 않았던 것이다.

정사준이 히죽히죽 웃으며 대답했다.

"그렇습니다. 좌수사 어른 명령을 받들어 우선 두 자루를 가져왔습니다. 보시지요."

정사준이 눈짓을 하자 이필종이 보자기에 싼 것을 조심스럽게 풀었다. 정사준 말대로 조총 두 자루가 나왔다.

"사격 방법을 설명하라."

정사준이 뜰로 내려가서 조총을 꺼내 들었다.

"조총은 화승총(火繩銃)의 한 종류입니다. 먼저 화약을 총구로 밀어 넣고 그 다음 탄환을 넣은 다음 도화선에 불을 붙이면 총탄이 발사됩니다. 사격을 한 후에는 화약과 탄환을 다시 총구로 넣어야 하기 때문에 시간이 꽤 걸리는 약점이 있지요. 따라서 왜군들은 횡렬을 지어 앞줄이 사격한 연후에 그 다음 줄이 이어서 사격을 합니다. 그 틈에 앞줄이 다시 장전을 마치기 위해서지요."

"인명을 살상할 수 있는 거리는 얼마만큼이나 되는가?"

"말로 설명드리는 것보다 직접 보시는 것이 나을 성싶습니다."

정사준이 손짓하자 안성과 동지가 수를 세며 큰 걸음으로 뛰어나갔다. 예순까지 셈한 후 걸음을 멈춘 두 사람은 그곳에 과녁을 세웠다. 정사준이 크게 심호흡을 하고 똑바로 서서 조총을 겨누었다. 도화선 심지에 불을 놓자 곧 굉음과 함께 탄환이 발사되었다. 정사준은 반동을 견디지 못해 한 걸음 뒤로 물러섰다. 안성이 붉은 깃발을 휘두르며 외쳤다.

"관중이오."

정사준이 조총을 내려놓고 그동안 했던 시험 결과를 자세히 설명했다.

"보셨다시피 예순 걸음 안쪽이면 큰 어려움 없이 사람을 죽일 수 있고 또한 백스무 걸음 이내에서는 사람에게 심각한 손상을 입힐 수 있습니다. 탄환에 맞으면 죽거나 불구가 됩니다. 활이 바람에 따라 영향을 많이 받는 데 비해 조총은 조준한 대로 탄환이 정확하게 날아갑니다. 작달비가 오거나 바람이 심하게 부는 날에는 왜군과 전투를 피하는 것이 상책이며, 고지를 점령하고 있는 적과 맞서는 것은 자살 행위나 마찬가지입니다."

"어떻소?"

이순신이 묻자 이억기는 고개를 설레설레 저었다.

"과연 대단한 무기입니다. 저들이 한양까지 단숨에 밀고 올라간 게 우연이 아니었군요. 육십 보 이내로 근접해서 싸우면 죽음을 면키 어렵다는 얘기인데……, 쉽지 않은 전투가 되겠군요."

이순신이 맞장구쳤다.

"옳은 지적이오. 육십 보 이내로 근접하기 전에 먼저 총통으로 적선을 격침해야 하오. 정면 돌격은 조총을 방어할 수 있는 귀선 두 척이 맡으면 되고, 우리는 백 보 정도 거리를 두고 총통을 쏘도록 합시다. 섣불리 접근하다가는 몰살당하고 말 거요."

이억기가 천천히 고개를 끄덕였다.

"맞습니다. 저들에게 조총이 있다면 우리에겐 총통이 있소이다. 적이 강한 곳을 피하고 우리 강점을 십분 활용하는 것이 병법이지요. 장군 뜻에 따르겠소이다."

이순신은 미소를 지으며 정사준과 군졸들을 위로했다.

"그동안 수고가 많았다. 그대들 공은 왜군 백 명을 목벤 것보다도 크다. 마땅히 큰 보상이 뒤따를 것이다. 조총 연구에 좀 더 진력하도록 해라. 곧 조정에 그대들을 포상해 달라는 장계를 올리도록 하겠다. 그만 물러가도록."

"장군! 보여 드릴 것이 하나 더 있습니다."

정사준이 한 발 앞으로 나서며 큰 소리로 아뢰었다.

“저쪽을 보십시오.”

장수들 눈이 일제히 과녁으로 쏠렸다. 동지가 과녁에 갑옷을 걸었다.

“좌수사께서 지금 입고 계신 갑옷과 똑같은 것입니다.”

정사준은 다시 과녁에 조준해서 조총을 쏘았고, 동지가 갑옷을 들고 바람처럼 달려왔다. 오른쪽 가슴 부위에 크게 구멍이 뚫려 있었다.

“이 갑옷으로는 총탄을 막을 수 없습니다. 지난번 사천에서 장군이 부상을 당한 것이 그 점을 입증합니다. 저희들이 특별히 조총 탄환을 막을 수 있는 갑옷을 지었습니다. 다시 과녁을 보십시오.”

이번에는 안성이 찬란히 빛나는 황금 갑옷을 가져다 과녁에 걸었다. 정사준이 다시 조총을 발사한 후 갑옷을 벗겨 와 이순신과 이억기에게 보였다. 과연 탄환이 갑옷을 꿰뚫지 못하고 박혀 있었다.

“피갑 안에 환삼(環衫)을 대어 입기 편하도록 하였고, 피갑과 환삼 두께를 갑절로 하여 총탄이 박히도록 했지요. 이 역시 십 보 내에서는 치명상을 입을 수 있으나 총탄 힘을 약하게 하니 입으시던 갑옷보다는 의지할 만합니다. 우선 두 분 수사께 드리려고 두 벌을 지었습니다. 전투에 나가실 때에는 꼭 이 갑옷을 입도록 하십시오. 다른 장수들에게도 곧 이 갑옷을 나눠 주도록 하겠습니다.”

이억기가 황금 갑옷을 받으며 너털웃음을 터뜨렸다.

“허허, 좌수영에는 어찌 이다지도 인재가 많소이까. 장영실이 환생했다는 칭송을 받는 나대용과 천양(穿楊, 활을 매우 잘 쏨. 중국의 명궁 양유기가 백 보 밖에 있는 버들잎을 백발백중하였다는 고사에서 유래함.)의 날렵함을 지닌 명궁 변존서만 해도 대단한데 훈련 주부 정사준은 그보다 더한 걸물입니다. 이제 방탄복까지 생겼으니 마음 놓고 군선들을 지휘할 수 있게 생겼습니다.”

이순신 역시 방탄 갑옷을 만든 정사준을 칭찬했다. 그런 뒤 들뜬 이억기를 경계하기 위한 충고를 잊지 않았다.

“하나 저격수를 항상 조심해야 하오. 이 갑옷이 머리까지 보호해 주는 것은 아니라오.”

十八、결전의 아침을 기다림

웅천을 떠난 왜 선단 일흔세 척이 견내량으로 빠르게 나아가고 있었다. 소선이 열세 척이고 나머지는 맞바람을 뚫고 나갈 수 있는 대선 서른여섯 척과 중선 스물네 척이었다. 지금까지 조선 수군과 맞서기 위해 나섰던 왜 선단 중 최대 규모다. 맨 앞에서 선단을 이끄는 안택선 이물 깃대에는 맞물린 원 두 개가 쌍으로 휘날렸고, 그 아래 와키자카 야스하루가 바다를 굽어보며 버티고 서 있었다. 바람이 거세고 햇볕 또한 뜨거웠지만 와키자카는 꿈쩍도 하지 않았다.

'이순신! 이제야 네놈을 만나는구나.'

와키자카는 용인에서 조선군 오만 명을 물리친 후 한양에 잠시 들렀다가 곧바로 남하했다. 유월 십사일 웅천에 닿자마자 선단을 이끌고 출정하고 싶었지만, 해전에 능한 구키 요시타카(九鬼嘉隆)

와 가토 요시아키(加藤嘉明)가 극구 만류했다. 쉰한 살인 구키 요시타카는 오다 노부나가와 도요토미 히데요시 휘하에서 오랫동안 수군을 맡아 길렀고, 서른 살인 가토 요시아키는 와키자카와 함께 칠본창에 드는 장수로 칠 년 전부터 수군을 전담해 왔다.

두 사람은 조선 수군이 만만하지 않으니 확실히 준비를 한 후에 출정하는 것이 좋겠다고 했다. 보름 정도 군선과 무기를 점검하고 장졸들 사기를 진작하려고 노력했다. 칠월로 접어들었지만 두 장수는 다시 신중론을 폈다. 곧장 거제도 쪽으로 향하는 게 마음에 걸린다는 것이다. 특히 견내량을 거쳐 한산도로 들어가는 길은 폭이 좁고 물살이 빨라 함정에 빠질 위험이 크다고 했다. 와키자카는 껄껄껄 웃으며 그 말을 무시했다.

"이미 전라도와 경상도의 해도(海圖)를 확보하지 않았소? 견내량으로 가지 않으려면 거제도를 삥 돌아야 하는데, 그 길은 조선 수영이 있던 가배량을 지나야만 하는 어려움이 있소. 물론 그 수영은 개전 초에 불탔지만 언제라도 복병이 숨어들 수 있지 않소. 무엇보다도 조선 수군이 무서워 견내량이 아닌 다른 길로 가는 것은 내 자존심이 허락지 않소이다. 함정이 있을 듯싶으면 조심하면 될 터. 미리부터 겁먹고 꼬리를 내릴 일은 아니라고 보오."

와키자카가 출정이 지연되는 걸 못마땅하게 여기고 지루해하자 백전노장 구키 요시타카가 안개눈썹(숱이 적고 빛깔이 엷은 눈썹)을 실룩이며 지나가는 말로 권했다.

"이곳은 우리에게 맡기고 부산포로 가서 사기장들이 만든 도자기 구경이나 한나절 하고 오지 그러시오."

"사기장들이라니요? 사기장들이 부산포에서 도자기를 만들고 있단 말씀입니까?"

가토 요시아키가 옴팡눈으로 웃으며 답했다.

"태합께서 특별히 조선 사기장들을 본토로 데려오라 명하신 것을 기억하시오?"

"알고 있소. 꽤 많은 악사와 사기장들을 실은 배가 본토로 떠난 걸로 아오만……"

"그이들은 태합께 바치는 악사와 사기장들이고, 여러 곳 영주들 역시도 조선 사기장들을 원하지요. 모아 보낼 사기장들을 당분간 부산포에 머물러 두었는데, 거기서라도 도자기를 굽고 싶다 청하기에 허락했답니다. 간난(艱難)을 참으며 빚어내는 그 솜씨가 참으로 신묘합니다. 우리들은 벌써 조선 사기장들이 만든 도자기를 스무 개도 넘게 가지고 있습니다. 야스하루 님도 직접 가 보시고 마음에 드는 게 있거든 미리 고르시지요."

'그랬나. 하기야 태합께 사기장이 열 명 필요하다면 다른 이들도 한두 명은 가졌으면 하겠지. 전쟁 전에는 비싼 값을 치르고 고려 다완 구하기에 혈안이었지 않은가.'

그릇이 아니라 아예 그릇을 만드는 사기장들을 본토로 데려간다면 두고두고 다완을 만들게 할 수 있다.

'하지만 너무하는군. 평양에서는 목숨을 걸고 전투를 벌이는데 부산포에서는 도자기나 챙기고 있을 줄이야. 이러니 해전에서 연일 참패하지.'

"나는 됐소. 지금은 전쟁 중이오. 사사로이 찻잔이나 탐낼 때가 아니란 말이오."

구키 요시타카와 가토 요시아키가 머쓱한 웃음을 지으며 일어섰다.

"그래도 가 보십시오. 가마는 본영 뒤편 능소화 핀 언덕에 있으니까요. 천천히 걸어갔다 와도 한나절이면 족합니다. 곧 큰 싸움이 있을 테니 잠시 숨을 돌리면 어떻소이까."

군선들을 다시 살폈다. 지난 해전에서 부서진 부분을 집중적으로 점검했다. 무기들을 일일이 확인하고 해전도도 두 번이나 꼼꼼하게 훑었다. 그런데도 해는 아직 중천에 떠 있었다. 또다시 점검에 나서면 장졸들 사기가 떨어질 것 같았다.

'가마라고 했지!'

와키자카 야스하루의 머릿속에 오래전에 비명횡사한 아우 야스요시가 떠올랐다. 어릴 때부터 인연이 있어 센노리큐 선사와 가깝게 지냈던 탓인지 다도며 고려 다완에 유난히 마음을 쏟았던 동생이다. 그렇게 젊은 나이에 죽고 만 것은 지금까지도 가슴이 아팠다.

와키자카는 비선을 타고 부산포로 향했다.

'어차피 오늘은 진법 훈련도 없고 조선 수군도 움직임이 없다. 조선 도자기를 보며 야스요시 생각이나 해 봐도 나쁠 것 없겠지. 애끓는 그리움이 불타는 복수심으로 바뀌지 않겠는가.'

새 울음소리와 함께 흰 연기들이 뱀처럼 구불구불 피어오르고 있었다. 와키자카를 알아본 군졸들이 황급히 달려와 예를 차렸다. 그중 한 명을 안내삼아 앞장세우고 나머지는 제자리로 돌려보냈다.

가마터에는 거의 쉰 명이나 되어 보이는 사기장들이 저마다 흙일에 열중하고 있었다. 만약을 대비하여 조총과 칼을 든 군졸들이 주위를 지켰다. 사기장들은 도망칠 뜻이 전혀 없는 듯 늘 해오던 방식대로 일에만 전념했다. 와키자카가 다가가도 꾸벅 고개나 숙일 뿐 당황하거나 두려워하지 않았다. 이미 왜장들이 여러 명 왔다 간 듯 익숙한 낯빛이었다.

이끄는 군졸을 따라 사기장들이 구워 낸 도자기들을 찬찬히 살폈다. 실로 빼어난 솜씨들이었다. 그러나 와키자카는 굳은 표정을 풀지 않았다.

'센노리큐 선사가 극찬했던 금오산 다완은 없구나. 그때 남궁두는 가마에 없었으니 어딘가에서 계속 다완을 만들고 있을 법도 한데……. 남궁두만 사로잡으면 정말 멋진 다완을 만들게 하여 야스요시 영전에 바칠 수 있을 텐데.'

올괴불나무로 울타리를 친 마지막 가마로 접어들었다.

마당에서 와키자카를 맞는 사기장 태도가 다른 자들과 달랐다. 와키자카 모습을 보자 눈을 크게 뜨더니 얼굴이 단번에 흙빛으로 변했다.

와키자카는 걸음을 멈추고 찬찬히 그 사기장 얼굴을 살폈다. 쉰 살쯤 돼 보이는 얼굴에 살점이라곤 하나도 없었다. 염소수염이 턱을 가렸지만 귓불 아래로 흘러내린 턱 선이 날카로웠다. 두 눈에는 실핏줄이 돋았고 입술도 터져 피딱지가 앉았다. 수염 끝엔 흙덩이가 매달렸고, 양손은 진흙으로 덮여 손금을 찾을 수 없을 정도였다.

와키자카는 고개를 갸웃했다. 어디서 본 듯도 했지만 기억나지 않았다.

소은우는 고개를 숙인 채 두 무릎을 덜덜덜 떨었다. 와키자카가 성큼 다가서며 조선말로 물었다.

"어디에서 잡혀 왔느냐?"

"우, 웅천입니다."

소은우의 목소리가 높고 가늘어지면서 끝이 갈라졌다. 겁을 잔뜩 집어먹은 것이다. 가마를 보아하니 끌려온 지 제법 된 것 같은데 이토록 두려워하는 게 이상했다.

"웅천에만 있었느냐?"

"예!"

"누구에게서 도자기 만드는 법을 배웠느냐?"

"가업이옵니다."

"가업이라…… 이름이 무엇이냐?"

"……"

대답 대신 소은우는 털썩 그 자리에 주저앉았다.

'이상한 놈이로구나. 아무리 겁을 집어먹었다 한들 서 있지도 못할까. 혹시 다른 이유가 있는 건 아닐까.'

가마를 안내하던 군졸이 아뢰었다.

"여기서 가장 솜씨 좋은 사기장입니다. 이름은 백월이라고 하고 웅천에서 잡아 왔습죠. 특히 용 문양이 들어간 큰 백자들을 잘 만듭니다. 들어가서 보시지요."

"백월!"

'흰 달이라! 백자를 굽는 사기장에게 썩 잘 어울리는군.'

와키자카는 그 이름을 되뇌며 소은우의 어깨를 짚었다. 소은우가 고개를 들자 시선이 마주쳤다. 당장이라도 눈물이 떨어질 것처럼 두 눈이 촉촉하게 젖어 있었다. 아무래도 그 겁먹은 표정이 낯설지 않았다. 어깨를 쥔 오른손에 힘을 주자 소은우가 다시 고개를 돌렸다.

"전에 날 본 적이 있나?"

"어, 없습니다. 오늘 처음 뵙습니다."

"그래? 한데 왜 이렇게 떠나? 다른 사기장들은 평온하게 제 할 일을 하는데 자네만 유독 겁을 집어먹었군. 내가 자넬 죽이기라도 할까 봐?"

"아, 아닙니다. 누추한 곳을 친히 찾아 주시니 몸 둘 바를 모르……"

소은우가 말을 마치기도 전에 와키자카가 손을 뻗어 턱을 받쳤다. 소은우는 움찔 몸을 떨며 뒤로 물러나려 했다. 그러나 어깨를 잡은 와키자카의 오른손은 웅통바위처럼 거칠고 무거웠다.

"아냐, 틀림없이 넌 날 알아. 날 알고 있는 눈이야."

"요, 용맹하신 와키자카 대장님을 모르겠습니까. 용인에서 큰 승리를 거두신 일은 이미 여기까지 소문이 났습니다."

"아니야. 넌 아까 내가 이곳으로 들어서는 순간부터 날 알아봤어."

갑자기 와키자카가 왼손을 거두어 오른 소매에서 쌍별 표창 하나를 꺼내 콧잔등에 갖다 댔다.

"아, 아닙니다. 저는 대장님을 오늘 처음 뵈었습……"

"자꾸 거짓을 고하면 이 표창으로 네 코를 찍어 버릴지도 모른다. 잘 들어라. 보통은 말이다. 내가 조선말을 하면 상대가 깜짝 놀라는 법이지. 한데 너는 너무도 당연하게 받아들였다. 내가 조선말로 이야기를 걸 수도 있음을 알았단 소리다. 너는 누구냐? 어디서 날 본 게야? 당장 바른 대로 대지 못할까?"

"무슨 말씀을 하, 하시는 지 모, 모르겠습니다."

"넌 다른 사기장들과 다르구나. 일자무식이 대부분인데 넌 글 줄깨나 읽은 것 같다. 내 짐작이 틀렸느냐?"

"……"

소은우는 즉답을 못했다.

"그렇다면 가마를 지키는 것이 가업이라는 답이 이상하구나."

"처, 천한 것이 글을 알아 무엇하겠습니까만 호, 호기심이 있어 몇 자, 배웠습니다."

"호기심? 그래, 무슨 서책을 읽었느냐?"

"……"

소은우의 머릿속으로 남궁두에게서 배운 도교 경전과 혼자 읽은 당송 시문들이 스쳤다. 그러나 그 서목을 밝힐 수는 없었다.

당장이라도 표창으로 얼굴을 찍을 것 같던 와키자카가 갑자기 소은우를 밀쳐 버리고 작업장으로 들어갔다. 가마 일을 돕던 열대여섯 먹은 아이 둘이 가마 쪽으로 물러섰다.

와키자카는 곧바로 작업장 왼쪽 벽에 나란히 진열된 도자기들을 향해 걸어갔다. 소은우는 주저하며 네댓 걸음 거리를 두고 군졸과 함께 뒤를 따랐다. 와키자카는 도자기들을 다 둘러볼 때까지 말이 없었다. 보통 왜장들은 살아 꿈틀거리는 듯한 용 문양을 보면 감탄성을 내지르며 그 자리에서 한두 개를 빼앗아 갔다. 그런데 와키자카는 눈으로 도자기를 샅샅이 훑으면서도 표정이 바뀌지 않았다.

도자기를 다 본 와키자카가 고개도 돌리지 않고 물었다.

"이게 다냐?"

소은우는 갑작스러운 물음에 얼른 답을 못했다. 옆에 선 군졸이 두 눈을 끔벅거렸다. 성미 급한 와키자카가 묻는 말에 늦게 답했다가 손목이 잘린 군졸도 여럿이었다.

"……예."

소은우가 기어들어가는 목소리로 답했다.

"이상하구나. 너는 왜 이렇듯 화려한 것만 만드느냐? 앞서 살핀 다른 사기장들과는 완전히 다르구나. 소박하고 단정한 맛이 전혀 없어. 처음부터 도자기에 이런 용 문양을 넣었느냐?"

소은우가 이마에서 두 뺨을 타고 흐르는 땀을 손바닥으로 닦으며 또 짧게 답했다.

"……예!"

와키자카가 고개를 갸웃거리며 작업장을 나오려는데, 뚱뚱보가 급히 가마로 들어서며 큰 소리로 소은우를 불렀다.

"백월 선생님!"

웅천에서 소은우를 부산포까지 데려온 장사꾼 동치였다. 소은우는 손으로 탁자를 짚고서야 겨우 흔들리는 몸을 지탱했다. 와키자카를 발견한 동치가 사색이 되어 털썩 무릎을 꿇고 엎드렸다.

"대장님! 무례를 용서하십시오."

와키자카가 소은우와 눈을 맞춘 후 왜말로 물었다.

"뭣 하는 놈이냐?"

"제 이름은 동치라 합니다. 쓰시마 섬과 조선을 오가며 도자기를 사고파는 일을 합니다요. 지금은 도주님 명을 받들어 쌀과 의복을 쓰시마 섬에서 부산포로 내오는 일을 맡고 있습니다요."

'도주님? 요시토시 수하로군.'

"하면 조선말도 잘하겠구나."

"어미가 조선 여자입니다."

와키자카가 소은우를 흘낏 보며 조선말로 물었다.

"가마엔 무슨 용건이냐? 백월이란 이자와 아는 사이냐?"

"알다 뿐입니까? 백월 선생이 만든 도자기들을 이십 년 가까이 본토에 소개해 왔습니다. 백월 선생 작품들은 모두 명품으로 칩니다."

"저 용 문양이 담긴 도자기들 말이냐? 저런 화려함이야 명나라 것이 한결 낫지 않은가?"

"그렇긴 합니다만 백월 선생 작품에도 나름대로 맛이 있습죠. 게다가 이곳으로 옮겨 온 후로는 용문자기뿐 아니라 질박한 다완도 만드십니다. 오랫동안 다완을 만든 다른 사기장보다도 수준이 월등합지요."

"다완이라고?"

와키자카가 두 눈을 부릅뜨고 소은우를 노려보았다.

"용 문양 도자기만 만들어 왔다고 했지? 한데 다완을 만든다는 말은 무슨 소리냐? 감히 내게 거짓말을 해? 살고 싶으냐, 죽고 싶으냐?"

소은우가 무너지듯 무릎을 꿇고 엎드러져 이마를 바닥에 댔다. 동치도 갑자기 싸늘해진 분위기에 놀라 잔뜩 움츠러들었다.

"용서를……!"

소은우는 살아날 수 있으리라고는 생각하지 못했다. 와키자카가 자비를 베풀 이유가 없는 것이다.

'차라리 처음 봤을 때부터 내가 남궁 선생 문하에 있었다고 밝힐 걸 그랬나. 금오산에 약탈을 왔을 때 남궁 선생 가마에서 만난 적이 있다고, 가마 구석에 숨어 겨우 목숨을 보전했다고.'

하지만 그럴 순 없었다. 와키자카 야스하루가 금오산 일대 가마를 모조리 불태우고 남녀노소를 가리지 않고 도륙했던 것은 이순신이 동생을 죽였기 때문이 아닌가. 이순신은 또 이자의 얼굴에 저 끔찍한 흉터를 만든 장본인이다. 그 이순신과 함께 남궁 선생 문하에 있었다는 것을 아는 날엔 와키자카는 분명 자신의 목을 칠 터였다. 무슨 일이 있어도 숨겨야 했다.

이윽고 차갑게 가라앉은 목소리가 소은우 귓속을 파고들었다.

"내 명을 따른다면 목숨만은 살려 주마."

소은우가 고개를 들었다.

“다완을 만들어라. 네 솜씨를 발휘해 보라 이 말이다. 내가 본 그 어떤 다완보다 더 뛰어나야 하느니라. 조선 수군을 섬멸하고 돌아와서 네가 만든 다완을 보겠다. 최상급 다완을 만들겠느냐, 아니면 이 자리에서 죽겠느냐?”

“다완을…… 만들어 바치겠습니다. 하나 그 다완이 마음에 드시면 청 하나만 들어주십시오.”

소은우가 대답을 하자 와키자카가 크게 고개를 끄덕였다.

“좋다. 최상급 다완을 만든다면 네 청을 들어주마. 풀어 달라고 하면 풀어 줄 수도 있다.”

웅천에 머물러 적정을 탐색하는 시간이 끝나고, 와키자카는 칠월 칠일 비로소 견내량으로 접어들었다. 구키 요시타카와 가토 요시아키는 만약에 대비하여 안골포에 남았다. 조선 수군이 가배량을 돌아 급습해 올 것을 경계해서였다.

“이순신도 수영을 떠났다고 했지?”

뒤에 서 있던 다나카가 다가와서 답했다.

“그렇습니다. 간자들이 올린 보고에 따르면 어제 전라 좌수영이 있는 여수에서 출항하여 동쪽으로 오고 있다 합니다. 해도를 참작하면 창신도를 지나 오늘쯤 당포에 닿을 듯합니다.”

“당포라! 거기까지 바로 내려가는 건 무리겠지. 오늘은 아무래도 견내량에서 하룻밤을 나야 할 듯하구나."

"견내량 북쪽에 덕호리(德湖里)라는 마을이 있습니다. 그 앞에 정박하는 게 좋을 듯합니다."

"좋다. 덕호리에 결진하고 척후선을 보내라. 대선 한 척과 중선 한 척 정도면 되겠다. 다나카! 척후선을 이끌고 직접 가라. 간도를 돌아 방화도 근방까지 나가도록 해. 적선을 만나면 싸우지 말고 곧바로 돌아오고. 알겠나?"

"예! 장군."

다나카가 안택선을 떠난 후 왜 선단은 덕호리 앞바다에 닻았다. 와키자카는 이른 저녁을 먹도록 지시하고는 정작 자신은 저녁을 건너뛰고 그 밤 내내 해도를 살폈다.

낮에 만난 동치 같은 쓰시마 섬 장사치들이나 몇몇 간자를 통해 재삼 확인한 남해 바다 지도였다. 부산포 근방에는 섬이 거의 없다가 거제도부터 크고 작은 섬들이 복잡하게 자리를 잡았다. 섬 크기와 조선군 수가 일일이 깨알 같은 글씨로 적혀 있었다. 이 지도 덕분에 경상 좌수군과 우수군을 쉽게 물리칠 수 있었다.

그러나 구키 요시타카와 가토 요시아키에 따르자면, 현재 전라 좌우 수군의 병력 배치는 이 지도와 완전히 달라졌다고 한다. 이순신, 이억기, 원균이 연합 함대를 구성한 후로는 조선 수군들 움직임을 파악하기 힘들다는 것이다. 이쪽 척후선이 전라 좌수영 근방까지 깊숙이 들어가도 대응하지 않는 경우가 잦았다. 수풀에 숨어 이쪽을 보고 있는 것 같은데 수풀 밖으로 나서지는 않는 것이다.

앞서 신립, 이일, 원균은 왜군을 얕잡아 보고 척후도 없이 마구잡이로 나섰는데, 지금 조선 연합 함대는 두 걸음 내딛고 한 걸음 물러설 일이라면 아예 한 걸음도 내딛지 않거나, 아니면 아예 스스로 한 걸음 뒤로 물러서는 전법을 택하고 있었다. 이런 장기전은 고니시가 이끄는 제1군과 가토가 이끄는 제2군이 쾌속으로 북진하고 있다는 소식과 맞물려 부산포에 주둔한 왜 수군을 더욱 맥 빠지게 했다.

'멀리서 화살이나 날리고 달아나는 겁쟁이니까 그리 시간을 끌며 주춤대는 게지. 그자들이 느리게 움직인다고 우리까지 긴장을 늦추면 바닷길을 뚫기 힘들다. 연합 함대에서 이순신 입김이 강한 것은 확실한 듯하군. 원균은 군선이 적으니 목소리에 힘이 덜 실릴 것이고, 이억기는 젊은 데다 전라 우수영을 떠나 원정 온 형편이니 그럴 테고. 이번 해전 최대 목표는 이순신이다. 사로잡는 게 가장 좋고, 그게 안 되면 숨통을 끊어 놓아야 한다. 조선 수군이 다시는 기를 펴지 못하게 철저히 짓밟아 놓아야 한다.'

그때 갑자기 등 뒤가 서늘했다.

'형님!'

죽은 동생 야스요시와 센노리큐가 어둠 속에서 나란히 걸어 나왔다. 꿈이라고 생각했지만 깨고 싶지 않았다. 노량 앞바다에서 비명에 쓰러진 후 단 한 번도 꿈에 나타나지 않던 아우였다. 센노리큐 선사 역시 자결하였다는 비보를 전해 들은 것이 마지막이었다.

'야스요시구나. 왜 그동안 내게 오지 않았느냐? 리큐 선사님!

그곳에서도 제 아우를 살펴 주시는군요. 감사합니다.'

센노리큐가 깊게 팬 눈 밑 주름을 만들며 웃었다.

'야스요시 님이 이 늙은이 말벗을 하느라 힘들다오. 한데 야스하루 님은 뭘 그리 열심히 보고 계신가?'

'해도입니다. 이 바다를 완전히 얻을 구상을 하던 중이었습니다.'

'이 바다를 얻는다? 얻어서 무엇 하려고?'

'조선을 가장 빨리 갖는 길입니다.'

'조선을 가진다? 야스하루 님은 정말 이런 식으로 조선을 얻을 수 있다고 생각하시는가?'

와키자카는 센노리큐가 묻는 말을 이해할 수 없었다. 힘으로 빼앗는 것 외에 다른 길이라도 있단 말인가. 와키자카 야스요시가 끼어들었다.

'형님 마음은 잘 압니다. 하나 원한을 푸는 것과 조선을 빼앗는 것은 다른 일입니다. 형님이 더 이상 지난 옛일에 얽매이는 것을 이 아우는 원하지 않습니다.'

'지난 일에 얽매이는 것이 아니다.'

'이순신이 아니었다면 형님이 이렇듯 서둘러 출정하셨겠습니까? 해도에 이마를 대고 잠드시겠습니까?'

'아니다. 네 목숨을 앗아간 자를 어찌 잊을 수 있겠느냐? 내가 대신 복수해 주마.'

센노리큐가 말했다.

'그대가 품은 사사로운 원한이 많은 이들을 더욱 큰 슬픔에 빠트리지나 않을까 걱정이구려. 야스요시를 위해, 태합을 위해 무엇을 하겠다고 나서지 마시오. 이제부터는 전투를 벌이고 적을 죽이더라도 자신을 위해서만 하오. 그래야 제대로 이순신과 맞설 수 있소.'

'저 자신을 위해서라고요? 그게 무슨 말씀입니까?'

센노리큐가 미소지었다. 야스요시도 미소지었다. 리큐가 돌연 고개를 들어 뒤를 돌아보았다.

'칼바람이 매섭소. 곡소리가 아득히 밀려오는군. 야스하루 님, 부디 자신을 소중히 여기시오. 우린 이만 가오.'

'선사님! 야스요시!'

해도 위에 엎드려 있던 와키자카는 전령 목소리에 잠을 깼다.

"장군! 조선 수군이 칠천량 근해에 나타났다는 보고입니다!"

와키자카 야스하루는 투구를 쓰고 밖으로 나왔다. 벌써 날이 훤하게 밝아 있었다.

결전의 아침이었다.

〈제5권으로 이어집니다.〉

부록

제1차 출진도—옥포 해전

제2차 출진도—사천 해전

「임진장초」 발췌

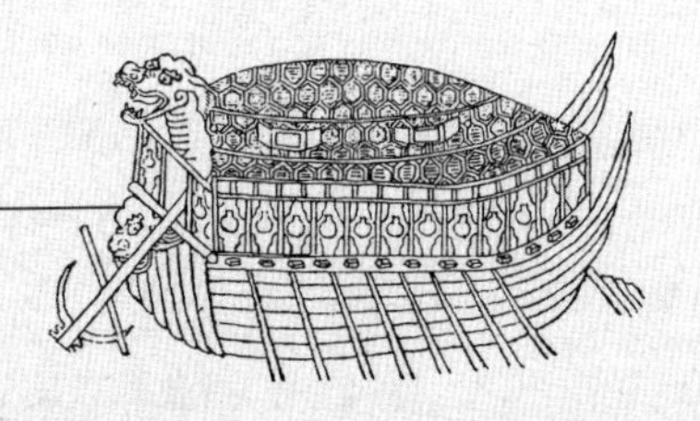

제1차 출진 — 옥포 싸움

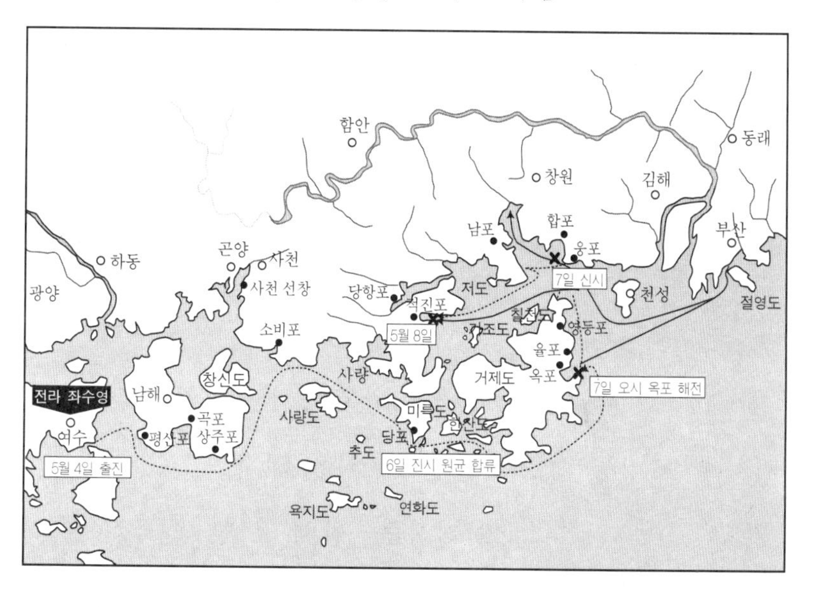

5월 4일 신새벽에 전라 좌수군은 판옥선 24척, 협선 15척, 포작선 46척의 대부대로 출진한다. 6일 아침 원균이 탄 배가 합류하여 명목상 연합 함대를 이루었으며, 다음 날인 7일 한낮에 옥포에서 적과 조우하여 해전을 벌여 적선 26척을 부수고 불태웠다. 같은 날 영등포로 이동하다가 다시금 왜선을 발견하고 추격, 합포 앞바다에서 접전하여 5척을 불살랐다. 남포 앞바다에서 밤을 지낸 뒤 이튿날 다시 적선을 수색하여 적진포에 이르러 13척을 부수었다. 이때에 비로소 임금의 몽진 소식을 접하고 9일 본영으로 귀환하였다. 이 첫 출정에서 이순신 함대는 수많은 적선을 부수는 전과를 올렸으나, 왜군은 대부분 육지로 도망쳤으므로 아군의 피해는 전혀 없다시피 하였다.

제2차 출진—사천 싸움

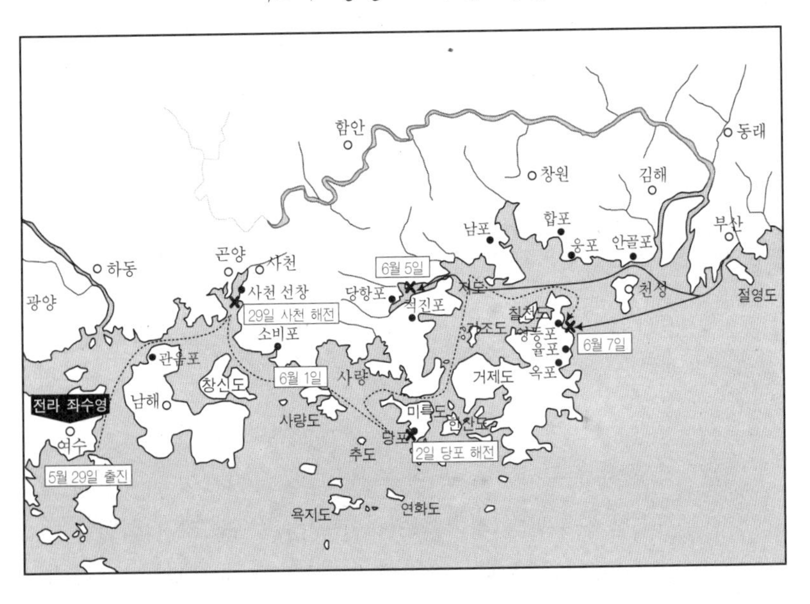

본래 6월 3일 전라 우수군과 세를 합쳐 출정할 계획이었던 이순신은 5월 27일 원균으로부터 적선이 육박해 와 노량으로 물러났다는 소식을 받고 단독으로 먼저 출정한다. 5월 29일 전선 23척을 이끌고 수영을 떠나 노량에서 원균의 배 3척과 합류한 뒤, 근방에서 왜선 한 척을 발견하고 뒤쫓아 깨뜨린 후 사천 선창에 머물고 있던 적선 12척을 마저 궤멸하는 혁혁한 전과를 올린다. 이 싸움에서 거북선이 처음으로 활약하였으며, 이순신은 격전 중에 총상을 입었다.

2일에는 다시 당포에서 왜군과 맞싸웠으며, 4일 전라 우수사 이억기가 전선 25척을 이끌고 합류해 온 뒤 5일에는 당항포에서, 7일에는 율포에서 각각 적과 만나 많은 배를 불태우거나 노획했다.

옥포 승첩을 아뢰는 계본啓本*

삼가 적을 쳐서 무찌른 일을 아룁니다.

전일 접수한 분부의 서장에 의거하여 경상 우수사와 합력하여 적선을 쳐부수기 위하여 지난 오월 사일 축시에 출전하면서 본도(本道) 우수사 이억기에게 수군을 거느리고 신의 뒤를 따라오라고 공문을 보낸 사연을 장계하였습니다.

그날 그 시각에 여러 장수들과 판옥선 스물네 척, 협선 열다섯 척, 포작선 마흔여섯 척을 거느리고 출전하여, 경상 우도 소비포 앞바다에 이르자 날이 저물기로 진을 치고 밤을 지냈습니다.

오일에는 새벽에 배를 띄워 두 도의 수군들이 지난번 모이기로

* 이 책에 수록한 장계 두 편은 모두 조성도 편역 『임진장초』(1984)에 실린 번역본을 기초로 하였다.

약속한 당포로 급히 달려갔으나, 그 도의 우수사 원균이 약속한 곳에 있지 않았습니다. 신이 거느린 경쾌선으로 하여금 당포로 빨리 나오라고 공문을 보냈더니 육일 진시에 원균이 우수영 경내의 한산도에서 단 한 척의 전선을 타고 내도(來到)하였으므로, 적선의 많고 적음과 현재 머물고 있는 곳과 어떻게 접전해야 할 것 등을 상세히 상의하였습니다.

그리고 그 도의 여러 장수들인 남해 현령 기효근, 미조항 첨사 김승룡(金勝龍), 평산포 권관 김축(金軸) 등이 판옥선 한 척에 같이 타고, 사량 만호 이여염(李汝恬), 소비포 권관 이영남 등이 각각 협선을 타고, 영등포 만호 우치적, 지세포 만호 한백록(韓百祿), 옥포 만호 이운룡 등은 판옥선 두 척에 같이 타고 오일과 육일 사이에 속속 뒤따라 왔으므로 두 도의 여러 장수들을 한곳에 불러모아 두세 번 명확하게 약속한 뒤에, 거제도 송미포 앞바다에 이르자 날이 저물기로 밤을 지냈습니다.

칠일 새벽에 일제히 배를 띄워 적선이 머물고 있다는 천성(天成)과 가덕(加德)으로 향하여 가다가 정오쯤 옥포 앞바다에 이르자, 우척후장 사도 첨사 김완과 여도 권관 김인영(金仁英) 등이 신기전을 쏘아 일이 생겼음을 보고하므로 적선이 있음을 알고 다시금 여러 장수들에게 "가볍게 움직이지 말고 침착하여 태산같이 신중하라[勿令妄動, 靜重如山]." 하고 엄하게 전령(傳令)한 뒤에 옥포를 향하여 대열을 지어 일제히 들어가니, 왜선 서른 척이 옥포 선창에 흩어져 정박해 있는데, 큰 배는 사면에 온갖 무늬를 그린 휘장을 둘러치고 그 휘장

변두리에는 대나무 장대를 꽂았으며 붉고 흰 작은 기들을 어지러이 매달았고, 깃발의 모양은 여러 가지로서 모두 무늬 있는 비단으로 만들었으며, 비단결을 따라 펄럭여 바라보기에 눈이 어지러울 지경이었습니다.

적도들은 그 포구에 들어가 분탕질하여 연기가 온 산을 가렸는데, 우리 군선을 돌아보고는 허둥지둥 어찌할 바를 모르면서 제각기 분주히 배를 타고 아우성치며 급하게 노를 저어, 중앙으로는 나오지 못하고 기슭으로만 배를 몰았으며, 그 중에서 여섯 척은 선봉으로 달려 나오므로 신이 거느린 여러 장수들은 한결같이 분발하여 모두 죽을 힘을 다하니 배 안에 있는 관리와 군사들도 그 뜻을 본받아 서로 격려하며 분발하여 죽기를 기약하였습니다.

그리하여 동서로 포위하면서 바람과 우뢰같이 총통과 활을 쏘기 시작하자, 적들도 총환(銃丸)과 활을 쏘다가 기운이 지쳐 배 안에 있는 물건들을 바다에 내던지느라 정신이 없었으며, 화살에 맞은 자는 무수하며 헤엄치는 자도 얼마인지 그 수를 알 수 없을 정도였는데, 적도(賊徒)들은 일시에 흩어져서 바위 언덕으로 기어오르면서 서로 뒤떨어질까 봐 두려워하는 것이었습니다.

좌부장(左部將) 낙안 군수 신호가 왜 대선 한 척을 당파(撞跛)하고 왜적의 머리 한 급을 베었는데 배 안에 있던 칼, 갑옷, 의관 등은 모두 왜장의 물건인 듯하였으며, 우부장 보성 군수 김득광(金得光)이 왜 대선 한 척을 당파하고 포로가 되었던 우리나라 사람 한 명을 산 채로 빼앗았고, 전부장 흥양 현감 배흥립이 왜 대선 두 척을, 중부장 광양 현감 어영담이 왜 중선 두 척과 소선 두 척을, 중위장 방답 첨사 이순신(李純信)이 왜 대선 한 척을, 우척후장 사도 첨사 김완이 왜 대선 한 척을, 우부 기전통장(右部騎戰統將)이며 사도진 군관인 보인 이춘(李春)이 왜 중선 한 척을, 유군장(遊軍將)이며 발포 가장(假將)인 신의 군관 훈련 봉사 나대용이 왜 대선 두 척을, 후부장 녹도 만호 정운이 왜 중선 두 척을, 좌척후장 여도 권관 김인영이 왜 중선 한 척을 각각 당파하고, 좌부 기전통장이며 순천 대장(代將)인 전 봉사 유섭(兪㙉)이 왜 대선 한 척을 당파하고 우리나라 사람으로서 포로가 되었던 소녀 한 명을 산 채로 빼앗았으며, 한후장(捍後將)이며 신의 군관인 급제 최대성(崔大成)이 왜 대선 한 척을, 참퇴장(斬退將)이며 신의 군관인 급제 배응록(裵應祿)이 왜 대선 한 척을, 돌격장이며 신의 군관인 이언량(李彦良)이 왜 대선 한 척을, 신의 대솔 군관(帶率軍官)인 훈련 봉사 변존서와 전 봉사 김효성(金孝誠) 등이 힘을 합하여 왜 대선 한 척을 각각 당파하였으며, 경상 우도의 여러 장수들이 왜선 다섯 척을 당파하고 우리나라 사람으로서 포로 되었던 한 명을 산 채로 빼앗았는데, 합해서 왜선 스물여섯 척을 모두 총통으로 쏘아 맞혀 깨뜨리고 불사르니 넓은 바다에 불꽃과 연기가 하늘을 덮었으며, 산으로 올라간 적도들은 숲속으로 숨어 엎드려 겁내지 않는 놈이 없었습니다.

신은 여러 군선에서 용감한 사부(射夫, 활 쏘는 군졸)를 뽑아 산에 오른 적을 뒤쫓아가 잡으려 하였으나, 거제도는 산형이 험준하고 수목이 울창하여 사람이 발붙이기 어려울 뿐 아니라 당장 적의 소굴에 들어 있는데 병선에 사부가 없으면 혹 뒤로 포위될 염려도 있고, 날도 저물어 가므로 뜻을 이루지 못하고 영등포 앞바다로 물러나와 군졸들에게 나무하는 일과 물 긷는 일을 명령하고 밤을 지낼 준비를 하였습니다.

그런데 신시쯤 멀지 않은 바다에 또 왜 대선 다섯 척이 지나간다고 척후장이 보고하므로 여러 장수를 거느리고 이를 쫓아서 웅천 땅 합포 앞바다에 이르자, 왜적들이 배를 버리고 육지로 오르는 것이었습니다. 이에 사도 첨사 김완이 왜 대선 한 척을, 방답 첨사 이순신이 왜 대선 한 척을, 광양 현감 어영담이 왜 대선 한 척을, 그 부 소속으로 방답진에서 귀양살이하던 전 첨사 이응화(李鷹華)가 왜 소선 한 척을, 신의 군관인 봉사 변존서, 송희립, 김효성(金孝誠), 이설(李渫) 등이 힘을 합하여 활을 쏘아 왜 대선 한 척을 모두 남김없이 깨뜨려서 불사르고, 밤중에 노를 재촉하여 창원 땅 남포 앞바다에 이르러 진을 치고 밤을 지냈습니다.

팔일 이른 아침에 다시 진해 땅 고리량(古里粱)에 왜선이 머물고 있다는 기별을 듣고 곧 출전을 명하여 내외의 섬들을 협공(挾攻) 수색하면서 저도를 지나 고성 땅 적진포에 이르자, 왜의 대선과 중선을 합하여 열세 척이 바다 어귀에 줄지어 머물고 있었습니다. 왜적들은 포구 안 여염집을 분탕질한 뒤에 우리 군사들의 위세를 보고서 겁내어 산으로 올라가는 것이었습니다.

이에, 낙안 군수 신호는 그 부 소속인 순천 대장 유섭과 힘을 합하여 왜 대선 한 척을, 같은 부의 통장으로 고을에 사는 급제 박영남(朴永男)과 보인 김봉수(金鳳壽) 등이 힘을 합하여 왜 대선 한 척을, 보성 군수 김득광이 왜 대선 한 척을, 방답 첨사 이순신이 왜 대선 한 척을, 사도 첨사 김완이 왜 대선 한 척을, 녹도 만호 정운이 왜 대선 한 척을, 그 부의 통장으로 귀양살이하던 전 봉사 주몽룡(朱夢龍)이 왜 중선 한 척을, 신의 대솔 군관인 전 봉사 이설과 송희립 등이 힘을 합하여 왜 대선 두 척을, 군관 정로위(定虜衛) 이봉수(李鳳壽)가 왜 대선 한 척을, 군관 별시위(別侍衛) 송한련(宋漢連)이 왜 중선 한 척 등을 모두 총통으로 쏘아 깨뜨리고 불살랐습니다.

그리고 군사들에게 명령하여 아침밥을 먹고 쉬려고 하는데, 위의 적진포 근처에 사는 향화인(向化人, 귀화한 외국인) 이신동(李信同)이란 자가 신들의 수군을 바라보고 산꼭대기에서 아기를 업고 울부짖으면서 내려오므로 작은 배로 실어 와서 신이 직접 적도들의 소행을 물어보니

"그 왜적들이 어제 이 포구로 와서 여염집에서 빼앗은 재물을 우마(牛馬)로 싣고 가서 저희들 배에 나눠 싣고서는 초저녁에 배를 바다 가운데에 띄워 놓고 소를 잡아 술을 마시며 노래하고 피리를 불며 날이 새도록 그치지 않았는데, 숨어서 그 곡조를 들어 보니 모두 우리나라 곡조였고, 오늘 이른 아침에 반수는 배를 지키고 반수 가량은 육지로 내려와서 고향으로 향하였습니다. 저의 노모와 처자는 적을 보자 서로 헤어져 간 곳을 알지 못합니다."

하면서 아주 민망하도록 눈물을 흘리며 애원하고 호소하므로, 신이 그 정상이 가련하고 적의 포로가 될 것이 염려스러워 데리고 가겠다고 했으나 그 사람은 노모와 처자를 찾아보아야 했기에 따르려 하지 않았습니다.

그러나 모든 장수와 군사들이 이 말을 듣고 더욱더 분하게 여겨

서로 돌아보면서 기운을 돋우어 한마음으로 힘을 합하여 곧 천성, 가덕, 부산 등지로 향하여 적선을 섬멸할 계획을 세워 보았습니다만, 위의 적선이 머물고 있는 곳들은 지세가 좁고 얕아서 판옥선과 같은 큰 배로는 싸우기가 매우 어려울 뿐 아니라 본도 우수사 이억기가 미처 달려오지 않아서 홀로 적중으로 진격하기에는 세력이 너무나 외롭고 위태로워, 원균과 함께 작전을 논의하고 별도로 기묘한 계획을 마련하여 나라의 치욕을 씻으려 하였습니다.

그런데, 본도의 도사(都事) 최철견(崔鐵堅)의 첩보가 뜻밖에 도착하여 비로소 상감께서 관서(關西)로 피란하셨다는 기별을 듣게 되니, 놀랍고 통분함이 망극하여 오내(五內)가 찢어지는 듯하고 울음소리와 눈물이 한꺼번에 터져 종일토록 서로 붙들고 통곡하였습니다. 그래서 하는 수 없이 각자 배를 돌리기로 하고 초아흐레 오시에 모든 전선을 거느리고 무사히 본영으로 돌아와 여러 장수들에게 "배들을 더 한층 정비하여 바다 어귀에서 사변에 대비하라." 하고 알아듣도록 타이르고 진을 파하였습니다.

순천 대장(順天代將) 유섭이 빼앗아 온 우리나라 소녀는 나이 겨우 사오 세로서 그의 근각(根脚, 신원)을 알 길이 없으며, 보성 군수 김득광이 빼앗아 온 소녀 한 명은 나이는 좀 들었으나 머리를 깎아 왜인 같았는데 여러 상황을 심문해 보니 임진년 오월 칠일 동래 동면 응암리에 사는 백성 윤백련(尹百連)으로서 나이는 열네 살이며, 아무 날 아무 곳에서 왜인을 만나 누구누구와 함께 포로 되었다가 그날 접전할 때 도로 붙잡혀 나오게 된 연유와 왜적들의 모든 소행을 비롯하여 생년월일과 신분 등을 아울러 진술하였는데, 신문 내용은 다음과 같습니다.

"아버지는 다대포 수군 곤절(昆節)로 왜란이 일어나자 생사를 알 수 없게 되었고, 어머니는 양가집 딸로서 이름은 모론(毛論)이나 지금은 죽었으며, 내외 조부모에 대해서는 아무것도 모릅니다. 소인은 기장현(機張縣)의 신선(新選) 김진명(金晋明)이 하인으로 데리고 있었는데, 날짜는 기억할 수 없으나 지난 사월 왜적들이 부산포에 와 묵자 호수(戶首) 진명이 군령에 의하여 소인에게 군 장비를 지우고 부산진으로 데리고 가는데, 마비을이현(馬飛乙耳峴)에 이르러서 왜적이 벌써 부산을 함락하였음을 듣고 되돌아서 소인을 데리고 바로 기장현으로 달려가 성안에 진을 쳤습니다. 그러다가 군졸들이 도망하므로 진명이 자기네 집으로 데리고 가서 하룻밤을 지낸 뒤에 소인의 아버지와 친척들이 이곳으로 피난해 온 것을 우연히 길가에서 만나 그 고을 운봉산(雲峰山) 속에 숨어서 팔구 일을 지냈는데, 왜적들이 무수히 침입하여 소인과 오빠 복룡(福龍) 등이 먼저 붙잡혔습니다. 해가 질 무렵에 부산성으로 끌려가서 밤을 지낸 뒤에 오빠 복룡은 간 곳을 알 수 없었고, 소인은 배 밑창에 넣어 두고서 마음대로 행동하지 못하게 하였습니다. 날짜는 기억하지 못하나 하루는 적선 삼십여 척이 김해로 향하여 떠나고, 반 정도는 상륙하여 그곳에 머무르면서 오륙 일 동안 도적질을 한 후에 이달 육일 사시에 일제히 배를 띄워 율포에 와서 밤을 지내고 칠일 새벽에 그곳으로부터 옥포 앞바다에 이르러 머물고 있었습니다.

그날 접전할 때에 왜적의 배 안에 우리나라 철환(撤丸)과 장편전

(長片箭)이 비 오듯 쏟아져 맞은 놈은 곧 넘어져서 피를 뚝뚝 흘리니, 왜적들은 아우성치며 엎어져 넘어지는 등 어찌할 바를 모르다가 모두 물에 뛰어들어 산으로 올라갔습니다. 소인은 다행히 말이 통하여 산 채로 잡혔습니다만, 어리석은 사람으로서 배 밑창에 오래 있었기 때문에 다른 일들은 알지 못합니다."
하고 진술하였습니다. 위에 말씀한 윤백련과 소녀 등은 순천 및 보성 등 관원에게 돌려주고 각별히 보호하도록 하였습니다. 흉악하고 추악한 적들의 해독이 이 지경에 이르러 벌써 많이 살육당하고 또 많이 약탈당하여 모든 백성들 중에 부모나 자식을 잃지 않은 사람이 없을 지경입니다.

뿐만 아니라, 신이 이번에 연해안을 두루 돌아보니 지나가는 산골짜기마다 피란민 없는 곳이 없으며, 신들의 배를 바라보고는 아이나 늙은이나 짐을 지고 서로 이끌며 흐느껴 울며 부르짖는 것이 다시 살아날 길을 얻은 것처럼 좋아하고, 혹은 적의 종적을 알려 주는 자도 있었습니다. 이런 사람들은 보기에 참담하여 곧 싣고 가고 싶었으나 너무나 많을 뿐 아니라 전쟁을 해야 하는 배에 사람들을 가득 실으면 배를 운용하는 데 편리하지 못함을 생각하여 "돌아올 때 데리고 갈 예정이니 각각 잘 숨어서 적에게 들키지 않도록 조심하여 사로잡히는 일이 없도록 하라." 하고 알아듣도록 타이른 뒤에 적을 쫓아 멀리 떠났다가, 별안간 서쪽으로 몽진(蒙塵)하신 기별을 듣고 어찌할 바를 알지 못하여 노를 재촉하여 그대로 돌아왔으니, 애련한 정은 오히려 잊을 수가 없습니다.

이들 피란민이 집을 나온 지 날이 오래되었으니, 남은 양곡마저 다

되어 굶어 죽을 것이 분명합니다. 그래서 그 도의 겸관찰사에게 "끝까지 탐방(探訪)해서 찾아 모아 구호하기 바랍니다."라고 통보하였습니다. 대체로 신이 거느린 여러 장수와 관리들은 모두 분격하여 서로 앞을 다투어 적진에 돌진하면서 함께 대첩(大捷)을 기약하였는데, 무릇 지금까지 해전에서 사십여 척을 불살라 없앴으나 왜의 머리를 벤 것이 다만 둘뿐이므로 섬멸하고 싶은 대로 다 못하여 더한층 통분하오나, 접전할 때를 생각해 보면 그럴 수밖에 없었던 것입니다.

적선은 빠르기가 나는 듯하며, 우리 배를 보고 미처 도망치지 못하게 되면 으레 기슭을 따라 고기두름 엮은 듯이 행선하다가 형세가 불리하면 육상으로 도망하였기에 이번 길에 섬멸하지 못하여 간담이 찢어질 것 같아 칼을 어루만지면서 혀를 차고 탄식하였습니다.

왜선에 실렸던 왜의 물건은 모두 찾아내어 다섯 간 창고에 가득 채우고도 남았으며, 그 밖의 사소한 잡물은 다 기록하지 못하고, 그중에서 전쟁에 사용할 만한 물건은 골라서 별도로 그 종류를 모아 놓았는데, 김해부의 인리관안(人吏官案, 각 지방의 하급 사무를 보는 세습직들의 명단과 그에 관련된 서류)과 분군성책(分軍成冊) 및 각종 활과 화살 등은 아울러서 차례로 조목조목 기록하였습니다. 왜선에 실려 있던 물건 중에 우리나라 쌀 삼백여 석은 여러 전선의 굶주린 격군과 사부들의 양식으로 적당히 나누어 주고, 의복과 목면 등의 물건도 군사들에 나누어 주어서 적을 무찌른 뒤에는 이익이 따른다는 마음을 일으키게 하려고 하는 바, 아직은 그대로 두고 조정의 조치를 기다립니다.

왜적들은 붉고 검은 철갑을 입고 여러 가지 철 투구를 쓰고 있었는데, 입 언저리에는 말갈기가 종횡으로 뻗쳐 있어서 마치 탈바가지 같았으며, 금관과 금빛 나는 깃과 꽂이 새깃으로 엮어 만든 옷, 우추(羽篅, 날짐승의 깃으로 만든 비), 나각(螺各, 소라) 같은 것들은 기이한 모양으로 매우 사치하고 호사하며 귀신 같기도 하고 짐승 같기도 하여 보고 놀라지 않는 이가 없었으며, 성을 깨뜨리는 여러 기구로 대철정(大鐵釘), 사줄(沙注) 같은 물건도 역시 매우 괴상하였으므로 군용 물품 중에 가장 긴요한 것 한 가지씩은 뽑아서 봉하여 올립니다.

그 중에 철갑, 총통 등의 물품과 낙안 군수 신호가 벤 머리 한 급은 왼쪽 귀를 도려서 궤 안에 넣고 봉합하여 처음 접전할 때 공로를 세운 신의 군관 송한련과 진무 김대수(金大壽) 등에게 주어 올려 보냅니다. 그 밖에 보내는 물건도 원 수량대로 기록해 놓았습니다.

접전할 때, 순천 대장선(代將船)의 사부이며 순천에 사는 정병(正兵) 이선지(李先枝)가 왼쪽 팔 한 곳에 화살을 맞아 조금 상한 것 이외에는 전상자가 없습니다.

오직 우수사 원균은 단 세 척의 전선을 거느리고 신의 여러 장수들이 사로잡은 왜선을 활을 쏘면서 빼앗으려고 하였기 때문에 사부와 격군 두 명이 상처를 입게 되었습니다. 이러한 것은 주장으로서 부하들 단속을 잘못하기가 이보다 더할 수 없을 것입니다.

뿐만 아니라 경상도 소속인 거제 현령 김준민(金俊民)은 멀지 않은 바다이자 그가 관할하는 지역 안에서 연일 고전하였으며 주장인 원균이 빨리 오라는 격문(檄文)을 보내었는데도 끝내 나타나지 않았으니, 이는 크게 놀랄 일입니다. 조정에서 조처하시옵소서.

신의 어리석은 생각으로는 적을 막는 방책에 있어서 수군이 작전을 하지 않고 오직 육전에서 성을 지키는 방비에만 전력하였기 때문에 나라의 수백 년 기업(基業)이 하루 아침에 적의 소굴로 변한 것입니다. 생각이 이에 미치매 목이 메어 말을 할 수 없습니다.

적이 만약 뱃길로 분도를 침범해 온다면 신이 해전으로 결사적으로 담당하겠으나, 육지로 침범해 오면 본도의 군사들은 전마가 한 필도 없어서 대응할 도리가 없습니다.

신의 생각으로는 순천 돌산도(突山島) 백야곶과 흥양 도양장(道陽場)에서 기르는 말 중에 전쟁에 쓸 만한 말들이 많이 있으므로 넉넉하게 몰아 내어 장수와 군사들에 나누어 주어서 살지게 먹이고 달리기를 훈련시켜 전쟁에 사용한다면 승첩할 수 있을 것입니다.

그런데 이것은 신의 독단으로 말씀드릴 일이 아니오나, 사태가 급급하여 겸관찰사 이광(李洸)에게 감독관을 정해 보내게 하고, 말을 몰아 내는 군사는 각 진포에서 뽑혀 온 군사를 동원하여 하루이틀 기한으로 잡아 내어 훈련시키도록 공문을 내었습니다.

삼가 아뢰옵니다.

만력 20년 오월 십일

절도사 이순신

당항포 등 네 곳의 승첩을 아뢰는 계본

삼가 적을 쳐서 사로잡은 일을 아룁니다.

전일 경상도 옥포 등지에서 왜선 사십여 척을 불살라 없앤 상황은 이미 장계로 보고한 바입니다. 부산의 적들이 서로 잇따르며 떼를 지어 점점 거제도 서쪽으로 침범하여 연해안 여러 고을을 불 지르고 노략질하여 긴요한 것을 빼앗아 가는 일이 계속되니 분하고 답답함을 금할 수 없습니다. 그래서 한편으로는 본도에 소속된 수군을 징집하고, 한편으로는 본도 우수사 이억기에게 "합력하여 적을 쳐부술 예정이니 빨리 달려오면 좋겠다." 하는 공문을 보내면서 "물길이 멀고 풍세의 형편도 예측하기 어려우니 유월 삼일까지 본영 앞바다로 일제히 모여 구원하러 출전하자." 하였습니다. 그런데 오월 이십칠일 도착한 경상 우수사 원균의 공문에 "적선 십여 척이 벌써 사천과 곤양 등지에 육박하였기로 수사는 배들을 남해 땅 노량으로 옮겼다." 하였으므로 만일 삼일 모이기로 약속한 날까지 기다려서 출발

한다면 그 사이에 적이 뒤따르는 선단을 끌어들여 적의 형세를 키워 줄 것이 염려되어, 신의 군관 전 만호 윤사공(尹思恭)을 유진장(留鎭將)으로 임명하고, 수군 조방장 정걸(丁傑)에게는 좌도의 각 진포에 지휘할 사람이 없으므로 흥양현에 머물러 책략에 호응하여 사변에 대비하도록 하라고 지시하였습니다.

그리고 오월 이십구일 신은 홀로 전선 스물세 척을 거느리고 우후(虞候, 부사령관) 이몽구(李夢龜)와 함께 날짜를 앞당겨 출전하였으며, 이억기에게는 사유를 적은 공문을 내었습니다. 이어 곧바로 노량 해상에 도착해 보니 원균은 다만 세 척의 전선을 이끌고 하동 선창에 옮겨 있다가 신의 함대를 보고 노를 재촉하여 와서 만나게 되었습니다. 적의 행방을 상세히 묻고 있을 때 멀지 않은 해상에서 왜선 한 척이 곤양으로부터 나와 몰래 기슭을 타고 배를 저어 사천을 향해 가는지라, 선봉에 위치한 여러 장수들이 노를 빨리 저어 추격하여 전부장 방답 첨사 이순신과 남해 현령 기효근 등이 그 배를 따라가 잡자 왜적들은 상륙해 버렸으므로 배만을 깨뜨리고 불살랐습니다.

그 후 사천 선창을 바라보니 산이 구불구불 둘려 칠팔 리나 뻗쳤는데, 지세가 높고 험한 곳에 무려 사백여 명의 왜적들이 장사진을 치고 붉고 흰 깃발들을 난잡하게 꽂아 보는 눈이 어지러울 지경이었으며, 진중 가장 높은 산꼭대기에 별도로 장막을 치고 분주하게 왕래하는데 무슨 작전 지휘를 받는 것 같았습니다. 왜선들 상황은 누각 같은 것을 세운 배 열두 척이 언덕 아래 줄지어 정박하였는데 왜인들이 진을 치고서 굽어보고 칼을 휘두르며 우리를 깔보는 듯 기세를 보이고 있었습니다.

그래서 여러 배들이 그 밑으로 일제히 돌진하여 활을 쏘려고 하였으나 화살이 미치지 못하겠고, 또 그 배들을 태워 없애려 하였으나 벌써 썰물이 되어 판옥선과 같은 큰 배는 용이하게 돌진할 수 없었습니다. 더구나 적들은 높은 곳이며 우리 편은 낮은 곳에 있어 지세가 불리하고 날도 저물어 가므로 신은 여러 장수들에게 “저 적들의 태도가 매우 교만하니 우리들이 만약 거짓으로 물러나는 척하면 적은 반드시 배를 타고 우리와 맞붙어 싸우려 할 것이다. 이때 우리는 적을 한 바다로 끌어내어 힘을 합쳐 격멸하는 것이 가장 좋은 방책이다.”라고 단단히 미리 결정해 두고 배를 돌려 일 리도 나오지 아니해 왜적 이백여 명이 진을 친 곳으로부터 내려와서 반은 배를 지키고 반 남짓은 언덕 아래로 모여 총을 쏘며 좋아서 날뛰는 것이었습니다. 만일 싸우지 아니하면 도리어 약한 것처럼 보일 뿐 아니라, 마침 조수가 밀려들어 점점 배들이 들어갈 수 있게 되었습니다.

그런데, 신이 일찍이 왜적들의 침입이 있을 것을 염려하여 별도로 거북선〔龜船〕을 만들었는데, 앞에는 용머리를 붙여 그 입으로 대포를 쏘게 하고 등에는 쇠못을 꽂았으며, 안에서는 능히 밖을 내다볼 수 있어도 밖에서는 안을 들여다 볼 수 없게 하여 비록 적선이 수백 척 있는 중에라도 쉽게 돌입하여 포를 쏘게 되어 있으므로, 이번 출전 때에 돌격장이 그것을 타고 나왔습니다.

그래서 먼저 거북선으로 하여금 적선이 있는 곳으로 돌진케 하여 먼저 천·지·현·황 여러 종류의 총통을 쏘게 하자, 산 위와 언덕 밑과 배를 지키는 세 곳의 왜적들도 철환을 비 오듯 난발하는데 간

혹 우리나라 사람도 섞여서 쓰고 있었습니다. 신은 더욱더 분하여 노를 빨리 저어 앞으로 나아가 바로 그 배를 두들겼습니다. 그러자 여러 장수들이 일시에 운집하여 철환과 장편전, 피령전, 화전(火箭) 및 천자 지자 총통 등을 비바람같이 발사하면서 저마다 힘을 다함에 그 소리는 천지를 진동하였습니다. 왜적들은 부상을 당하여 엎어지는 자와 부축하여 달아나는 자의 수를 알 수 없었으며, 높은 언덕으로 도망쳐 진을 치고서는 감히 나와 싸울 생각을 못하는 것이었습니다.

그리하여 중위장 순천 부사 권준, 중부장 광양 현감 어영담, 전부장 방답 첨사 이순신, 후부장 흥양 현감 배흥립, 좌척후장 녹도 만호 정운, 우척후장 사도 첨사 김완, 좌별도장 우후 이몽구(李夢龜), 우별도장 여도 권관 김인영, 한후장이며 신의 군관인 전 권관 고안책(高安策), 급제 송성(宋晟), 참퇴장 전 첨사 이응화(李應華) 등이 번갈아 드나들면서 왜선 전부를 당파 분멸하였으며, 김완은 우리나라 소녀 한 명을 찾아내었고 이응화는 왜인 한 명의 목을 베었는데, 왜인들이 멀리 서서 바라보며 부르짖고 발을 구르며 대성통곡하는 것이었습니다.

신은 여러 배에서 용사를 뽑아 진격케 하여 목을 베려고 계획했습니다. 그러나 산 위의 덩굴과 나무들이 무성하고 빽빽하며 날도 저물었기 때문에, 도리어 피해가 있을 것이 두려워 적을 수색하여 목 베는 것을 하지 못하게 하고, 짐짓 소선 몇 척을 남겨 두어 적을 끌어내어 섬포(殲捕)할 계획을 세우고 밤을 이용하여 배를 돌려 사천 땅 모자랑포(毛自郎浦)로 옮겨 진을 치고 밤을 지냈습니다.

접전할 때, 적의 철환이 신의 왼편 어깨를 맞히고 등을 뚫었으나 중상에 이르지 않았으며, 신의 군관인 봉사 나대용도 철환을 맞았고 전 봉사 이설도 화살에 맞았으나 모두 죽을 정도는 아니었습니다.

유월 초하루 새벽에는 경상 우수사 원균이 신에게 말하기를 "어제 접전할 때 짐짓 남겨 둔 적선 두 척이 도망쳤는지를 알아볼 겸 화살에 맞아 죽은 왜놈의 목을 베겠노라." 하였는데, 처음에 원균은 패군한 뒤 군사 없는 장수로서 작전을 지휘할 수 없었으므로 교전하는 곳마다 화살이나 철환에 맞은 왜인을 찾아내어 머리 베는 일을 담당하였습니다. 그런데 그날 진시에 그곳을 들러 와서 말하는 내용에 "왜적들은 육지로 하여 멀리 도망갔기에 뒤에 남은 배를 불태웠는데, 죽은 왜놈을 수색하여 목을 벤 것이 세 급이며, 그 나머지는 숲이 무성하여 끝까지 탐색할 수 없었다." 하였으므로 정오에 배를 띄워 고성 땅 사량 바다에 이르러 군사를 쉬게 하고 위로하며 진을 치고 밤을 지냈습니다.

이일 진시에 적선이 당포 선창에 정박하고 있다는 말을 듣고 사시쯤 바로 그곳에 도착하니 삼백여 명의 왜적들이 반은 성안에 들어가서 분탕하고 또 많은 수의 왜적이 성 밖의 험한 곳에 의지하여 함께 철환을 쏘는 것이었습니다.

왜선은 크기가 판옥선과 같은 것 아홉 척에다 중선 소선을 합하여 열두 척이 선창에 흩어져 정박하고 있었으며, 그 중 한 대선 위에는 높이가 서너 장이나 될 듯한 높은 층루(層樓)가 우뚝 솟았는데 밖으로는 붉은 비단 휘장을 두르고 휘장의 사면에는 누를 황(黃) 자를 크게 썼으며 그 속에 왜장이 있는데 앞에는 붉은 일산을 세운 채 조금도 두려워하는 빛이 없었습니다.

먼저 거북선으로 하여금 층루선(層樓船) 밑을 들이받으면서 용의 입으로 현자철환을 치쏘게 하고 또 천자 지자 총통과 대장군전을 쏘아 그 배를 깨뜨리자, 뒤따르고 있던 여러 전선들도 철환과 화살을 교발(交發)하였는데, 중위장 권준이 돌진하여 왜장을 쏘아 맞히자 쿵 소리를 내며 떨어지므로 사도 첨사 김완과 군관 흥양 보인 진무성(陳武晟)이 그 왜장의 머리를 베었습니다.

적도들이 겁내어 도망치는 중에 철환과 화살을 맞은 놈들이 여기 저기에 넘어지는데, 머리 여섯 급을 베고 그 배들을 모조리 불살라 버린 뒤 여러 전선의 용사들이 그대로 상륙하여 끝까지 쫓아서 수색하여 적의 목을 베려 하던 때 "왜 대선 이십여 척이 소선을 많이 거느리고 거제도로부터 내항(來航)하고 있다." 라는 탐망선(探望船)의 급보를 접하였으므로, 당포는 지형이 좁아서 교전하기에 합당치 않아서 외해(外海)에서 요격할 예정으로 노를 재촉하여 바깥바다로 나왔습니다. 그러자 그 적선이 오 리쯤 거리를 두고 신들의 함대를 보고는 정신없이 도망치는 것이었습니다. 여러 전선이 뒤쫓아 갔으나 이미 날이 어두워져서 접전할 수 없어, 진주 땅 창신도에 배들을 멈추고 밤을 지냈습니다.

그날 당포에서 접전할 때 우후 이몽구가 왜장선을 수색하여 찾아낸 금부채 한 자루를 신에게 보냈는데, 그 부채의 한쪽 면에는 한가운데 쓰여 있기를 '六月八日秀吉'*이라 서명하였고 오른편에는 '羽柴筑前守'**라는 다섯 자를 썼고 왼편에는 '龜井流求守殿'***이라는 여섯 자를 썼으며, 이를 옻칠한 갑 속에 넣어 두었던 것으로 보아 필시 히데요시가 '筑前守'에게 부신(符信)으로 보냈을 것입니다.

그리고, 소비포 권관 이영남이 그 왜장선에서 울산 사삿집 계집종 억대(億代)와 거제 소녀 모리(毛里) 등을 산 채로 빼앗았는데, 신이 직접 문초한 바 억대가 답한 내용에

"날짜는 기억할 수 없으나, 보름 전 왜적에게 포로 되어 왜장에게 시집가서 늘 한 곳에 있었습니다. 그 왜장은 키가 보통 사람보다 크고 기력이 강장(强壯)하였으며, 나이는 서른 살 가량 되었습니다. 낮에는 누른 비단 옷을 입고 금관을 쓰고 배 위의 층루에 높이 앉아 있었고, 밤에는 방에 들어와서 자는데 이부자리와 베개가 모두 극히 사치했습니다. 각 배의 왜인들이 아침 저녁으로 와서 뵙고 머리를 숙여 명령을 듣는데, 명령을 위반하기만 하면 용서 없이 목을 베었습니다. 때로는 술을 가져와 바치고서는 웃기도 하고 말하기도 하였으나 오랑캐의 말을 알아들을 수 없었습니다. 다만 울산, 동래, 전

---

* 유월 팔일. 히데요시. 도요토미 히데요시의 서명이다.

** '하시바 치쿠젠노카미'라고 읽는다. '하시바'는 히데요시가 1573년부터 사용한 성이며 '치쿠젠'은 지명(地名)이다. 이순신은 이 부채를 히데요시가 '하시바 치쿠젠노카미'라는 인물에게 하사한 것이라고 추측했으나, 실제로 부채를 받은 이는 다음 줄에 나오는 가메이 류쿠노카미 즉 가메이 고레노리였다. 일본측 기록을 참조하면 이때 전사한 왜장은 가메이가 아니라 구루시마 미치히사(來島通久)인 듯하다.

*** 가메이 류쿠노카미에게. 가메이 고레노리를 뜻한다.

라도 등의 말은 우리나라 말과 같았습니다. 그날 접전할 때 왜장이 앉아 있는 층루에 화살과 철환이 비 오듯 쏟아져, 처음엔 이마를 맞았지만 안색이 태연하였는데 곧 화살이 가슴 한복판을 관통하자 정신을 차리지 못하고 떨어졌습니다."
라고 진술하였는 바, 이번에 목을 벤 왜장은 필경 '羽柴筑前守'일 것입니다.

삼일에는 새벽에 배를 띄워 추도로 향하면서 그 근처의 섬들을 협공하며 수색했으나, 적의 자취가 없을 뿐 아니라 날이 저물어 가므로 고성 땅 고둔포(古屯浦)에서 밤을 지냈습니다.

사일 이른 아침에는 당포 앞바다로 옮겨 진을 치고, 소선으로 하여금 적선을 탐망하게 하였는데, 사시쯤 당포에 사는 토병(土兵) 강탁(姜卓)이라 하는 이가 산으로 피란 갔다가 멀리서 신들을 바라보고 매우 기쁜 모양으로 와서 말하기를
"이일 당포에서 접전이 있은 뒤에 왜인들이 많이 죽은 그들의 머리를 베어 한 곳에 모아서 불사르고, 곧 육지로 향하면서 길에는 우리나라 사람을 만나도 살해할 생각도 못하고 통곡하면서 돌아갔습니다. 그날 당포 바깥바다에서 쫓겨 간 왜선은 오늘 거제로 향하였습니다."
하였으므로 다시 여러 장수들과 적선을 찾을 것을 다짐하고 곧 적이 있는 곳을 향하여 배를 띄우려고 할 때에, 본도 우수사 이억기가 전선 스물다섯 척을 거느리고 신이 머물고 있는 곳으로 찾아왔습니다.

항상 외롭고 약한 군세를 염려한 여러 전선의 장수와 군사들이 계속된 전투로 피곤할 무렵 응원군을 맞이하자 좋아서 뛰지 않는 자가 없었습니다.

신은 이억기와 함께 적을 부술 방책을 토의하였으나, 곧 날이 저물기로 함께 배를 띄워 거제와 고성의 두 경계인 착량(鑿梁)에 이르러 진을 치고 밤을 지냈습니다.

오일은 아침 안개가 사방에 끼었다가 늦게야 걷혔는데, 거제로 도망쳐서 숨어 있는 적을 토멸하려고 돛을 돌려 출선할 무렵에 거제에 사는 귀화인 김모(金毛) 등 일고여덟 명이 조그마한 배에 같이 타고 매우 기뻐하는 모양으로 와서 말하기를 당포에서 쫓긴 왜선이 거제를 지나 고성 땅 당항포로 옮겨 갔다 하였으므로 급히 당항포 앞바다에 이르러 남으로 진해 쪽을 바라보니 성 바깥 몇 리쯤 되는 들판에 무장한 군사 천여 명이 깃발을 세우고 진을 치고 있었습니다. 사람을 보내어 방문해 본 결과 함안 군수 류숭인(柳崇仁)이 기병 1,100명을 거느리고 적을 추격하여 이곳까지 이르렀다는 것이었습니다.

그래서 곧 당항포 바다 어귀의 형세를 물어보니 십여 리나 될 만큼 멀고 배가 들어갈 만큼 넓다고 하므로, 먼저 몇 척의 전선을 보내어 지리를 조사해 오되 만약 적이 추격하거든 짐짓 물러나 적을 끌어내도록 하라고 엄하게 지시하여 보내고, 신들의 함대는 몰래 숨어 있다가 습격할 계획을 세웠습니다. 그러자 포구로 들여보냈던 전선이 바다 어귀로 되돌아 나오면서 신기전을 쏘아 변을 알리며 빨리 들어오라 하였으므로, 전선 네 척을 바다 어귀에 남겨두어 복병하도록 한 뒤에 노를 재촉하여 들어갔습니다. 양편 산기슭이 강을 끼고 이십여 리이며 그 사이의 지형이 그리 좁지 않아서 싸울 만한 곳이었습니다.

그래서 여러 전선이 물고기를 꼬챙이에 꿴 것처럼 줄지어 일제히 들어가면서 선수와 선미를 서로 이어 소소강(召所江) 서쪽 기슭에 이르자, 검은 칠을 한 왜선이 크기가 판옥선과 같은 것 아홉 척과 중선 네 척, 소선 열세 척이 기슭에 정박해 있었습니다.

그 중에 가장 큰 배는 뱃머리에 따로 판자로 된 삼층 누각을 만들어 세웠고 벽에는 단청을 칠해 마치 불전(佛殿)과 같았으며, 앞에는 푸른 일산을 세우고 누각 아래엔 검게 물들인 비단 휘장을 드리웠고, 그 휘장에는 흰 꽃무늬를 크게 그렸는데 휘장 안에 왜인들이 수없이 벌여 서 있었습니다. 또 왜 대선 네 척이 포구 안쪽으로부터 나와서 한 곳에 모이는데 모두 검은 깃발을 꽂았고 기마다 흰 글씨로 '나무묘법연화경(南無妙法連花經)'이라는 일곱 자가 쓰여 있었습니다.

신들의 위세를 본 왜적은 싸락눈이나 우박이 퍼붓듯 철환을 마구 쏘는데, 여러 전선이 포위하고 먼저 거북선을 돌입시켜 천자 지자 총통을 쏘아 적의 대선을 꿰뚫게 하고, 여러 전선이 서로 번갈아 드나들며 총통과 전환(箭丸)을 우뢰처럼 쏘면서 한참 동안 접전하여 우리의 위무(威武)를 더욱 떨치었습니다. 그런데 신의 허망한 생각에 만약 저 적들이 형세가 불리하게 되어 배를 버리고 상륙하면 모조리 섬멸하지 못할 것을 염려하여 "우리들이 짐짓 포위한 진형을 풀고 퇴군할 뜻을 보이면 적들이 필시 그 틈을 타서 배를 옮길 것이니 그때 좌우에서 추격하면 거의 섬멸할 수 있으리라."라고 전령한 뒤에 퇴군하여 한쪽을 열어 주자, 층각선(層閣船)이 과연 열린 물길을 따라 나오는데 검은 돛을 둘씩이나 달았으며, 다른 배들은 날개처럼 벌려 층각선을 옹위하며 바다로 노를 재촉하므로 우리 여러 전선이 사면으로 포위하면서 재빠르게 협격을 가하고, 돌격장이 탄 거북선이 또 층각선 아래를 들이받고 총통을 쏘아 층각선을 깨뜨리고, 여러 전선이 또 불화살로 그 비단 장막과 돛을 쏘아 맞혔습니다.

그러자 맹렬한 불길이 일어나고 층각 위에 앉았던 왜장이 화살에 맞아 떨어졌습니다. 다른 왜선 네 척은 이 장황한 틈을 타서 돛을 달고 북쪽으로 달아나려 하였는데 신과 이억기 등이 거느린 여러 장수들은 패를 갈라서 접전하며 또 모조리 포위하자, 적선 중의 허다한 적도들은 혹은 물에 빠지기 바쁘고 혹은 기슭을 타고 올라가며 혹은 산으로 올라 북쪽으로 도망하는 것이었습니다. 군사들은 창, 칼, 활, 화살 등을 가지고 저마다 죽을 힘을 다해 추격하여 머리 마흔세 급을 베고 왜선 전부를 불살라 버린 뒤에 짐짓 배 한 척을 남겨 왜적들이 돌아갈 길을 열어 두었으나, 이미 황혼이 짙어 어둑어둑하여 육상에 오른 왜적은 다 사로잡지 못하고 이억기와 함께 어둠을 타 그 바다 어귀로 나와 진을 치고 밤을 지냈습니다.

육일 새벽에 방답 첨사 이순신이 "당항포에서 산으로 올라간 적들이 필시 남겨 둔 배를 타고 새벽녘에 몰래 나올 것입니다."라고 하여, 그가 통솔하는 전선을 거느리고 바다 어귀로 가서 적들이 나오는가 살피고 있다가 모조리 잡은 뒤 급히 보고한 내용에

"오늘 새벽 당항포 바다 어귀로 배를 옮겨서 잠깐 있는 동안 과연 왜선 한 척이 바다 어귀로 나오기에 첨사가 느닷없이 돌격하였습니다. 한 척에 타고 있는 왜적들은 거의 백여 명이었는데, 우리편 배에서 먼저 지·현자 총통을 쏘는 한편 장편전, 철환, 질려포(蒺藜砲), 대발화(大發火) 등을 연달아 쏘고 던지기에 이르자 왜적들은 마음이 급하여 어찌할 줄 모르고 허둥지둥 도망하려 하였으므로 요구금(要鉤金)을 이용하여 바다 가운데로 끌어내자, 반이나 물에 뛰어들어 죽었습니다.

그 중에서도 스물너더댓 살 먹은 왜장은 용모가 건위(健偉)하며, 화려한 군복을 입은 채 칼을 짚고 홀로 서서 남은 부하 여덟 명과 함께 지휘하고 항전하면서 조금도 두려워하지 않았습니다. 첨사가 힘을 다하여 활을 쏘아 그 양날칼 잡은 자를 맞히자 왜장은 화살을 여남은 대 맞고서야 소리 없이 물에 떨어졌으므로 곧 목을 베게 하고, 다른 여덟 명은 군관 김성옥(金成玉) 등이 합력하여 쏘고 목을 베었습니다.

그날 진시에 적선을 불사르자, 경상 우수사 원균과 남해 현령 기효근 등이 그곳으로 뒤쫓아 와서 물에 빠져 죽은 왜적을 골고루 찾아내어 목을 벤 것이 쉰 급에 이르도록 많았습니다. 왜선에는 맨 앞에 특별히 햇볕을 가리기 위한 양방(涼房, 햇볕을 가리기 위하여 처마 끝에 차양을 덧달아 지은 집. 여기서는 배 위에 마련된 방을 이름.)을 만들었는데 방안의 장막이 모두 극히 화려하였으며, 곁에 있는 작은 궤 안에 문서를 가득 넣어 두었기에 들추어 보니 왜인 삼사십여 명의 분군기(分軍記, 군사를 배치한 표)였습니다. 자기 이름 아래 서명하고 피를 발라 둔 것이 필시 삽혈(歃血)하여 서로 맹세한 문서인 듯합니다. 그 분군기 여섯 축을 비롯하여 갑옷, 투구, 창, 칼, 활, 총통, 범 가죽으로 된 말안장 등의 물건을 올려 보냅니다."

하였으므로 신이 그 분군기를 살펴보자 서명하고 피를 바른 흔적이 과연 보고받은 바와 같았는데 그 흉악한 꼴을 형언할 수 없습니다. 왜의 머리 여섯 급 중에서 왜장의 머리는 이순신(李純信)이 별도로 표시하여 올려 보낸 것입니다.

그런데 왜인들 깃발은 물들인 것이 서로 달랐습니다. 전일 옥포는 붉은 깃발이었고, 이번의 사천은 흰 깃발이고, 당포는 누른 깃발이며, 당항포는 검은 깃발인 바 그 원인을 생각해 보면 필시 그들의 부대를 분간하기 위해 그렇게 했을 터이며 또 피를 발라 맹세한 글이 이와 일치하는 것으로 보아 일찍부터 우리를 깔보고 침범하려는 마음을 품고서 군병을 준비한 상황이었음을 충분히 짐작할 만합니다.

그날은 비가 내리고 구름이 끼어 바닷길을 분간하기 어려워서 당항포 앞바다로 옮겨 머물면서 군사들을 위로하고, 저녁 무렵에 고성 땅 맛을간장(亇乙干場)으로 옮겨서 밤을 지냈습니다.

칠일 이른 아침에 배를 띄워 웅천 땅 증도(甑島) 바다 가운데 이르러 진을 쳤는데, 천성과 가덕에서 적의 종적을 정탐하던 탐망 선장 진무 이전(李荃)과 토병 오수(吳水) 등이 왜인의 머리 두 급을 베고 사시쯤 급히 돌아와서 말하기를 "가덕 바다 위에서 왜인 세 명이 배 한 척에 타고 있다가 우리를 보자 북쪽으로 도망하므로 힘을 다해서 추격하여 다 쏘아 죽이고 머리 세 급을 베었습니다. 그 중 한 급은 경상 우수사의 군관으로서 이름을 알 수 없는 사람이 작은 배를 타고 와서 위력으로 강탈해 갔습니다." 하였으므로 각별히 술을 먹여 곧 천성 등지로 돌려보냈습니다.

오시쯤 영등포 앞바다에 이르니 왜 대선 다섯 척과 중선 두 척이 율포로부터 나와 부산을 향하여 도망치고 있기에 여러 전선이 역풍임에도 노를 재촉하여 서로 바라보기를 오 리쯤 되는 율포 근해까지 추격했습니다.

그러자 왜적들이 배 안의 짐짝을 물속으로 던지고 있었으므로 우후 이몽구가 왜 대선 한 척을 바다 가운데에서 온전히 사로잡아서 머리 일곱 급을 베고 또 한 척을 육지로 끌고 나와 불살라 버렸습니다. 사도 첨사 김완은 왜 대선 스물한 척을 온전히 사로잡아서 머리 스무 급을 베고, 녹도 만호 정운은 왜 대선 한 척을 온전히 사로잡아서 머리 아홉 급을 베었고, 광양 현감 어영담과 가리포 첨사 구사직(具思稷)은 협력하여 왜 대선 한 척이 뭍으로 내릴 때 따라잡아 불사르고, 구사직은 머리 두 급을 베고, 여도 권관 김인영은 머리 한 급을 베고, 소비포 권관 이영남은 소선을 타고 돌입하여 뒤쫓아 쏘아서 머리 두 급을 베고, 그 나머지 빈 배 한 척은 모두 합력하여 바다 가운데서 불살랐습니다. 왜인들은 혹은 목을 잘리고 혹은 익사하여 섬멸되었습니다.

여러 전선의 장수와 군사들은 마음이 상쾌하여 가덕과 천성으로 향하다가 좌도의 몰운대(沒雲臺)에 이르러 전선을 두 편으로 나누어 협공하여 수색하였으나, 적도들은 배를 끌고 멀리 도망하고 아무런

흔적도 없었으므로 초경(오후 8시)에 거제 땅 온천량(溫川梁)의 송진포(松津浦)로 돌아와서 밤을 지냈습니다.

팔일에 창원 땅 마산포, 안골포, 제포, 웅천 등지로 적의 종적을 알기 위한 탐견선(探見船)을 정해 보내고, 창원 땅 중도와 남포로 이동하여 진을 쳤는데 저녁때 위의 탐망선이 돌아와서 말하기를 어느 곳에도 적의 종적이 없다 하였으므로 송진포로 돌아와서 밤을 지냈습니다.

구일 이른 아침에 배를 띄워 웅천 앞바다에 이르러 진을 치고 작은 배를 가덕, 천성, 안골포 등지로 나누어 보내어 적의 종적을 다시금 탐색케 하였으나 어느 곳에도 적의 그림자가 없었으므로 당포에 이르러 밤을 지냈습니다.

십일에 미조항 앞바다에 이르러 우수사 이억기 및 원균 등과 진을 파하고 각각 돌아왔습니다.

그런데 가덕에서 수색하던 날 그대로 부산 등지로 향하여 왜적들의 종자를 섬멸하려고 하였으나, 연일 큰 적을 만나 바다 위를 전전하면서 싸우느라고 군량은 벌써 떨어지고 군사들도 매우 시달렸으며 전상자도 또한 많았으므로, 우리들의 피로한 세력으로써 편안히 숨어 있는 적과 대적함은 실로 병가(兵家)의 좋은 방책이 아닐 것이며, 하물며 양산강의 지세는 매우 좁아서 겨우 한 척의 배를 수용할 수 있는데, 적선이 연일 머물러서 이미 험한 곳에 거점을 마련하고 있으므로, 우리들이 싸우려고 하면 적이 출전하지 않을 것이고 우리들이 물러나려고 하면 도리어 약함을 보이게 될 것이기에, 설령 부산으로 향한다 하더라도 양산의 적들이 서로 호응하여 뒤를 둘러쌀 것이니 다른 도의 군사로써 깊이 들어가서 앞과 뒤로 적을 맞는다는 것은 만전을 기한 방책이 아닐 뿐 아니라, 본도(전라도) 병사의 공문 내용에 서울을 침범한 흉악한 무리들이 조운선(漕運船)을 빼앗아 타고 서강(西江)을 거쳐 내려온다 하였습니다. 조운선을 빼앗아 탄다는 것은 결코 그럴 리가 없겠습니다만 뜻밖의 사변도 염려하지 않을 수 없어서, 신은 이억기와 상의하여 다시금 가덕 등지의 섬들을 탐색했으나 끝내 적의 종적이 없었으므로 곧 군사를 돌이켜 본영으로 돌아왔습니다.

가덕 서쪽에서 마음대로 출입하던 적들은 이미 많은 배들을 잃었으며 또 죽고 다친 자도 많았습니다. 그러나 산으로 도망하여 잡지 못한 적들은 필시 부산 등지로 도주하여 우리 수군의 위세를 자세하게 말하였을 것이므로, 이후부터는 뒷일을 염려하고 꺼리는 생각이 있을 것입니다.

전후에 적을 토멸할 때에 남해 동쪽의 웅천 등 일고여덟 고을에서 남녀노소 피난민들이 산골짜기에 숨어 있다가 신들이 적선을 추격하는 것을 바라보고서 다시 살아날 길을 얻은 것같이 기뻐하지 않은 사람이 없으며, 내려와서 적의 행방을 일러 주며 상세히 설명하는 것이었습니다. 그러나 그 모습이 몹시 비참하고 불쌍하여 왜선에서 얻은 쌀과 포목 등의 물건을 고루 나누어 주고 편히 있도록 하였습니다.

그 중에서도 향화인과 보자기(해산물을 채취하는 일을 업으로 삼는 사람)들은 가족을 데리고 이웃친척과 함께 스스로 본영의 성내로 들어오는 자가 연이어 끊이지 않는데 지금까지 들어온 수가 거의 이백 명에 이르렀습니다. 그래서 이들은 제각기 제 직업에 부지런하게 하여 오래도록 편안히 살도록 하기 위해 본영에서 가까운 장생포(長生浦) 등 땅이 넓고 기름지고 인가도 많은 곳에 나누어 들여 편안히 지내게 하였습니다.

왜선에 포로 된 우리나라 사람을 찾아내서 살게 하는 것은 왜적의 목을 베는 것과 다름이 없으므로 왜선을 불사를 때에는 각별히 찾아서 구해 내고 함부로 죽이지 말도록 지시하고 약속하였습니다. 이번에 여러 장수들이 위의 지시에 따라 포로 되었던 남녀 여섯 명을 산 채로 잡아 내었습니다. 이들 중에 다른 사람들은 나이가 어리거나 포로 된 날짜가 짧아 적의 소행이 어떠한지를 알지 못하였습니다. 그 중에서도 당항포 바깥바다에서 녹도 만호 정 운이 사로잡아온 동래 사는 사삿집 종 억만(億萬)은 금년에 나이 열세 살로 머리를 깎아 왜인같이 되었는데, 심문한 바 답하는 내용에

“동래 동문 밖 연지동(蓮池洞)에 사는 사람으로서 난리가 일어난 즉시 부모를 따라 성안으로 들어갔습니다. 날짜는 기억할 수 없으나 사월에 왜적이 무수히 몰려들어 성을 다섯 겹으로 포위하고 남은 적들은 들판에 흩어져 있었는데, 맨 앞장을 선 적은 갑옷을 입고 제각기 큰 지을개(知乙介, 탈바가지)를 갖고 있었으며, 광대 투구를 쓴 놈 백여 명이 돌입하여 성을 깨뜨리면서 한편으로는 대나무 사닥다리를 옆으로 세우고 곳곳에서 넘고 넘었으며, 이미 성이 함락되는 것을 보자

살벌함이 극도에 이르렀습니다.

소인은 허둥지둥 당황하는 사이에 부모와 형을 잃어버리고 갈 곳을 알지 못하여 하늘을 우러러 부르짖고 울 때, 한 왜인이 손을 붙들고 강제로 끌어다 바로 부산에 이르러 대엿새 머무른 뒤에 그 배로 옮겨 실었습니다. 배 안에는 왜놈 일고여덟 명이 있다가 나를 보고 떠들썩하게 소리치며 칼을 휘둘러 치려고 하였습니다. 그때 나를 끌고 갔던 왜인이 팔을 벌려 막아 주고 배 밑창에 숨겨 주었습니다. 그래서 그곳에 머무른 왜선은 원래 몇 척인지 알 수 없거니와, 배에 실린 지 대엿새가 지난 뒤 대선 삼십여 척이 동시에 떠나가 우도로 향하였는데 그 중 층각선에는 장수가 거처하는 것인지 여러 배들이 그 아래로 운집하여 명령을 듣는 듯했으며, 어떤 때에는 두세 척씩 패를 나누어 도적질을 하면서 여염집을 분탕하고 칼로 우마(牛馬)를 해치고 포목과 곡식 및 잡물을 배에 실었는데, 이렇게 하기를 어떤 날은 두세 번이나 하였습니다.

그런데 지나 온 섬이나 마을들의 이름은 어디어디인지 알지 못하며, 이번 유월 오일 네 척이 한패가 되어 진해 선창으로 함께 가서 반수 가량은 성안으로 들어갔습니다. 그러자 얼마 되지 않아서 진해성 밖에서 수천 명의 무장병들이 그 고을로 돌입하여 형세가 드높자 성안으로 들어갔던 왜적들이 크게 소리쳐 부르짖으며 급히 돌아와서 배를 타고 노를 재촉하여 바다 가운데로 피하였습니다. 또 보니 바람에 펄럭이는 돛을 단 큰 전선들이 서쪽 바다를 가로막고 있었으므로 왜적들은 스스로 종적을 감추지 못할 것을 알고 입술이 타서 목이 마르고 기운이 다 꺾여 큰 배를 버린 채 작은 배에 올라타고 멀지 않은 포구로 바삐 노 저어 도망쳐 들어갔습니다. 소인과 어제 포로 된 자로서 진해에 사는 절 종 나근내(羅斤乃) 등은 큰 배에 함께 버려 두었기 때문에 붙잡히게 된 것입니다. 왜인들은 제각기 활, 칼, 철환을 가졌고, 조석으로 먹는 밥에는 모래와 흙이 반이나 되게 섞였으며, 그 외에 다른 일은 말이 서로 달라서 잘 알아들을 수 없었습니다."

라고 진술하는 것이었습니다. 그리고 율포 앞 바다에서 접전할 때 녹도 만호 정운이 사로 잡아 온 천성 수군 정달망(鄭達亡)은 나이 이제 열넷으로서 심문한 바 답하는 내용에

"사변이 일어난 뒤 부모를 따라 산으로 들어갔는데, 배가 고프고 피곤하여 날짜를 기억할 수 없으나 유월 초쯤 천성에서 가까운 들판 보리밭에서 이삭을 주워 연명하려고 내려왔다가 왜적에게 포로가 되었습니다. 그날 왜인들은 영등포 근처 기슭에 배를 대고 약탈한 물건을 햇볕에 말리며 바람을 쏘이고 있을 때 우리나라 수군이 느닷없이 돌격하였습니다. 왜인들은 엎어지고 넘어지며 어찌할 줄을 모르고 곧 닻줄을 끊고 시끄럽게 떠들면서 배를 타고 멀리 바깥바다로 도망치다가 힘이 다하여 붙잡혔습니다."

라고 지난 일을 모두 진술하는 것이었습니다. 위에 적은 자들은 다 어린 나이에 왜적에게 사로잡혀 친척과 고향을 떠나 보기 불쌍하고 가엾어 각각 잡아온 관원에게 잘 보살펴서 편안히 있게 하였다가 사변이 평정된 뒤에 고향으로 돌려보내도록 하라고 각별히 타일렀습니다.

격파한 왜선 수는 총 일흔두 척이며, 왜의 머리가 여든여덟 급입

니다. 적의 머리는 왼쪽 귀를 베어서 소금에 절여 궤 속에 넣어 올려 보냈습니다. 그런데 신이 당초 약속할 때 여러 장수나 군사들에게 "공로와 이익을 탐내어 서로 다투어 먼저 적의 머리를 베려 하다가 도리어 해를 입어 사상자가 많아진 전례가 있으므로 사살한 뒤에 비록 목을 베지 못하더라도 힘써 싸운 자를 제일 공로자로 정하겠다."라고 거듭 강조하였기 때문에 무릇 네 번이나 접전할 때 화살을 맞아 죽은 왜적이 매우 많았으나 머리를 벤 것은 많지 않습니다. 그러나 경상 우수사 원균은 접전한 다음 날 협선을 보내어 왜적의 시체를 거의 다 거두어 목을 베었을 뿐 아니라, 경상도 연해안의 보자기들이 화살에 맞아 죽은 왜적의 머리를 많이 베어 신에게 갖고 왔지만 신은 타도의 대장으로서 그것을 받는다는 것이 사리에 맞지 않아 원균에게 갖다 바치라고 타일러 보냈습니다. 원균과 이억기 등 여러 장수들이 적의 목을 벤 것이 거의 이백 급이나 되며, 혹 바다 가운데로 떠내려가고 혹 목 벤 것을 물에 빠뜨린 것도 그 수가 많았습니다.

왜적의 물품 중 왜인의 의복 외에 미곡이나 포목 등은 군사들에게 나누어 주기도 하고 혹은 군사들의 식량으로 보충하였습니다. 그리고 왜적의 군용 물품 중에 가장 중요한 것은 따로 가려 별지에 자세히 기록하였습니다. 우후 이몽구가 찾아낸 왜장의 부신으로 칠갑에 들어 있던 금부채와 방답 첨사 이순신이 찾아서 보내 온 왜장의 분군건기 여섯 축도 아울러 봉하여 올려 보냅니다.

접전할 때 사졸로서 화살이나 철환을 맞은 사람 중 신이 탄 배의 정병(正兵) 김말산(金末叱山), 우후선의 방포 진무 장언기(長彦己), 순천 1호선의 사부이며 사삿집 종인 배귀실(裵貴失), 순천 2호선의 격군이며 사삿집 종인 막대(莫大)와 보자기 내은석(內隱石), 보성 1호선의 사부이며 관청 종인 기이(己伊), 흥양 1호선의 전장(箭匠)이며 관청 종인 난성(難成), 사도 1호선의 사부이며 진무인 장희달(張希達), 여도선의 사공이며 토병인 박고산(朴古山)과 격군 박궁산(朴宮山) 등이 철환을 맞아 죽었으며, 흥양 1호선의 사부이며 목동인 손장수(孫長水)는 뭍으로 올라간 왜적을 추격하여 목을 베려 하다가 칼에 맞아 죽었으며, 순천 1호선의 사부이며 보인인 박훈(朴訓), 사도 1호선의 사부이며 진무인 김종해(金從海) 등은 화살에 맞아 죽었으며, 순천 2호선 사부 유귀희(柳貴希), 광양선 격군인 보자기 남산수(南山水), 흥양선 선장이며 수군인 박백세(朴白世)와 격군이며 보자기인 문세(文世), 훈도이며 정병인 진춘일(陳春日), 사부이며 정병인 김복수(金福水), 내노(內奴)인 고붕세(高朋世), 낙안 통선의 사부 조천군(趙千君)과 수군 선진근(宣進斤), 무상(無上)이며 사삿집 종인 세손(世孫), 발포 1호선의 사부이며 수군인 박장춘(朴長春)과 토병 장업동(張業同), 방포수군 우성복(禹成福) 등은 철환을 맞았으나 중상에 이르지는 않았으며, 방답 첨사의 종 언룡(彥龍)과 광양선 방포장 서천룡(徐千龍) 및 사부 백내은손(白內隱孫), 흥양선의 사부이며 정병인 배대검(裵大檢)과 격군인 보자기 말손(末叱孫), 낙안 통선의 장흥 조방 고희성(高希星), 능성 조방 최난세(崔亂世), 보성 1호선 군관 김익수(金益水)와 사부 오언룡(吳彥龍), 임홍남(林弘楠), 사부이며 수군인 김억수(金億水)와 진언량(陳彥良), 신선(新選) 허복남(許福男), 조방 전광례(田光禮), 방포장 허원종(許元宗), 토병 정엇금(鄭於叱金), 여도선 사부 석천개(石天介),

유수(柳水) 선유석(宣有石) 등은 화살에 맞았으나 중상에 이르지는 않았습니다.

위의 사람들은 시석(矢石)을 무릅쓰고 결사적으로 돌진하다가 혹은 죽고 혹은 상한 것이므로 죽은 사람의 시체는 각기 그 장수에게 명하여 별도로 작은 배에 실어서 고향으로 보내어 장사지내게 하였으며 그 처자는 휼전(恤典)에 의하여 돌보어 주라고 하였습니다.

중상에 이르지 아니한 사람들은 약물을 지급하여 충분히 치료하도록 하라고 각별히 명하였으며, 여러 장수들에게는 한번 승첩했다 하여 소홀히 생각하지 말고 군사를 위무하고 전선을 다시 정비해 두었다가 급보를 듣는 즉시로 출전하되 처음과 끝을 한결같이 하라고 엄하게 명하고 진을 파하였습니다.

중위장 권준, 전부장 이순신, 중부장 어영담, 후부장 배흥립, 좌부장 신호, 우부장 김득광, 좌척후장 정운, 우척후장 김완, 귀선 돌격장 급제 이기남, 신의 군관 이언량, 좌별도장 이동구, 우별도장 김인영, 한후장이며 신의 군관인 전 권관 고안책과 대솔 군관인 봉사 변존서, 나대용, 전 봉사 송희립, 이설, 신영해(申榮海), 급제 김효성, 배응록, 정로위 이봉수 등은 분연히 제 몸을 돌보지 않고 끝까지 역전하였습니다.

뿐만 아니라, 여러 관원과 군사들도 앞을 다투어 적진으로 돌진한 사람들은 공로의 대소를 논의하여 포장(褒奬)하는 일을 만약 조정의 명령을 기다린 뒤에 결정하려면 왕복하는 동안에 시일이 늦어지고, 더구나 행재소(行在所)가 멀리 떨어져 있어 길이 막혀 사람이 통행할 수 없을 뿐 아니라 강력한 적을 물리치지 못한 채 상을 주어야 할 시기를 넘길 수 없습니다. 그래서 군사들의 심정을 위로하고 격려하여 당면한 일에 힘쓰도록 우선 공로를 침작하여 1, 2, 3등으로 나누어 별지에 자세하게 기록하였습니다. 당초 약속할 때 비록 목을 베지 못해도 죽음으로써 힘써 싸운 자를 제1공로자로 정한다고 하였으므로 힘써 싸운 여러 사람들은 신이 직접 등급을 결정하여 1등으로 기록하였습니다.

삼가 아뢰옵니다.

만력 20년 유월 십사일

절도사 이순신

불멸의 이순신 4

조선의 칼, 조선의 방패

1판 1쇄 펴냄 2014년 7월 18일
1판 2쇄 펴냄 2021년 4월 30일

지은이 김탁환
발행인 박근섭·박상준
펴낸곳 (주)민음사

출판등록 1966. 5. 19. 제16-490호
주소 서울특별시 강남구 도산대로1길 62(신사동)
강남출판문화센터 5층 (우편번호 06027)
대표전화 02-515-2000 | 팩시밀리 02-515-2007
홈페이지 www.minumsa.com

ISBN 978-89-374-4144-8 04810
ISBN 978-89-374-4140-0 04810(세트)